그녀들의
새벽해방

그녀들의 새벽 해방

1판 1쇄 인쇄 2022년 12월 1일
1판 1쇄 발행 2022년 12월 8일

지은이 곽현이·김희수·박도은·장윤주·조미영
펴낸이 이기준
펴낸곳 리더북스
출판등록 2004년 10월 15일(제2004-000132호)
주소 경기도 고양시 덕양구 지도로 84, 301호(토당동, 영빌딩)
전화 031)971-2691
팩스 031)971-2692
이메일 leaderbooks@hanmail.net

리더북스는 독자 여러분의 책에 관한 아이디어와 원고 투고를 설레는 마음으로 기다리고 있습니다.
책으로 엮기를 원하는 아이디어가 있으신 분은 이메일 leaderbooks@hanmail.net로 간단한 개요
와 취지, 연락처 등을 보내주세요.

그녀들의
새벽 해방

곽현이
김희수
박도은
장윤주
조미영
지음

리더북스

　도전에 나이가 존재할까? 도전에 한계가 존재할까? 그것은 철저히 그 사람에게 달려있다고 생각한다. 다섯 명의 저자들은 나이를 뛰어넘었고, 아픔을 뛰어넘었고, 한계를 뛰어넘었다. 살아온 것을 뛰어넘는다는 것은 고통스러울 만큼 어려운 일이다. 만약 세상에서 가장 바꾸기 어려운 것이 '나'라고 한다면, 나를 바꾸면 세상을 바꾸는 것이 된다. 저자들은 그런 의미에서 세상을 바꾼 사람들이다. 한계를 인정하는 것이 아니라, 한계를 테스트한다. 그 한계를 즐기고 넘나든다. 그리고 나아가 그 한계가 실제 한계가 아니었음을 도전을 통해 깨닫는다.

　저자들은 행동을 통해 한계를 넘나들었고, 한계점을 사라지게 했다. 어쩌면 저자들에게 '한계'라는 단어는 고정관념을 깨기 위해 사용되는 특정 단어가 아니었을까. 무한한 꿈을 꾸고 한계를 매번 경신하는 저자들의 앞으로의 도전이 책을 덮기도 전에 기대하게 만든다.

다섯 명의 저자들은 철저히 오늘을 살고 있다. 독자들은 그들의 치열함을 통해 오늘을 사는 마법을 얻게 될 것이다. 나 또한 그 마법을 얻었음을 지금 책을 덮는 순간 경험했기 때문이다.

- 이동진(영화감독, 파일럿, 도전스쿨 대표, 《당신은 도전자입니까》 저자)

5인의 저자가 각자의 삶 속에서 만난 문제와 찾은 해답은 모두 달랐지만, 그 해답의 실마리를 제공한 시간은 바로 '새벽 시간'이었습니다. 삶은 우리 모두에게 공평하게 24시간이란 선물을 줍니다. 그 선물을 다른 말로 '기회'라 부릅니다. 누군가는 깊은 잠에 빠져 있을 시간이지만, 누군가는 내 안에 잠든 거인을 깨우는 시간으로 활용했고, 누군가는 잠을 자며 꿈을 꾸지만, 누군가는 새벽을 깨우며 꿈을 이룹니다. 삶은 꿈꾸는 사람에게 '성공이란 열매'로 주지 않고, '기회라는 씨앗'으로 줍니다. 그 씨앗이 이미 우리 손에 와 있습니다. 그 씨앗을 '부지런히 뿌릴 것인가, 먹어버릴 것인가'는 우리가 결정할 수 있습니다. 이 책은 새벽 시간을 '기회'로 만들어 주고, 당신의 삶에 마침내 풍성한 열매가 맺히도록 도와줄 것입니다.

- 전대진(작가, 《너라는 선물》 저자)

누군가의 아내, 엄마, 딸인 채로 살아가는 이들! 일, 가정의 양립이라는 굴레 앞에서도 당당하게 자존감 갑으로 살아가는 그녀들의 이야기는 마치 드라마 각본처럼 읽힙니다. 자신의 존재를 거침없이 바꾸고 싶은 이가 있다면 이 책의 이야기에 귀를 기울여 보시기를 강추합니다. 저자들의 공통점은 집요한 성찰로 자기 발전을 꾀하며 성장을 도모해가는 것입니다. 이 책은 여성들에게 귀감이 되는 롤모델 스토리입니다.

- 김영휴((주)씨크릿우먼 대표이사)

세상에서 가장 큰 축복은 '나'입니다. 내가 나를 가장 잘 알아야 하듯, 내 삶에 성실히 임해야 하는 것도 나 자신이지요. 내가 축복된 사람이 되려면 내게 닥치는 부정적인 것을 긍정의 마인드로 바꾸어야 합니다. 그러나 부정을 긍정의 마인드로 바꾸는 건 말처럼 쉽지 않습니다.

여기 운명을 뛰어넘어 인생을 역전시키는 발판을 만드신 분들의 이야기가 있습니다. 이 책에는 평범하게 현시대를 살아가지만, 절대 평범하지 않은 여성들의 자기 성장 이야기가 담겨 있습니다. 다섯 분의 작가님들 각기 다른 성공을 이야기하지만, 공통분모는 단 하나, 좀 더 자유롭고, 조금 더 당당하게 나를 찾아 성장해가는 이야기이며, 이 시대를 살아가는 여성들의 공통된 고민과 그 해결법이 담겨 있는 책입니다. 4050 삶의 여정에 변화가 필요하다면 이 책을 꼭 한번 읽어보실 것을 추천해 드립니다.

- 지인옥(《진짜 나를 발견하는 아이로 키워라》 저자)

성공의 답이 끈기라는 건 누구나 알고 있습니다. 이 책에는 자신의 한계의 벽을 깨고 새벽 시간을 통해 역전 인생을 만든 다섯 여자들의 성공 루틴이 담겨 있습니다. 통쾌, 상쾌, 유쾌한 '그녀들의 새벽 해방' 이야기를 읽고 자유를 찾아 나답게 사는 법을 얻기 바랍니다.

- 양지연(부끌대학 학장, 《하루 3분 나만의 행복 루틴》 저자)

우리 삶의 성패를 좌우하는 핵심적인 요소는 역시 건강일 것이다. 몸과 마음, 인간관계의 건강을 유지하는 비결은 일상의 루틴, 즉 습관에 달려있다. 독서, 댄스, 쓰기, 명상, 운동 등 마음에 꽂힌 것을 일상의 루틴으로 삼을 수 있다면 그것은 건강하다는 증거이다. 건강한 몸과 마음으로 새 하루를 맞는 이야기에 감동하며 응원을 보낸다.

- 손기원(대주회계법인 부대표, 사다헌 주임교수)

다섯 저자가 보여준 새벽은 절망 속에서 붙잡은 삶을 향한 희망이었고, 꿈을 키우는 시간이었고, 숨어있던 열정을 꺼내는 시간이었고, 나를 마주하는 시간이었다. 그녀들의 이야기가 낯설지 않았기에 더 감동적이었고, 고군분투하며 자신만의 색깔로 살아내는 모습이 눈부시게 아름다웠다.

즐겁고 열정적으로, 선물 같은 하루하루를 살아가는 그녀들의 지혜를 얻고 싶다면 일독을 권한다. 행동과 실천으로 온전한 나로 멋지게 살아가는 그녀들을 열렬히 응원한다.

- 김진영(9S Living 대표, Wannabe & Co. 공동대표)

우리는 성장과 발전이라는 말을 많이 하지만 나에게 적용하기는 쉽지 않다. 이 책을 읽으면서 그녀들처럼 내가 성장하는 느낌을 받았고, 여성들의 힘은 어느 순간에나 깨어 있다는 것을 분명히 알았다. 넘어지면 다시 일어나는 오뚝이를 연상케 하는 그녀들의 새벽 이야기는 활력이 넘치고 기대와 설렘으로 하루를 시작하게 만드는 매력이 있다.

그녀들의 새벽 해방은 상처, 고통, 힘겨움을 이겨내고 성장하고 발전하는 좋은 모델이다. 나를 단단히 하여 나로 살아가는 방향을 제시하는 이 책을 읽는 독자들도 새로운 기운을 느끼게 될 것이다.

- 유서윤(지비지컬러인 대표)

'해방' 그것은 그저 쉽고 단순하고 반복적으로

"나 춤추고 싶어서 새벽에 일어나잖아! 나 같은 잠꾸러기가! 줌 링크만 열면 돼. 같이 추러 가자!"

"새벽 5시에 독서 토론을 하면서 행복감을 찾았어요."

"새 아파트에 너무 입주하고 싶어서 그냥 매일 새벽 100번씩 종이에 적었어요. 어느 날 내가 입주할 수 있는 기회가 왔어요."

"슬픔을 잊고 싶어서 매일 새벽 무예를 배우고 산 달리기를 했어. 아무 생각이 없었고 내 호흡만 느껴졌던 것 같아. 그런데 어느새 아픈 병이 말끔히 낫고, 버는 돈은 줄었는데 오히려 돈이 모이더라고."

그녀들은 특별한 사람들이 아니었다. 시대가 겪는 진통을 고스란히 함께 겪고 있는 평범한 여성들로서 누군가의 엄마, 아내, 며느리로, 나 자신보다 가족을 챙기느라 일상이 늘 분주했었다.

승진이 최선인 줄 알고 30년간 한 직장에서 살아남으려, 때마다 스멀거리는 자신의 호기심을 눌러왔다.

매 끼니마다 가족들이 주문하는 몇 가지 요리를 식탁에 올리며 말할 수 없는 공허함을 부여잡고 나의 행복에 대한 감각은 무뎌지고 있었다.

해마다 열 번이 넘는 제사상을 차려내며, 내가 하고 싶은 것들보다 꽉 찬 '해야 할 일 목록'에 밑줄을 그어가며 당연하다 생각했다.

계절이 어떻게 변하고 있는지, 우울과 불안감과 함께 자기 몸이 어떻게 상하고 있는지 모르고 성공만을 좇으며 망망대해에 혼자 노 젓는 워커홀릭이었다.

분주함과 허전함, 불안감과 우울감에서 해방되려면 나 스스로 먼저 세상의 편견에서 벗어나야 했다. 프란치스카 무리가 《혼자가 좋다》라는 책에서 말한 '자신을 찾은 느낌은 형언하기 어렵다. 자신과의 일치 속에 심오한 기쁨이 느껴진다. 두 존재가 서로 녹아드는 것 같은 느낌이다. 깊은 고요 가운데 여기 이 지상에 활동하는 나의 존재와 나의 영혼이 합쳐지는 느낌이랄까.' 이 말을 곱씹어 진정한 해방의 의미를 찾아보았다. 그것은 그저 쉽고 단순하게 절로 얻어지는 것이 아니었다.

타인의 시선을 떠나 어떤 환경이 되어도 그 누구와 만나도 흔들리지 않는 내가 되어야 했고, 그러려면 스스로가 인정되는, 지금까지와는 다른 나 자신이 필요했다.

새벽 5시. 어느 누구에게도 방해받지 않는 모두가 잠든 시간, 자연의 만물이 깨어나는 시간에 일어나 해방의 첫걸음을 내디뎠다. 오롯이 나에게만 집중하는 시간으로 익숙한 것들과 결별하고 그간 하고 싶었던 것들로 하루를 시작하며 새로운 일상을 만들어 갔다.

원하는 것을 종이에 적어 보았고, 온전히 숨을 들이마시고 내쉬었다. 책을 읽기 시작하고, 눈 뜨면 운동화 끈을 묶고 그저 밖으로 나가 달렸다. 맨발로 걸었고, 춤을 추었다.

잠자는 동안 쉬고 있던 뇌와 신체가 깨어나 두뇌 회전이 빠르고 컨디션이 가장 좋아지는 새벽 시간을 온전히 나를 만나는 시간으로 누렸다. 응급환자를 살릴 수 있는 골든아워, 혹은 방송에서 시청률이 가장 높은 시간대를 말하는 골든타임처럼 잠에서 깨어난 직후 두 시간, 뇌의 골든 아워를 자신의 뇌가 좋아할 쉽고 단순한 활동을 반복하며 뇌의 힘을 키워갔다. 몰랐던 자신을 발견하는 반가운 순간을 모아가며 예전의 자신으로 돌아가려 하지 않는다.

매일 자신과 노는 새벽 놀이 시간으로 기분 좋은 도파민과 강화된 면역체계로 더 건강한 자신을 만나고, 그들의 아침은 이미 낮시간의 3배의 효율을 내며 여유롭게 시작된다.

오늘도 변함없이 올라간 입꼬리와 가벼운 발걸음으로 세상 밖으로 나가 그녀들만의 의욕과 활력을 전한다.

5장 아침 명상과 운동의 힘 박도은

1장

사람들을 치유하는
힐러의 독서

◇◇◇◇◇

김희수

지금 만나고 싶은 '나'

베란다 한구석을 온통 초록색 페인트로 칠했다. 그 구석진 자리는 나만을 위한 공간이 되어주었다. 결혼해서 20년이 되었던 그때, 우리 집에는 방이 4개 있었지만 나만의 공간은 없었다. 안방, 딸 방, 아들 방 그리고 남편의 서재 겸 오피스로 쓰는 방이 있었다. 지금까지 내 공간에 대한 소망이 크게 있었던 것은 아니었는데, 그때는 진심 누구에게도 방해받지 않는 나만의 공간이 절실히 필요했다. 그리고 이런 나의 마음이 무엇을 의미하는지 그때는 정확히 알지 못했었다. 그렇게 나의 속사람은 알 듯 모를 듯한 신호를 보내고 있었다.

새벽 기상은 어느 날 우연히 만나게 된 책으로부터 시작되었다.

'혼자 있는 자유에 푹 빠질 수 있는 시간이죠. 일하기보다는 명상과 사색, 연구를 해요. 부자들의 사례를 분석하고, Having의 비밀을 알아

낸 것도 그 시간이 준 선물이죠.'

이서윤·홍주연이 쓴 《더 해빙》에서 읽은 이 문장이 나의 삶을 송두리째 뒤흔들어 놓았다. 책에서 말하는 것을 한 가지만이라도 꼭 해봐야겠다는 순수한 마음이 꿈틀거렸다.

나도 이 시간이 주는 선물을 받고 싶었다. 무엇보다 혼자 있는 자유에 푹 빠져보고 싶었다. 그때는 이 세상 누구도 예측하지 못했던 코로나로 세상이 마치 멈춘 것 같았던 2020년 3월이었다. 늘 바쁘게 움직이던 가족이 한 공간에서 24시간 부대끼며 살아가게 되니, 나의 마음속에 갑갑함이 목까지 차오르고, 시간적, 공간적 자유를 갈망하게 되었다. 내 마음은 절실했다. 나도 이 책에서 말해주는 해빙의 비밀을 알고 싶었다. 이 답을 얻으려면 무조건 새벽 기상을 해야 했다. 혼자만의 온전한 자유의 시간을 만들어서 그 비밀을 꼭 알아내고 싶었다.

올빼미처럼 새벽까지 잠을 안 자고 늘 뭔가를 하던 사람이 갑자기 새벽 기상을 어떻게 할 수 있을까? 결심은 했지만 자신이 없었다. 삶이 언제나 그렇듯, 정말 단순한 생각으로 쉽게 답을 얻을 수 있었다. 일찍 일어나려면 일찍 자야 한다는 것. 최소한 밤 10시에는 잠자리에 들어야 새벽에 눈을 뜰 수 있을 것 같았다. 결심한 날, 곧바로 가족들에게 나의 취침 계획을 선포하고 무조건 10시에는 방에 들어가 불을 끄고 누웠다.

성인이 된 이후로 잠들지 않았던 시간에 잠을 자려니 정말 머릿속에는 온갖 생각들이 스멀스멀 차올랐다. 몸을 이리저리 뒤척였다. 잠을 자는 게 여간 고역이 아니었다. 그래도 포기하고 싶지 않았다. 믿고 싶었다. 새벽 시간에 깨어 나만의 시간을 보내면 받을 수 있다는 선물에 대해서! 그 선물을 꼭 받고 싶은 열망이 너무나 강했다.

어떤 도움이라도 받을 요량으로 유튜브에 '수면에 도움이 되는' 검색어를 입력했다. 그러자 맨 위에 수면 명상이 떴다. 한 번도 명상을 접해본 적이 없었기에 낯설었지만, 취침에 도움이 된다면 뭐든 해보겠다는 마음으로 곧바로 영상을 재생했다.

"오늘 하루 동안 몸과 마음 모두 편안하셨나요? 오늘도 잠들기 전 하루 일정을 마무리하며 내 몸과 마음을 알아차리는 시간을 가져봅니다. 단지 몸과 마음이 있다는 알아차림을 통해 번뇌와 집착에서 빠져나와 맑은 정신으로 잠을 청하게 됩니다."

아주 차분한 음성으로 들려오는 소리가 내 마음도 평온하게 해주었다. 평소 잠자기 전 많은 생각들로 인해 소화가 안 된 사람처럼 마음이 더부룩했었다. 하지만 그날은 가이드가 들려주는 대로 나를 내맡긴 채 마음을 비우니 신기하게도 몸이 덩달아 가벼워지는 경험을 했다. 새벽 기상이라는 새로운 세상으로 나를 데리고 갔다.

새벽 공기는 이런 맛이었구나!

기적처럼 알람을 한 번에 듣고 새벽에 눈이 떠졌다. 온 세상이 깜깜한 그 시간, 나 혼자 깨어 침대 밖으로 나오게 되다니. 정말 놀라운 일이었다. 아직은 새벽 공기가 조금 쌀쌀해서 얼른 옷을 챙겨 입고는 물 한 잔을 마시고 집을 나섰다. 집 근처에 시내가 흐르는 산책길이 있어서 그 길을 따라 걷기 시작했다. 낮에도 밤에도 자주 걷던 길인데도, 새벽에 걷는 그 길은 어느 때보다도 더 생동감이 있었다. 나뭇잎도 물기를 머금고 금방 세수를 한 것처럼 말간 얼굴로 내게 인사를 건넸다. 발걸음은 가벼웠고, 온 세상이 마치 나를 반갑게 환영해주는 것 같았다.

인생 47년 만에 이런 새벽 기상의 상쾌함을 맛보다니! 지금까지 지나쳐 왔던 그 시간이 아쉽다는 생각마저 들었다. 새벽 공기의 맛은 탄산수처럼 톡 쏘고 상쾌하고 시원했다. 그렇게 10여 분을 걷다가 어젯밤 잠을 청하기 위해서 듣게 된 명상을 다시 듣고 싶어졌다. 잠시 멈추어서, 명상 가이드가 들려주는 아침 명상에 귀를 기울였다.

"오늘도 아름다운 아침입니다. 오늘 아침도 행복한 명상으로 활기찬 시작, 승리하는 하루를 만들어봅니다. 가슴을 활짝 열어 심호흡합니다. 상쾌한 기운을 들이마시고 입으로 길게 내쉽니다."

상쾌한 공기가 내 안 깊숙이 생기를 불어넣어 주면서 순식간에 긍정 에너지가 채워졌다. 내가 그토록 소망했던 혼자 있는 자유 시간을 얻고,

부와 행운을 끌어당기는 힘, 해빙의 기쁨을 나도 이제 맛볼 수 있다는 기대가 가득 차올랐다. '진짜 이게 가능하다고?!' 할 정도의 신기한 감정이 채워졌다.

최근에 읽은 파울리나 투름의 책 《아무리 바빠도 마음은 챙기고 싶어》에는 명상에 관해 이런 글이 있다.

'현대의 마음챙김 명상법은 몸과 마음에 긍정적인 영향을 주는 효과적인 방법입니다. 스트레스를 줄이고 더 건강하게, 더 큰 행복을 느끼게 하죠. 집중력과 평정심을 주는 것은 물론이고 창의력도 키웁니다.'

명상은 일상의 삶과 동떨어진 것이 아니다. 매일 눈을 뜨든 감든 호흡이 존재함을 인식하는 것이 바로 명상의 시작이다. 숨만 잘 쉬어도 몸 안의 문제를 해결할 수 있다.

마음을 단련하다 보니 세월 속에 쌓여있던 몸의 체지방 같은 나의 잡념들도 조금씩 정리가 되어갔다. 누가 안내해 준 것도 아닌데, 그렇게 나를 만나러 가는 여정을 보이지 않는 이끌림이 있는 것처럼 한 걸음씩 나아갔다.

새벽에 기상하는 날들이 쌓여가며 나는 스스로 외치고 있었다.

"나는 이 순간을 살고 있다. 오늘 내가 있는 곳마다 환한 빛과 사랑이 넘친다. 오늘 하루 좋은 일이 생긴다. 나는 지금 해빙을 하고 있다."

이전에는 아침에 눈을 뜨면 나에게 주어진 하루라는 시간의 무게가 나를 짓눌렀다. 뭔지 모를 불안한 감정이 하루가 시작되기도 전에 먼저 찾아왔다. 그렇게 시작된 날들은 '굿모닝'이 아니라 '짜증 모닝'일 때가 훨씬 많았었다. 신기한 건 새벽 기상 이전과 이후의 삶의 조건이 크게 달라진 것은 없다는 사실이다. 잠에서 깨어난 시간이 달라진 것과 내 마음이 달라졌다는 것 외에는.

호흡에 집중했을 뿐인데, 나라는 사람을 있는 그대로 받아들일 준비가 된 것이다. 그리고 이것이 놀라운 변화의 시작이 될 것이라는 사실을 나중에 알게 되었다. 하루하루 일상에서 나를 인정하고 세워주고 믿어주는 것이 삶을 온전히 만들어 주는 비밀이라는 것을 깨달았다.

나와 만나는 이 시간을 의미 있는 시간으로 채우고 싶은 욕심이 생겼다. 나를 나답게 일깨워주고 나로 채워지는 시간이 무엇일까 진지하게 생각해보았다. 생각 끝에, 머릿속에 선명하게 떠오른 것은 독서였다. 그것도 더 이상 혼자서만 하는 독서가 아닌, 한 번도 시도하지 않았던 독서클럽을 통한 함께하는 독서였다.

이 나이 되도록 숨도 제대로 못 쉬다니

매일 잠자기 전과 새벽 기상 후 유튜브 가이드를 통해서 명상을 이어갔다. 시간이 지날수록 긍정적인 효과가 보이기 시작하자 좀 더 체계화

되고 나에게 맞는 명상을 배우고 싶었다. 명상에 관련된 자료를 검색해 보니, 명상을 하기 위해서는 몸이 이완된 상태가 되어야 하고 이것을 제대로 배우려면 명상 요가를 접해보는 것이 좋은 방법이었다. 내가 사는 지역에는 명상 요가를 배울 수 있는 곳이 없었다. 명상 요가를 제대로 배우려면 1시간 정도 차로 이동하여 찾아가야 했다. 남들이 보면 무슨 부귀영화를 누리겠다고 그 거리를 운전해 가면서까지 그걸 배우냐고 할 수도 있다. 하지만 그때의 나는 간절히 나에게 찾아온 이 시간을 온전하게 보내고 싶은 열망이 더 컸다.

처음 명상요가원을 방문한 날, 선생님과 상담하고 곧바로 수강하기로 했다. 평소 운동과는 거리를 두고 살아왔고, 특히 다른 사람의 동작을 보고 따라 할 때 사지가 사방팔방으로 방황하는 나라서 좀 걱정이 됐다. 너무나 차분하고 평온해 보이는 선생님께서 초보도 상관없다고 용기를 주셔서 명상 요가를 하기로 했다.

코로나 팬데믹으로 수강생은 나를 포함해 두 사람밖에 없었다. 선생님께서 내 숨이 코로 들어와서 발끝까지 전해지는 것을 느껴 보라고 하셨다. 처음에는 숨을 쉬는 게 이렇게 신경을 써야 하는 건지, 지금까지 숨을 그렇게 많이 쉬고 살았는데 이토록 숨을 쉬는 게 어려운 일이었나 싶었다. 그간 내가 얼마나 숨을 가쁘게 쉬면서 살았는지 알게 되었다. 숨 하나 잘 쉬는 게, 내가 살아있음을 확인하는 호흡이 이토록 중요하다는 것을 새삼 배웠다.

지금까지 '더 잘해야 해. 왜 그것밖에 못 하니? 최선을 다해야지.' 하며 너무나 스스로 다그치며 살았던 나를 위로하기 시작했다. 좀 더 나만의 시간을 알차게 보내고 싶어서 알아본 명상 요가가 온전한 나를 만나게 해줄지 꿈에도 몰랐다. 명상 요가를 배우면서 점점 더 편안해지는 나를 느꼈다.

밤에 잠들기 전 내 몸 곳곳의 이름을 불러주면서 수고했다고 토닥였다. 그런 아주 사소한 행동들이 나를 귀한 사람이라는 생각들로 채워 주었다.

"넌 누구보다 소중한 존재야."

"넌 참 잘하고 있어."

"오늘도 최선을 다한 널 칭찬해."

그렇게 누군가에게 듣고 싶었던 말을 나에게 매일 해주게 되었다.

함께하는 독서는 처음이지?

독서 초보로 살았던 이유

몇 년 전 이지성의 《독서 천재가 된 홍대리》를 읽고, 100일 동안 33 권의 책을 읽는 도전을 해본 적이 있다. 이 책에서는 100일 동안 33권 을 읽으면 독서 습관이 제대로 잡혀 있지 않은 사람도 올바른 독서 습관 을 기를 수 있다고 했다. 인생의 변화를 꿈꾸는 많은 사람이 선택하는 것이 바로 독서이다.

나도 마흔 살을 코앞에 두었을 때, 인생의 변화를 간절히 꿈꾸었다. 책에서 제시하는 대로 100일 동안 읽을 33권의 책 리스트를 만들었다. 읽으면서 좋았던 문장들을 노트에 따로 적으며 혼자서 나름 프로젝트 를 꾸준히 100일 동안 실천했다. 솔직히 말하면 막바지에는 무조건 권 수를 채우려고 짧은 시집이나 글이 거의 없는 책을 리스트에 올리고 무 조건 목표만 달성하려고 했다. 당연히 100일 동안 독서를 했지만 독서 천재가 되거나 인생의 전환점을 맞이하는 일은 일어나지 않았다.

책을 그 정도 읽으면 내면이 좀 더 단단해져서 내공이 쌓이게 되리라 기대했다. 내가 삶에서 경험해보지 못한 것을 책을 통해 간접 경험하고, 지혜를 얻으면 숨겨져 있는 나의 놀라운 가능성을 발견할 줄 알았다. 하지만 목표를 달성했다는 아주 작은 성취감만을 간직한 채 나의 독서 프로젝트는 허무하게 끝이 났다.

2020년, 새벽 시간을 나만의 소중한 시간으로 만들고 싶은 간절한 마음으로 다시 독서에 대한 열정을 끄집어냈다. 진짜 내 인생의 변화를 가져다줄 독서를 이번에는 제대로 하고 싶었다. 책장에서 다시 꺼낸 《독서 천재가 된 홍대리》에서 그전에는 발견하지 못한 아주 중요한 팁을 하나 얻었다. 나의 체계적이지 못한 독서 습관을 제대로 잡아주려면 독서를 함께할 동지를 만나야 한다는 것이었다. 처음에는 주변에 함께할 사람이 있는지 찾아보았다. 아쉽게도 가까이에 그럴만한 사람들이 없었다.

"여보세요! 거기 누구 없소? 나와 함께 책을 읽을 사람."

노래라도 부르며 찾고 싶은 심정이었다.

찾으라 그러면 찾으리라

코로나 팬데믹이 일상이 되면서 가장 많이 바뀐 삶의 방식은 무엇일까? 무엇보다 사람들의 만남의 방식이 달라졌다. 대면으로 만나는 것이 여의치 않으니 오히려 가까운 사람들보다 한 번도 만난 적 없는 사람들과의 소통이 더 활발해졌다.

　나도 예외는 아니었다. 어떤 방식으로든 세상과 소통하기 위해 SNS를 자주 하게 되었다. 유난히 내 맘을 이끄는 분이 올리는 정보를 계속 눈여겨보았다. 어느 날 그분이 올린 피드를 보고 "우와 이거다!"를 외쳤다. 그 이유는 내가 그때쯤 그토록 찾고 있던 독서클럽 모집 내용이었기 때문이다. 정말 이건 운명인가 싶을 정도의 강한 이끌림으로 그분께 디엠을 보냈다. 나도 참여할 수 있다는 답장을 받고 곧바로 클럽에 가입했다.

　드디어 함께 독서를 해 나갈 진정한 동지가 생겼다. 그것도 독서클럽 이름이 '5AM 북클럽'이었다. 이 얼마나 멋진 운명적인 이름인가! 신청 후 설렘과 기대로 독서클럽이 시작되기를 기다렸다. 독서를 통해서 무엇보다 나다움을 발견할 수 있다는 희망이 마음속에서 피어났다. 작은 일에도 쉽게 흔들리고 불안했던 마음을 이해하고 지켜낼 힘을 키워내고 싶었다.

　언젠가 읽었던 사이토 다카시의 《독서는 절대 나를 배신하지 않는다》에 이런 구절이 있다.

　'책을 읽는다는 것은 한 사람이 깊은 내공을 쌓는데 필요한 재료와 질과 양을 더하는 행위다.'

이처럼 책을 통해서 내공을 쌓아보리라 다짐했다. 혼자서는 꾸준히 할 수 없다는 것을 알기에 함께하는 독서로 나를 이끌었다. 새벽 기상이 쏘아 올린, 명상에 이은 두 번째 화살이었다.

함께하는 독서가 이토록 설레는 일이라니

'5AM 북클럽'은 전 멤버가 자신의 성장을 위해 열정적으로 사는 엄마들이었다. 누구보다 현재의 삶에 충실하고, 긍정적인 마음으로 미래를 준비하는 멋진 멤버들이었다. 새벽 5시에 굿모닝 인사하고, 각자 자기 루틴대로 새벽 시간을 보냈다. 함께 읽기로 정한 책을 클럽장이 제시해 준 분량만큼 매일 읽었다. 그날 읽었던 부분 중 가장 마음에 와닿는 구절을 공유하는 것이 미션이었다. 함께 책을 읽으며 다양한 시각으로 책에 대한 안목을 기를 수 있는 이 독서 여정이 너무나 설레고 좋았다.

내가 미처 발견하지 못한 주옥같은 문장들을 다른 멤버들의 문장 공유로 알게 되는 날은 예기치 않았던 선물을 받은 것 같았다. 서로 같은 책을 읽고 있다는 것만으로도 엄청난 동지애와 공감대가 형성되었다. 혼자서 책을 읽을 때 느끼지 못했던 응원과 지지도 받았다. 자존감이 올라가고 좀 더 긍정적인 방향으로 책의 영향이 고스란히 전해졌다.

책 한 권을 다 읽은 후에는 줌으로 만나서 서로의 생각을 나누는 시간도 꼭 가졌다. 한 번도 직접 만나보지 않은 사람들과 줌으로 이야기를 나누는 일은 매우 부담되는 일이다. 그런데도 이른 주말 멤버들은 어김없이 모여서 자기 생각을 진지하게 나누었다.

북클럽 멤버들과 줌으로 처음 만났던 날을 생생하게 기억한다. 비록 줌이었지만 예의를 갖추는 마음으로 새벽부터 목욕재계하고 정갈하게 옷을 갈아입었다. 두근두근 설레는 순간이었다.

"안녕하세요. 드디어 얼굴을 뵙게 되었네요!"

"희수 님 너무 반가워요. 이번에 처음 참여하셨는데 어떠셨어요?"

반갑게 인사하는 분위기에 어색함 없이 환하게 미소를 지었다. 낯선 느낌이 들지 않았다. 정말 신세계에 들어와 있는 것 같았다. 서로의 이야기에 경청하다 보니, 어느새 내가 읽은 책은 한 권이 아닌 참여하는 멤버의 숫자만큼 다채로웠다. 무엇보다 지면에 쓰여 있는 활자로써 책의 역할을 다한 것이 아니라, 생생히 글자 하나하나가 살아 역동적으로 와닿았다. 지금까지 살면서 얻은 경험과 지혜가 더해져 나를 조금 더 깊이 있는 사람이 되게 해주었다.

이렇게 북클럽을 통해서 알게 된 인연은 몇 년째 이어져 오고 있다. 최근에는 100일 동안 운동하는 켈리스 끈기프로젝트를 함께했다. 그리고 100일이 되는 날, 한라산 정상에 함께 올랐다. 처음 산에 오르는 사람들에게 좀처럼 마음을 열지 않는다는 그 한라산 등반은 우리 멤버들을 축복해주듯 날씨도 완벽했다. 더욱이 백록담은 물까지 머금은 채로 우리를 맞이해 주었다. 멤버들 중 한 사람도 뒤처지거나 포기하지 않고 장장 12시간에 가까운 산행을 모두 멋지게 해내었다.

독서를 통해서 나를 성장시키고, 좀 더 내면이 단단해지고 싶어서 찾았던 독서클럽이었다. 이젠 독서를 넘어서 인생의 소중한 시간을 함께 나누고픈 인생의 동반자가 되었다.

후나타니 슈지도 《오늘이 인생을 바꾸기에 가장 좋은 날》에서 가장 나답게 꿈을 이루려면 만남이 중요하다고 말하고 있다.

'새로운 세계의 문을 활짝 열어 많은 사람과의 만남을 도모하다 보면 닮고 싶고 따르고 싶은 사람과 인연이 닿을 것이다. 이처럼 다양한 세계에서 활약하는 사람을 두루 만나는 건 매우 유용한 활동이다. 나도 지금까지 살아오면서 다양한 변화를 경험해 왔는데, 그 변화의 공통점은 타인과 만나는 과정에서 일어났다는 사실이다.'

아뿔싸! 하마터면 집에 불날 뻔했네

상쾌하게 일어나 명상하고, 창문을 열어 새벽 공기를 마셨다. 신선한 공기가 콧속으로 들어와 내 몸을 정화해주었다. 독서클럽 멤버들과 함께 읽던 조성희의 《더 플러스》를 펼쳐서 읽기 시작했다. 그날은 책을 읽어 내려가는데 문장들이 하나하나 뇌리에 꽂혔다.

"넌 귀한 존재야. 네 안에는 무한한 잠재력이 있어. 넌 충만한 행복을 누릴 권리가 있어."

그렇게 외쳐주는 소리가 책에서 들려오는 것 같았다.

그리고 그 순간, 내 머릿속에 번뜩이는 아이디어가 떠올랐다. 책을 급하게 옆으로 밀어 둔 채, 그 생각들이 달아날까 봐 얼른 노트에 그림을 그렸다. 내가 정말 꿈을 이룰 미래의 공간을 어떻게 만들고 싶은지 구체적으로 적었다. 마치 실제로 그 공간이 내 눈앞에 펼쳐져 있는 듯 생생하게 머릿속에 그려졌다.

그때, 갑자기 뭔가 타는 냄새가 심하게 났다. 나는 열어 놓은 창문으로 타는 냄새가 들어오나보다 생각했다. 아뿔싸! 책의 표지가 내가 켜 놓은 낮은 촛불 위에 놓여 있었고, 거기서 타는 냄새가 진동을 했다. 나는 부리나케 책을 촛불에서 치웠다. 정말 천만다행으로 책 표지가 워낙 두꺼워서 표지만 동그랗게 인장을 찍은 것처럼 탔을 뿐 안쪽은 타지 않았다.

위험천만했던 일이었지만, 책을 통해서 경험할 수 있는 새로운 세상을 열어주었다. 새벽 독서의 온전한 몰입이 마치 영화 속의 시간여행자 같은 경험을 선사했다. 희미했던 나의 꿈을 선명하게 뇌리에 새겨 놓았다.

'너의 미래가 꼭 그렇게 될 거야.'라고 누가 도장을 쾅 찍어 준 것처럼 책의 표지는 아직도 동그랗게 탄 자국이 선명하게 남아 있다. 당연히 나의 마음속에도 확연하게 새겨져 있다.

책은 언제든 읽을 수 있다. 하지만 새벽 시간의 독서는 우리의 잠재된 무의식을 활짝 열어주고 지금까지 알지 못했던 것들을 일깨워준다. 나는 독서하면서 훌륭한 작가들과 대화한다. 책은 내 안에 존재하는 가상현실을 보여주는 디바이스와도 같다.

사이토 다카시의 《독서력》에 나오는 문장처럼 '독서는 뛰어난 사람의 생각이 자신의 내면으로 들어오게 하는 기회를 제공한다.'

부캐 전성시대, 나도 새 이름으로 불러 다오

20대 이후에 가슴이 설레는 일이 별로 없었는데, 나의 미래의 그 공간만 생각하면 하늘을 붕붕 나는 것 같았다. 눈을 감고 떠올리기만 해도 미소가 지어지는 그 공간에 이름을 만들어주고 싶었다. 나의 상상 속에서는 벌써 건물이 다 갖춰졌고, 이젠 건물 앞에 현판을 걸어야 할 때다.

'어떤 이름이 제일 잘 어울릴까? 내 이름을 넣어볼까? 외국에는 자신의 이름을 딴 건물들이 많은데, 나도 내 이름 석 자를 건물에 새겨볼까?'

혼자 이런저런 상상을 하며 즐거운 고민에 빠졌다. 그 공간에서 하려고 하는 의미를 부여해 보고 싶었다. 또 외국의 건물처럼 내 이름이 들어갔으면 좋겠다는 생각이 들었다. 그 공간은 사람들이 와서 쉼을 누릴 수 있는 힐링 공간이 될 것이다.

아! 그 순간 Healer라는 영어가 떠올랐고, 거기에 내 이름의 Hee를 붙여서 'Healerhee'라고 부르고 싶었다. 그렇다면 그 공간의 이름은 'Healerhee House'라고 현판에 적으면 되겠다. 바로 이거야! 이미 건물주가 된 것처럼 뿌듯하고 충만해졌다. 이름을 정한 뒤, 언젠가 읽었던 책에서 '내 존재 자체가 온전히 되어야 현재 꿈꾸는 것이 현실이 된다'라고 했던 것이 생각났다. 나란 존재를 부르는 명칭부터 먼저 다 바꾸어야겠다. 나와 관련된 모든 아이디를 Healerhee가 들어가게 바꾸었다. 새로운 내가 탄생하는 순간이었다.

나는 어떻게 가슴 뛰는 꿈을 갖게 됐을까? 그 이전에도 끊임없이 무언가를 열심히 추구하는 1인이었다. 하지만 그때 품었던 꿈이 남들이 보기엔 그럴싸한 모양은 갖추었지만, 가슴이 뛰지는 않았다. 만일 지금 당장 눈을 감고 미래의 한순간을 떠올리는데 가슴이 뛰지 않는다면 스스로 솔직하게 물어야 한다. 그것이 진짜 내 꿈이 맞는지를. 다른 사람들이 나에게 기대하는 것에 나를 맞추지 않았는지를. 내 영혼이 정말 원하는 삶을 꿈꿔야 한다.

최근에 많은 사람이 자신의 미래를 꿈꾸며 비전 보드를 만드는 것을 보았다. 하지만 대부분의 사람들은 그 비전 보드에 붙인 사진들이 현실화되지 않는다. 간절하지 않아서일까? 아직 그만큼의 노력을 기울이지 않아서일까? 실제로 꿈을 이룬 사람들과 이루지 못한 사람들의 차이는 무엇일까?

그 이유는 자신이 정말 원하는 것을 깨닫지 못한 채 남들이 좋다는 것을 따라 하는 경우가 많기 때문이다. 이것은 마치 여행하고 싶은 목적지는 있지만 내가 출발할 곳을 정하지 않은 것과 같다. 언젠가 그 목적지에 닿으려면 분명하게 내가 어디서 출발할지부터 정해야 여행 경로가 확실해지는 것이다. 남들에게 나를 내맡긴 채로 어딘가로 데려가 달라고 하는 건 하늘을 올려다보며 날아가는 비행기를 쳐다보는 것과 같은 상황이다.

어떻게 수많은 시행착오 끝에 진정한 꿈의 그림을 그릴 수 있었을까? 그것은 새벽에 온전히 나에게 집중했기에 가능했다. 독서를 통해 진정한 나의 소리에 귀 기울인 덕분이었다. 내가 진정으로 원하는 삶이 무엇인지 깊이 생각하게 되었다. 지금 읽는 책 한 권이 인생을 어떻게 바꾸어 줄 수 있을지는 알 수 없다. 그러나 지속해서 책을 읽다 보면, 그 시간이 마일리지처럼 쌓여서 나를 원하는 인생의 지점으로 데려다준다. 수많은 성공자들이 자신의 성공 비결을 독서로 꼽는 이유가 바로 여기에 있다.

여기가 바로 뷰 맛집이라네

"눈앞에 있는 현실처럼 생생하게 상상하라."

이 말을 정말 매일 반복적으로 떠올렸다. 만들어 갈 미래를 좀 더 느끼고 내 것으로 만들려고 애썼다. 해 질 무렵 노을을 바라보며, 그 꿈의 공간에 서 있는 나를 온몸으로 느꼈다. 그 시간은 가장 좋아하는 시간이어서 상상하기에 안성맞춤이었다. 미래의 어느 날, 옥상정원의 라탄체어에 몸을 기댄 채 노을 지는 풍경을 바라보고 있다. 가볍게 마실 와인과 치즈도 테이블에 준비했다. 오늘 열심히 하루를 살아낸 나에게 선사하는 소확행이다.

아직 만나지 못한 나의 미래는 지금 반드시 된다고 믿는 생각에 달려 있다. 그다음은 실천력이 뒷받침되어야 한다. 내가 정말 누리고 싶은 미래가 눈앞에 생생히 그려진 이상, 이젠 믿음으로 이미 그 존재가 되었다고 믿고 나아가면 된다.

우리의 현재 생각과 믿음이 제품을 디자인하는 디자이너의 아이디어라고 생각해보자. 우리가 사용하는 많은 제품은 누군가 처음에 디자인한 사람이 있다. 디자인 단계에서 계속 바꾸고 확정 짓지 않으면, 그 제품은 공정 과정을 거쳐서 절대로 제품으로 탄생할 수 없다. 우리의 미래도 이와 같다. 나의 확고한 믿음은 현실화를 위한 필수요소이다.

성경 말씀에도 이런 구절이 있다. '믿음은 바라는 것들의 실상이요 보이지 않는 것들의 증거니.'(히 11:1)

실제로, 꿈꾸고 믿는 것이 정말로 이루어질지 궁금해졌다. 몇 달 뒤 우리 가족은 포항으로 이사를 계획하고 있었고, 갈 집이 아직 정해져 있지 않은 상태였다. 마음속에 원하는 아파트, 원하는 높이가 있었다. 반드시 현실화해야 하는 상황이었다. 소망을 적은 대로 생생히 믿으면 정말로 이루어질까? 이것으로 나만의 실험을 해보기로 했다.

먼저, 사전에 그곳을 방문해서 생생히 마음에 담았다. 원하는 층을 정확히 노트에 적었다. 그리고 유튜브를 통해 내부가 공개된 같은 아파트의 집들을 보면서 거기에 사는 것처럼 상상했다. 수시로 매물을 확인하면서 내가 갈 수 있는 집에 집중했다. 빨리 결과가 나오기를 원했지만 그렇게 되지는 않았다. 하지만 마음을 담아 지속적으로 상상하고, 거기에 이미 있다는 느낌을 가지려고 했다. 과연 그 소망이 이루어졌을까?

그렇게 노트에 적어놓은 지 몇 달이 지나갔다. 매일 그 노트를 펼쳐보면서 글자 그대로 외우진 않았지만, 잠자기 전에 눈을 감고 원하는 집에 있다고 상상했다. 그 집에서 여유롭게 소파에 앉아 저 멀리 바다를 바라보는 상상을 계속했다. 그날로부터 3달이 지난 어느 날 드디어 이사하게 되었다. 사실, 이사할 때는 노트에 적어놓은 내용 그대로를 기억하진 못했다.

이사 온 뒤 몇 달이 지나고 나서 우연히 그 노트를 펼쳐보게 되었다. 그것을 본 날, 나는 깜짝 놀라서 소리를 질렀다. 다음과 같이 적혀 있었기 때문이다.

'바다가 보이는 40층 아파트에서 여유로운 생활을 하고 있다.'

현재, 우리 가족은 바다가 보이는 아파트 4001호에 살고 있다. 진짜 노트에 적은 그대로 그 소망이 이루어졌다. 믿음을 갖고 생생하게 꿈꾸었더니 그 일들이 정말 현실이 되었다.

'눈앞에 있는 현실처럼 생생하게 상상하라. 당신이 상상한 그대로 이루어질 것이다.'

성장하기를 멈추지 않는 삶

왜 그리 바쁘게 사니?

◇◇◇◇◇

2020년에 상상도 못 했던 세상이 펼쳐졌다. 너무나 당연하게 학교로 직장으로 집을 나섰던 우리는 갑자기 한 공간에 갇혀 버렸다. 딸은 방 안에서 대학생활을, 남편은 서재에서 직장생활을 하게 됐다. 나도 외부에서 사람들을 만나는 일을 했는데 코로나 팬데믹으로 갈 곳이 없어졌다. 각기 다른 라이프스타일대로 일상을 살았던 성인 3명이 온종일 집 안에 머물렀다. 처음엔 그런대로 지냈지만 시간이 지날수록 마음이 갑갑했다.

해방의 돌파구가 필요했다. 분명한 것은 내가 상황을 바꿀 수는 없었다. 그렇다면 나를 바꿀 방도를 찾아야 했다. 절실하게 그 방법을 찾던 어느 날, 인터넷에서 이런 문구를 보았다.

'내가 진짜 무엇을 원하는지, 어떨 때 행복하고 나다운지, 우리 자신이 어떤 사람이 되어 어떤 속도로 살아가고 싶은지를 아는 것이 더욱 중요합니다. 그래야 비로소 세상에 끌려가지 않고 내게 맞는 세상 속에서 살아갈 수 있을 테니까요. '세바시대학'과 함께 새로운 나를 찾고, 성장해 가는 서로의 동료가 되어줍시다! 변화는 다른 사람의 말을 '듣는' 것으로부터 시작하지만, 그것만으로는 충분하지 않습니다. 듣고 쓰고 말하는 과정은 들어주고 읽어주는 사람들과 함께해야 의미가 생기죠. 그것이 '세바시대학'의 시작입니다.'

이런 소개 글과 세바시대학 등록이라는 글자가 내 눈앞에 입체적으로 다가왔다.

"그래, 네가 찾던 것이 바로 이거야! 지체하지 말고 등록해!"라고 누군가 옆에서 이야기를 해주는 듯 이끌림에 곧바로 등록했다. 그렇게 나는 코로나 팬데믹 시국에 공간에 갇혀 버린 현실에서 탈출하여 세바시대학의 학생이 되었다.

세바시대학에 등록하니, 세바시가 10년 동안 제작해온 1,400편 넘는 강연 중 선별된 강좌들을 무제한으로 들을 수 있었다. '세바시대학'의 가장 큰 장점은 오프라인 현장에서나 들을 수 있었던 강의를 집에서 라이브로 들을 수 있다는 것이었다. 우리나라에서 어떤 분야든 최고라 할 수 있는 강사님들의 강의를 라이브로 만났다. 또한 강의를 들으면서 내가 직접 강사님께 묻고 싶은 질문들을 바로 할 수 있었다. 한 번도 스스로 묻지 않았던 인생 질문을 서로 묻고 답하는 것도 그곳의 특별한 '인생 질문 세미나'였다.

대학이라는 커뮤니티에 소속되어, 배움을 좋아하는 사람들과 교류할 수 있다는 것도 큰 장점이었다. 한 달에 2번은 강의 위주의 라이브클래스이고, 1번은 '인생질문책'에 관한 강의와 소그룹 대화 방식이었다. 컴퓨터 화면으로 만나게 된 세상은 다른 차원으로 나갈 수 있는 징검다리였다.

세바시대학 등록 후 처음으로 듣게 된 강의는 30년간 언론인으로 직장생활을 하시고, 정년퇴직 후에는 강의, 집필 등으로 활발하게 60대의 멋진 인생을 살아가시는 유인경 강사님이셨다. 50대 이후의 인생 2막에 대한 고민으로 마음이 혼란스러웠던 내게 너무나도 필요한 강의였다.

'나 자신을 진정으로 사랑하고 나와의 로맨스를 즐길 줄 아는 사람이 돼라. 그래야 진정한 자신만의 매력도 발산되고 또 타인도 사랑하게 된다. 이 세상을 가치 있고 즐겁게 긍정적으로 살 수 있는 방법은 진정으로 자신에 대해서 정확히 이해하는 것이다. 늘 삶 속에서 질문을 던지고, 너무 타인을 의식하지는 마라. 스스로 좋다고 생각되는 것을 관철하고 나갈 수 있는 용기도 가져라. 이 세상 그 어떤 누구보다 스스로가 자신의 가장 좋은 친구가 돼라. 60대 이후에는 그 사람의 취향만 남게 된다.'

또한 100세 넘으신 철학자 김형석 교수님의 인터뷰 내용도 귀한 말씀으로 다가왔다.

'100년을 살아보니 가장 빛난 인생은 60세 이후에 자신이 좋아하는 취미들을 배우고 즐기시면서다. 결국, 세상에서 얻은 부와 명예, 타이틀보다 자신이라는 존재로서 살아갈 때의 기쁨과 행복이 더 크다.'

세바시대학 학생이 된 이후에 나 자신에게 가장 많은 질문을 던지게 되었다. 근원적으로 '나는 누구인가?'라는 질문부터 '내가 진정으로 원하는 삶은 무엇인가?' '앞으로 남은 반백 년의 인생을 어떻게 살고 싶은가?' 미래의 나에게도 질문을 했다.

과거의 나를 되돌아보는 것도, 아직 오지 않은 미래의 나를 그려보는 것도 모두 어려운 일이었다. 분명 나로서 살아온 시간이었는데, 진짜 나에 대해 아는 것이 별로 없었다. 하지만 질문을 던지면서, 무언가 그 답을 찾기 위한 여정이 시작된 느낌이었다. 진짜 나를 찾기 위한 여정.

이렇게 온라인 배움의 세상으로 한 걸음 나아가게 되었다. 이젠 더 이상 코로나로 단절된 세상을 탓하며 마음의 우울을 키워나가던 내가 아니었다. 세상은 마음먹고 눈을 크게 뜨고 찾아보면 너무나 배울 것도 나눌 것도 많은 세상임을 알게 되었다. 줌으로 공부하고, 독서하고, 운동하고, 명상하고 일상을 바쁘고 즐겁게 살아가는 삶이 시작되었다.

2022년 초 세바시대학 1년여 과정의 마무리로 세바시 무대에서 졸업생 스피치를 했다. 오래전부터 세바시 애청자로서 꿈을 꾸었다. 나도 언젠가 저 멋진 강연자님들처럼 세바시에서 강연을 해보겠다고. 나의 이 꿈은, 답답한 현실에서 나를 찾고자 하는 열망으로 시작했던 세바시대학을 통해서 이루어졌다.

삶에서 우리가 예기치 못한 상황은 늘 일어난다. 하지만 그 상황을 대하는 자세와 마음가짐이 결국 나를 더 좋은 곳으로 데려다 줄 수 있는 방향키가 된다. 내가 인생이라는 망망대해를 항해하는 선장이기 때문이다.

부러우면 지는 것이 아니라 따라 하는 것이다

요즘 일상에서 빼놓을 수 없는 루틴이 SNS를 통한 사람들과의 교류이다. 알고리즘이 나를 새로운 곳으로 안내한다. 해시태그로 연결된 낯선 사람을 나의 관심사에 맞게 연결해준다. 때론 타인의 시선으로 진짜 만나고 싶은 나의 모습을 발견할 때도 있다. 직접 만나본 적도, 음성 대화를 나누어 본 적이 없음에도 매일 일상을 나누다 보면 어느새 아는 사이가 된다. 그리고 서로의 삶을 응원한다.

몇 달 전에 알게 된 인친도 서로의 관심사로 연결되었다. 이분이 운영하시는 프로그램이 여러 개 있었다. 그중에 제일 부담 없이 접해 볼 수 있는 프로그램이 영어 낭독이었다. 일주일에 3번 새벽 6시 즈음으로 만나서, 원서를 일정 부분 큰소리로 낭독한다. 진행자가 챕터마다 단어, 구절 등을 이해하기 쉽도록 정리해서 미리 나누어 준다. 참여자들은 그

것을 읽어보고 책을 함께 영어로 읽는다. 새벽이라서 카메라는 켜지 않고 목소리로만 영어를 한 문단씩 돌아가면서 읽는다. 그 시간은 쑥스럽기도 하고 낯설기도 했다. 하지만 영어를 읽는 내가 좋았고, 매번 정성을 다해 자료를 준비해주시는 분이 감사했다. 우리가 읽은 책은 나폴레온 힐의《Think and Grow Rich》였다.

내용이 쉽지 않은 책이라 영어로 읽으면서 곧바로 이해되진 않았다. 하지만 원서를 처음부터 끝까지 한 번도 빠지지 않고 읽어서 뿌듯했다. SNS에서 누군가의 삶을 관심 있게 보지 않았다면 절대 경험해보지 못했을 일이었다.

나의 이런 시도는 사실 최근에 국한되는 일은 아니다. 90년대 대학시절, 해외여행 자율화가 되고 대학에서 해외 언어연수가 유행할 때였다. 우리 집은 내가 고3 때 아빠가 운영하는 회사가 부도가 나서 형편이 매우 좋지 않았다. 대학 4학년 1학기가 되었을 때 친구들은 하나둘씩 해외로 연수를 이미 떠났었다. 우리 집 형편을 생각하면 엄두도 못 낼 일이었지만, 이대로 대학을 졸업하고 싶지 않았다. 해외연수 간 친구들이 부러웠다. 어려운 형편에 부모님께서 허락하시기 어려울 것을 알았기에 먼저 계획을 철저히 세웠다. 휴학을 하고 한 학기는 아르바이트를 해서 돈을 조금 모으고, 나머지 한 학기 동안만 해외로 연수를 가는 것이 나의 계획이었다. 가고자 하는 학교의 수속 과정도 YWCA에서 도움을 받아 유학원 비용 없이 스스로 했다. 이렇게 철저한 준비로, 1996년 1월

드디어 캐나다 앨버타대학교로 연수를 떠났다.

캐나다에서 대학교의 ESL코스(제2외국어 영어 코스)에 등록해서 한 학기를 다녔다. 하지만, 그 당시 한국의 어학연수 붐으로 한 교실에 한 국인이 80% 이상이었다. 진짜 소중한 기회로 캐나다까지 오게 되었는 데, 이대로 한국 영어학원 같은 분위기에 머물 수는 없었다. 유창하게 영어로 소통하는 사람들이 너무 부러웠다. 그곳에서 다른 과정들을 찾아보기 시작했다. 지역주민을 위한 커뮤니티센터를 찾아가서 과정들을 알아봤다. 이민자들을 위한 소그룹 영어공부방이 있었다. 그룹의 선생님은 폴란드 분이어서 영어가 모국어가 아니고 스터디 멤버들도 주로 유럽 사람들이었다. 모두가 제2외국어로 영어를 배우는 사람들이어서 편하게 소통했다.

현지에서 언어에 대해 부러움이 커지면 커질수록 될 수 있는 한 더 많이 영어를 사용할 기회를 만들었다. 커뮤니티센터의 프로그램 중에 즉흥연극반(Improvisational Drama Class)이 있었다. 이 프로그램은 말그대로 즉흥적으로 주어진 상황에 대사와 행동을 만들어서 표현해야했다. 지금 생각하면 모국어로도 어려운 즉흥극을 영어도 어눌한 내가 무슨 용기로 매주 참여했는지 상상이 안 된다. 하지만, 그만큼 절실하게 잘하고 싶었다. 나도 그곳에 사는 사람들처럼 영어를 자유자재로 사용하길 원했다. 수업에 참여하는 사람들이 나를 바보로 생각해도 상관없었다. 답답해 보여도 누구를 배려할 여력이 없었다. 그 시간만큼은 나의 성장에만 초점을 맞추고 최선을 다했다.

내가 캐나다에서 머문 시간은 8개월 정도였다. 부러움의 대상이 많아질수록 더욱 그들처럼 되기 위해서 치열하게 배웠다. 내가 경험해 볼 수 있는 상황이 생기면 주저하지 않았고 곧바로 실행했다. 어학연수를 가기 전에, 형편없는 토익 점수와 평범한 나의 스펙으로는 취업의 문이 너무 높게 보였다. 그래서 어떻게든 잡고 싶었던 해외 어학연수의 꿈! 나는 그 기회를 나의 것으로 만들었다. 그렇게 8개월이 지난 뒤에는 영어로 유창하게 나를 표현하게 됐다. 대학 졸업 전 취업도 거뜬히 이루어 냈다.

이런 과거의 경험들은 고스란히 나의 삶의 태도가 되었다. 잘나가는 사람의 삶의 모습을 보며 부러워만 하면서 패자로서의 심정을 갖지 않는다. 나도 그들처럼 되려면 무엇을 해야 하는지 일단 비슷하게 따라 해 본다. 그렇게 부러움으로 따라 하다 보면 나도 그 지점 언저리에 닿게 된다. 그리고 신기하게도 비슷한 삶의 태도를 가진 사람들을 우연히 만나게 된다.

삶의 방향성이 비슷한 사람들을 만나다 보면 특별할 것 없는 내 인생도 특별한 이야기가 된다. 서로 전하는 메시지가 긍정적인 이끌림으로 이어진다. 희한하게 댓글 한 줄 속에서 그 사람이 어떤 사람인지가 느껴진다. 한 줄씩 주고받는 말들이 쌓여서 좋은 인연으로 관계를 맺는 사람들이 내게는 꽤 있다. 지금 이 책의 공동 저자분들과의 인연도 그렇게 시작되었다. 좋은 것을 부러워만 하지 않고 적극적으로 '좋아요!'라고 표현했던 그 댓글 한 줄이 내가 원하는 방향으로 이끌어 준 것이다.

누군가를 부러워만 하는 사람은 절대 성장도 변화도 있을 수 없다. 부러우면 지는 것이라고 아예 남의 인생 따위엔 관심을 두지 않는 것도 우물 안 개구리처럼 자신만의 세상에 갇혀 살게 된다. 남들의 삶을 바라보는 나만의 관점을 키워야 한다. 나의 성장에 도움이 될 만한 것들은 적극적으로 따라 해본다. 그러면 어느새 달라진 나를 만날 수 있다.

이렇게 삶의 기회를 놓치지 않은 것이 언젠가는 다 연결되어 또 다른 경험을 하게 해준다. 최근에 현재 살고 있는 포항에서 '생애전환프로그램 연극 체험'에 참여했다. 프로그램의 내용도 잘 모르고 그냥 참여했는데, '송도거리축제'에서 거리공연을 하게 되었다. 배우들의 동작과 언어로 즉흥적으로 안무와 극을 만들어 가는 공동 창작과정을 함께했다. 그리고 실제로 거리에서 공연을 했다. 캐나다에서 참여했었던 즉흥극이 많은 도움이 됐다.

얼마나 재미있는 인생인가! 인생의 하프타임을 살아보니 자신 있게 이야기할 수 있다. 매일 인생의 기록을 경신하고 있다.

김연수는 《청춘의 문장들》에서 G. K 체스터튼의 말을 빌려 '사랑하는 것은 쉽다. 그것이 사라질 때를 상상할 수 있다면'이라고 썼다. 그의 말마따나 모든 것이 지나가고 나면 다시 돌아오지 않는다.

'단순히 사랑해서가 아니라 그 사실 때문에 사랑한 것이며, 사랑하지 못할까 봐 안달이 난 것이었다. 사실은 지금도 나는 뭔가를 사랑하지 않는 사람들을 보면 이상하기만 하다. 그 모든 것들은 곧 사라질 텐데, 어떻게 사랑하지 않을 수 있을까?'

독서로 찾게 된 나의 인생 2막

이젠 진짜 나를 만나고 싶습니다

◇◇◇◇◇

어릴 적 나의 유년기를 생각해보면, 떠오르는 장난감이 하나 있다. 제미니 자동차. 사실 그 장난감의 모양조차 기억 속에는 희미하다. 그런데도 그 장난감을 떠올리면 마음 한구석이 짠하다.

나는 딸만 셋인 집안의 셋째 딸이다. 이 얘기를 들으면 사람들은 바로 "와, 귀여움 많이 받고 자랐겠네요. 선도 안 보고 데려간다는 그 셋째 딸이군요."라고 이야기한다. 이 말에 "전 막내지만, 장녀 같은 막내딸이에요."라고 서둘러 대답한다. 나의 유년 시절에 대한 부정적인 감정이 그런 대화 방식으로 불쑥 튀어나오곤 했다.

'애어른'은 아이인데 아이 같지 않고 어른스럽다는 표현이다. 일반적으로는 또래보다 성숙하고 행동이나 말을 조심스럽게 하는 아이를 두고 하는 말이다. 나는 어릴 적부터 이런 말을 자주 들었다. 원하는 것을 솔직하게 표현하지 않거나, 감정을 그대로 드러내지 않는 상황에서였다.

내가 태어난 70년대는 집안에 아들 한 명 정도는 있어야 한다는 남아선호사상이 아직도 우세했던 때였다. 군인 장교이셨던 아빠도 당연히 '자식 중에 아들은 한 명 있었으면 좋겠다.' 하는 바람이 있으셨다. 하지만 안타깝게도 기다리던 세 번째 자녀는 아들이 아닌 딸이었다. 내가 태어났을 때 상황을 엄마를 통해서 수없이 반복해서 전해 들었다.

"너희 아빠가 또 딸이라고 병원에도 오지 않았어. 엄마한테 아들도 못 낳는다고 막 뭐라 하고 그랬었어."

이 상황에서 가장 마음 상했을 사람은 바로 엄마였다. 그렇기에 가끔 넋두리하듯이 엄마는 이야기했다. 나는 여자로 태어났기에 실망을 준 존재였다. 사랑받고 칭찬받는 사람이 되고 싶었다.

유년기에는 아들이 없는 아빠에게 아들 역할을 하고 싶어서 제미니 자동차 장난감으로 아빠와 놀이를 했다. 때로는 몸으로 씨름하듯이 하는 놀이도 아빠와 했다. 내가 뭔가를 갖고 싶은 것이 있거나, 하고 싶은 것이 있어도 말하지 않고 조용히 있었다. 그러면 막내인데도 참을성이 많다는 칭찬이 뒤따랐다. 이런 말들이 나란 존재를 인정해주는 것이라 믿으며 살았다. 부모님은 내가 어떤 마음이었는지 전혀 모르셨을 것이다. 나이 40이 넘어서야, 뭔가에 쫓기듯 사람들의 반응과 칭찬에 민감해하며 사는 내가 왜 이럴까 하는 반문과 궁금증이 생겼으니 말이다.

나는 과연 누구일까?

무엇 때문에 아등바등 가쁜 숨을 몰아쉬며 사는 걸까?

내 속의 진짜 이야기를 듣고 싶었다.

《더 해빙》에 '삶이란 내 안의 나를 찾아 통합시켜 가는 여정이죠. 우리는 결국 자기 자신이 되어야 해요. 사람은 자신다워질 때 스스로를 행복하게 만들 수 있는 내면의 힘을 발견하게 되죠.'라는 구절이 있다. 내 안의 나를 찾아서 나다움이란 것이 무엇인지 알고 싶었다. 타인의 인정과 칭찬에 얽매이지 않고 자유로운 사람이 되고 싶었다.

현재 상담 일을 하면서 내담자가 어릴 적 들었던 말들이 평생 잠재의식 속에 얼마나 깊이 박혀있는지 자주 보게 된다.

며칠 전 애완견을 데리고 산책을 했다. 우리 강아지는 작고 귀여워서 전혀 위협적이지 않다. 산책길에서 마주친 4살짜리 아이가 유치원 가방을 메고 장난을 치고 있었다. 길모퉁이를 돌자 할아버지가 서 계셨다. 나와 강아지를 본 할아버지가 언성을 높이면서 말씀하셨다.

"거봐라! 네가 자꾸 장난치고 가만히 있지 않으니 강아지가 너 물려고 왔잖아! 얼른 이리 와서 가만히 서 있어!"

할아버지가 호통을 치니 그 꼬마는 갑자기 동상처럼 몸이 굳어버렸다. 겁에 질린 얼굴로 나와 강아지를 번갈아 바라봤다. 그냥 평화롭게 길을 걷던 나와 우리 집 강아지도 어리둥절했다. 나는 순간 우리 어른들이 무심코 내뱉는 언어가 얼마나 부정적인지 알게 되었다.

할아버지는 아이가 찻길로 가면 위험하니까 길에 얌전히 서서 기다려야 한다는 말씀을 하고 싶으셨을 것이다. 하지만 그분의 말은 아이에게 강아지에 대한 두려움을 심어주었고, 얌전히 서 있지 않으면 누군가 벌을 주러 온다는 공포심을 갖게 했다. 어릴 적에 들은 말은 어른이 되어서도 큰 영향력을 미친다. '딸로 태어나 환영받지 못했다'라는 말이, 성인이 되어서도 나란 존재에 대한 불안감을 주었던 것처럼 말이다.

나를 찾는 방법을 물색하던 중, '컬러테라피'라는 단어가 갑자기 떠오른 것은 신기한 일이었다. 몇 년 전 그룹으로 단 한 번 경험했던 게 다였다. 컬러로 내면 이야기를 들을 수 있다니! 그날 당장 받아보고 싶었다.

'컬러테라피'는 색의 에너지와 성질을 심리 치료와 의학에 사용하는 기법이다. 자신이 선택한 색으로 현재 어떤 마음 상태인지를 진단해주고 치료해주는 방법이다. 그날 바로 상담이 가능한 몇 군데의 리스트가 검색되었다. 제일 상단에 있는 곳을 온라인으로 예약했다.

1시간 정도 운전해서 그곳에 도착했다. 화이트 톤의 인테리어에 선명한 색의 컬러바틀이 전시되어 있었다. 반갑게 맞이해 주시는 분들의 환한 미소와 밝은 에너지가 나를 확 사로잡았다. 온화한 미소를 머금고 계신 분과 일대일로 컬러 상담을 진행했다. 11가지의 형형색색 컬러

바틀 중 4가지를 골랐다. 고른 4개의 바틀을 내가 원하는 순서로 재배치했다. 나는 컬러로 투영된 속마음을 풀어냈다. 처음엔 무슨 이야기를 해야 하나 난감한 생각도 들었다. 하지만 금세 컬러와 연관된 말들이 실타래 풀리듯 술술 나오기 시작했다.

나는 어떤 사람인가?

나의 원동력이 되는 에너지는 무엇인가?

나는 어떻게 살았는가?

앞으로 어떤 삶을 살고 싶나?

이 모든 답이 컬러로 고스란히 보였다. 정말 신기하고 놀라운 일이었다.

상담 선생님께서 "희수 님의 어린 시절은 어떠셨나요?"하고 간단히 질문했는데, 나는 왈칵 울음을 쏟아냈다. 좀처럼 남들 앞에서 눈물을 보이지 않았던 터라 너무 당황스러웠다. 그러고는 울먹이며 말했다.

"저…는 어린 시절에도 늘 애쓰면서 살았어요. 한 번도 어린아이로 산 적이 없는 거 같아요."

이 말을 내뱉고는 나도 모르게 주체할 수 없는 눈물을 흘렸다.

누군가의 관심과 칭찬에 나의 존재성을 부여하며 살았던 내가 안쓰러웠다. 타인의 시선을 신경 쓰고, 거기에 나를 맞추려고 노력했다. 열심히 살았지만 만족스럽지는 못했다. 그 부족함을 메우기 위해서 끊임없이 도전하며 살아왔다. 이런 삶의 태도가 주변 사람들에게 좋은 평가를 받을 수 있었던 장점이었기도 하다. 하지만 알지 못하는 불안감과 초조함이 늘 있었다.

'컬러테라피'를 통해서 알게 되었다. 나는 누구보다 '나'로 채워지는 즐거움과 성장에 관심이 많은 사람이란 것을. 그래서 누군가 정해 놓은 틀 속에 맞추려고 할 때마다, 왜 그토록 힘들고 답답했는지를 알게 되었다. 이젠 그 누구보다 나 자신의 목소리에 집중해 삶의 방향을 정하기로 마음먹었다. 그렇게 삶의 태도를 바꾸니 매일 '인생은 즐거워'라고 외치는 삶이 되었다.

세바시 강연에서 아주대 심리학과 김경일 교수님이 "우리는 '적정한 행복의 리스트'를 많이 가질수록 인생이 행복하고 풍요로울 수 있다"고 강조하셨다. 나에게 적정한 행복을 주는 삶의 모멘트를 찾아서 행복의 빈도수를 늘려야 한다.

인생의 터닝 포인트를 가져다준 '인생 책'과의 만남. 그리고 내 안의 진정한 나를 만나게 해준 '컬러테라피'. 지금은 이 두 가지가 인생 2막의 가장 중요한 일이자 핵심 요소가 되었다.

이제 진짜 나로서 살아가는 멋지고 신나는 인생 2막이 눈앞에 펼쳐지고 있다.

"브라보 마이 라이프!"

'함께'의 가치로 얻은 긍정의 변화들

무엇보다 다양한 경험을 즐기고 싶어 하는 '나'를 컬러테라피를 통해 정확히 이해했다. 어떤 것이든 호기심이 생기면 직접 해봐야 직성이 풀렸다. 눈에 띄는 것이 있고, 그게 무엇인지 궁금하면 즉시 실행했다. 이런 시도를 하면서 여러 번 시행착오를 겪기도 했다. 하지만 이런 것이 바로 인생 아닌가! 스스로 기회를 주지 않으면 평생 경험해 볼 수 없다.

유료 독서 모임 중 '트레바리'가 있다. 트레바리의 뜻은 이유 없이 남의 말에 반대하기를 좋아함. 또는 그런 성격을 지닌 사람이다. 예전의 나였다면, 이렇게 반대하고 논쟁거리를 만드는 사람들을 별로 마주하고 싶어 하지 않았었다. 내 안에 거절에 대한 두려움과 관계의 불편함이 있었기 때문이다. '뭐든 한번 해보는 거야'라는 마인드로 살기 시작했기에 이 또한 도전해보고 싶었다.

트레바리의 운영 방식은 내 돈으로 책을 구입하고 독후감을 먼저 제출해야 했다. 예전이라면, '참여비도 내고, 책도 사고, 독후감도 제출하는 불편한 모임을 왜 나가는 걸까?' 하고 의문을 품었을 것이다. 하지만 낯선 이 모임이 궁금했다. 궁극적으로, 이런 상황에서 반응하는 나를 만나고 싶었다. 선택한 트레바리 독서클럽은 '나 알기-에용'이었다. 이 세상 그 누구보다 자기 자신을 제대로 알고 싶은 주제로 만나는 사람들이었다.

첫 번째 모임에서 선정한 책은 김지수 작가의 《자존가들》이었다. 각계각층의 유명 인사들을 만나서 인터뷰한 내용을 엮은 책이다. 출판사 서평에 '21세기는 자본의 시대가 아닌, 자존의 시대다. 나이의 많고 적음, 사회적 성취라는 세상의 기준을 떠나, 어떻게 자기 자신으로 살아갈 것인가가 그만큼 절실한 시대다. 자기다움을 지키며 세상에 자신의 존재감을 피워낸 17인의 인터뷰를 수록했다.'라는 설명이 나온다. 이 내용만 읽어도 가슴이 뛰었다. 자기다움을 지키고 세상에 존재감을 드러내는 삶이라니.

책을 단숨에 읽었고, 주어진 양식에 맞춰 독후감을 제출했다. 그리고 드디어 오프라인 독서 모임의 첫날이 되었다. 트레바리 강남 아지트에서 수요일 저녁 모임이었는데 멤버의 대부분이 20~30대의 젊은 직장인들이었다. 각자 제출한 독후감을 미리 읽었기에 서로의 생각을 어느 정도는 알고 있었다. 클럽장이 발췌한 질문에 따라 서로의 의견을 나눌 때 나보다 훨씬 젊은 친구들 틈새에서 행여 꼰대 같은 말을 하게 되지 않을까 조심스러웠다. 첫 모임은 4시간 가까운 시간 동안 책을 주제로 서로의 이야기를 나누는 것으로 채워졌다.

정말 놀랍고 신기한 체험이었다. 생면부지의 사람들과 이렇게 진지하게 경청하며 이야기를 나눌 수 있다는 것이 내겐 신세계였다. 지금까지 살아오면서 제한했던 인간관계로는 도저히 만날 수 없는 사람들이었다. 나와 다른 생각을 하고, 다른 표현을 하는 사람들을 만난다는 것이 얼마나 사고의 폭을 확장하는지 경험했다. 우물 안 개구리처럼, 나의 경험치가 전부인 것처럼 살아온 인생의 우물에 돌을 던진 것이다.

독서라는 개인적 관심사로부터 출발했지만, 혼자 읽기만 했다면 절대 알 수 없는 '함께'의 놀라운 가치를 몸소 경험했다. 세대 차이라는 경계를 넘어서 서로를 이해할 수 있는 시간이었다. 아직 젊은 친구들이 살아보지 않은 인생의 경험이라는 스펙이 나에게 있었다. 그리고 진솔하게 그 이야기를 있는 그대로 얘기해도 평가받지 않는 편안함이 '트레바리' 독서 모임이었다. 모임의 취지가 반대의 이야기를 할 수 있고, 서로 다름을 인정하는 것이기 때문이다. 나의 용감한 도전은 그래서 너무나 성공적이었다.

　박도은 님을 유심히 보게 된 것은 무엇보다 그녀의 SNS 피드에서 전해지는 밝음이었다. 그녀가 남기는 댓글은 상대를 기분 좋게 하는 유쾌함이 있었다. 꿈의 멘토 대표, 철인3종경기 선수이자 작가라는 그녀의 프로필은 더더욱 궁금증을 유발했다. 서로의 관심사 해시태그의 알고리즘으로 엮이다 보니, 서로의 삶을 유심히 살필 기회가 자주 찾아왔다. 그러던 어느 날, 도은 님이 컬러심리상담이 궁금하다며 질문했다. 그렇게 시작된 우리의 인연은 이 책을 쓰는 공동 작가로 열매를 맺었다.

　정현종 시인의 〈방문객〉이라는 시에는 이런 구절이 있다.

　'사람이 온다는 건 실은 어마어마한 일이다. 그는 그의 과거와 현재와 그리고 그의 미래와 함께 오기 때문이다. 한 사람의 일생이 오기 때문이다.'

　이 시처럼 도은 님이 내 인생에 오면서 한 번도 경험해보지 못한 일들을 해내고 있다. 그중 단연 손꼽을 수 있는 일은, 근 몇십 년 동안 시도할 엄두조차 내지 못했던 달리기다. 그녀의 온라인 달리기 특강 시간이 있었다. 달리기에 관심이 있어서가 아니라 아는 지인으로서 응원해주고 싶은 마음에 참여했다. 그런데 그 특강을 들은 후, 뭐에 이끌린 사람처럼 달리기 도전 모임방에 들어가 있었다.

　그 모임방에는 나처럼 달리기를 전혀 안 하고 살고 있는 40~50대 주부들이 대부분이었다. 다들 의욕은 있으나 어떻게 시작해야 할지 모르는 상황이었다. 도은 님은 모임방의 멤버를 정리해서 짝꿍을 정해주고, 각자 현재 상황에 맞는 정확한 목표를 제시했다. 매주 3~5회 사는 곳에서 달리기를 하고, 모임방에 짝꿍을 소환하고 인증하는 방식이었다. 나는 뭔가 임무가 주어졌을 때 곧바로 하지 않으면 마음이 불편한 사람이다.

미션이 주어진 날, 무조건 운동화를 신고 밖으로 나갔다. 막상 달리기를 하려니 걱정이 앞섰다.

'허리디스크가 있어서 아픈데 어쩌지?'

'무릎과 발목이 많이 걷거나 하면 통증이 오는데 어쩌지?'

'괜히 뛰다가 넘어지기라도 하면 어쩌지?'

혼자서 한참을 제자리를 왔다 갔다 걱정만 하면서 출발을 못 했다. 누가 강요를 한 것도, 꼭 하고 싶은 열망이 있는 것도 아니었다. 여기서 그냥 집으로 돌아가도 아무도 도전하다가 그만두었다는 것도 몰랐다. 하지만, 이 세상 누가 보지 않아도, 내가 너무나도 똑바로 나를 지켜보고 있었다.

처음부터 누군가에게 인정받고, 엄청난 성과를 내기 위함이 아니었다. 그냥 달리면 된다. 중간에 힘들면 멈추면 된다. '에라 모르겠다. 뭐 조금 달린다고 죽기야 하겠어.' 그런 엄청난 결단을 하고 냅다 뛰기 시작했다. 바닷가 해안 길을 따라 혼자 숨이 넘어갈 듯 헉헉거리며 뛰었다. 이런 내 모습이 정말 낯설었다. 첫날은 당연히 조금 뛰다가 심장이

터질 것 같아서 멈춰 서서 걷다 뛰다를 반복했다. 어쨌든 도전 과제였던 3km를 첫날부터 목표한 만큼 뛰었다.

경험해보지 않은 일을 하는 것은 누구에게나 두렵고 힘들다. 하지만 막상 단 한 번이라도 그 두려움의 막을 뚫고 해내면 그것보다 뿌듯한 일은 없다. 난 그렇게 몇십 년 동안 막연히 두렵던 달리기를 해냈다. 그 이후로도 나의 달리기는 진행 중이다. 그렇게 한 달이 지나고 같은 장소에서 같은 거리를 뛰어보았다. 설명하기 어렵지만 내 몸 상태가 바뀌었다. 달리기 기록이 단축되었음은 물론이다. 무엇보다 첫날 심장이 멎을 것 같고 숨이 차서 죽을 것 같았던 그 몸이 아니었다. 이제는 만나는 사람들 모두에게 이야기한다.

"우리 내면의 뿌리가 되는 레드 에너지를 활성화하는데 달리기보다 좋은 것은 없어요."

초보 러너가 때아닌 달리기 홍보대사가 되었다.

사람마다 자신을 표현하고 싶은 형용사는 다 다를 것이다. 어릴 적부터 나를 표현하고 싶은 형용사가 있다. 그것은 바로 '당당하다'이다. '당당하다'라는 표현은 내적, 외적으로 누가 보기에도 자신감 있고, 스스로에게도 꿀릴 것 없는 자기다운 멋짐이 있다.

　누군가로부터 "인생의 롤모델이 있나요?"라는 질문을 받은 적이 있다. 평소 대단해서가 아니라, 정말 내 인생에서 이분이다 싶은 분을 만난 적이 없었다. 그 이유는 나를 제대로 알지 못하고 있었기 때문이었다. 현재의 내가 누구인지를 알아야 미래에 되고 싶은 모습을 그릴 수 있다. 나에 대한 이해가 먼저 되니 딱 이분이다 싶은 롤모델을 만나게 되었다. 바로 인기 실버 유튜버 밀라논나이자 《햇빛은 찬란하고 인생은 귀하니까요》의 저자인 장명숙 님이다.

　그분을 처음 알게 된 건 인기 방송 프로그램인 〈유퀴즈〉에 출연했을 때였다. 패셔너블하고 멋진 모습에 반해서 방송을 본 후에 곧바로 팬이 되었다. 무엇보다 70이 가까운 나이에 외모도 멋지고, 삶의 방식, 말하는 태도 등 진심 '당당하다'라는 표현 이상의 모습이었다. 그분이 쓰신 책을 읽은 후에 나의 롤모델은 바로 '밀라논나'라고 확실히 결정했다.

　그 책을 꼼꼼히 읽어 내려가며 밑줄을 긋고 밑에는 생각을 적었다. 책을 읽는데 너무 안심되었다. 나보다 앞서 긴 세월을 살아내신 인생 선배가 '나이 먹어보니 나로서 살아가는 지금의 삶이 좋아'라고 환한 웃음을 머금고 이야기해 주시는 것 같았다.

　책에 이런 구절이 나온다.

　'역시 내 좌우명이 맞았다. 걸림돌을 디딤돌로! 징징거리지 않고 앞

으로 전진! 어차피 인생은 후진도 반복도 못 하는 일회성 전진만 있지 않은가.'

이 구절을 읽으면서 결심했다. 문제가 닥쳐오면 그 문제를 등에 지고 과거로도 미래로도 가지 말자. 오직 현재에 머물며 해결할 방법에만 집중하자! 그러면 나를 불안한 상태로 몰아가지 않을 수 있다. 과거로 가면 후회와 원망이 고개를 내밀고, 미래로 가면 두려움, 불안이 고개를 내민다. 현재에 머물면, 딱 지금 이 시점에 해야 할 일에만 몰두하게 된다. 일상에서 크고 작은 문제들을 대할 때마다 나는 이 구절을 떠올린다. 내 등에 문제라는 아이를 업고 가지 말자.

나는 책의 첫 페이지에 이렇게 써 놓았다.

'50대 이후의 내 인생 컬러는 '골드'이다! 내가 정말 원하는 삶의 방식대로, 가장 나답게 살면서 선한 영향을 주는 삶! 이런 나의 소망에 딱 맞는 롤모델! 그녀는 바로 밀라논나이다.'

이제 나이 드는 것이 두렵지 않다. 멋지게 사는 내가 당당하게 서 있기 때문이다.

매일 새벽 눈뜨자마자 나를 마주하다

아침 일찍 문을 여는 브런치 카페를 폭풍 검색한다. 아이를 학교에
내려주고 바로 가려면 9시경에는 문을 여는 곳이어야 한다. 포항에 이
사 온 지 몇 달 되지 않아서 정보가 많지는 않다. 거리와 시간을 따지고
평점까지 꼼꼼히 체크하며 검색해보았다. 평소 좋아하는 스타일의 메
뉴가 있는 곳을 운 좋게 찾았다. 내일 그곳에 갈 생각을 하니 마음이 벌
써 설렌다.

이렇게 열심히 장소를 찾은 이유는 다름 아닌, 나와의 데이트를 위
함이었다. 인스타그램으로 만난 분들과 줄리아 캐머런의 《아티스트 웨
이》로 매주 나의 창조성을 찾아가는 여정을 진행 중이었다. 과제 중 하
나로, 일주일에 한 번 나 자신과 특별한 데이트를 해야 했다. 이번 데이
트는 좋아하는 곳에 가서 혼밥을 즐기기다. 결혼한 후에 사람들을 만날
때를 제외하고 나를 위한 메뉴를 생각해본 적이 별로 없었다. 늘 아이들

좋아하는 메뉴가 우선이었고, 같이 식사하는 분들에 맞춰서 메뉴를 정했었다. 이처럼 사소한 행동이 나를 특별하고 기쁘게 할지 몰랐다.

《아티스트 웨이》에는 '아티스트 데이트'와 '모닝 페이지'라는 두 가지 중요한 도구가 있다.

'아티스트 데이트'는 12주 동안 일주일에 최소 한 번 이상을 실천해야 했다. 12주 동안 매주 사랑하는 사람과 데이트를 하듯이 소중한 경험치를 나에게 선물했다. 혼자 맨발로 숲길을 걷기도 했다. 1일 도자기 체험으로 나를 위한 접시도 만들었다. 이른 새벽 해변으로 나가 일출을 바라보며 커피를 마시기도 했다. 이 모든 것이 나만을 위한 시간이었다.

'모닝 페이지'는 매일 아침 일어난 직후 3페이지의 분량을 적는다. 누구에게 보여주기 위한 글도 아니고, 다시 읽기 위한 글도 아니다. 나의 무의식에 있는 재료를 종이 위에 꺼내 놓는 작업이다.

어느 날은 오래전 일에 대한 울분이 올라올 때도 있었다. 또 어떤 날은 아직 오지 않은 미래의 일에 대한 기대감으로 상상의 나래를 펼치기도 했다. 내 안에 또 다른 내가 들려줄 이야기가 궁금했다. 이렇게 3페이지 분량 정도를 펜으로 적고 나면 오래된 서랍 하나를 깨끗이 정리한 기분마저 들었다. 이렇게 모닝 페이지로 노트 몇 권을 채우고 났더니 정말 기적처럼 내 안의 창조성이 깨어나면서 글 쓰는 작가가 되었다.

처음부터 반드시 어떤 목적을 이루겠다는 포부가 있어서 '아티스트

웨이'를 시작한 것은 아니다. 무엇인지 모르고 그냥 무턱대고 해보았다. 이 시도가 글쓰기를 습관으로 만들어 준 계기가 되었다.

카를 구스타프 융은 '새로운 무엇을 창조하는 것은 지적 능력이 아니라 내면의 필요에 따른 놀이 본능에 의해 이루어진다. 창조성은 자신이 좋아하는 것들과 잘 어울린다.'라고 했다.

새벽에 글을 적어 내려간 시간이 무엇보다 나와 깊은 대화를 나누게 했다. 내 안에 진정한 즐거움이 무엇인지, 언제 가장 나다운지를 정리해 볼 수 있는 소중하고 값진 시간이었다.

스스로에 대해서 알고 싶은가?

자신이 진정 말하고 싶은 것을 듣고 싶은가?

자기 전 머리맡에 노트와 펜을 준비해 두자. 그리고 눈뜨자마자 그 어떤 것도 하지 않고 바로 노트를 펼쳐서 적어보자. 놀라운 일이 일어날 것이다. 잘 쓰려고 하지 말고 그냥 써 내려가자. 아무에게도 보여주지 말고, 나도 읽지 말고, 그냥 쓰기만 하자. 쓰다 보면 알게 된다. 내 마음이 말하는 것이 무엇인지를.

인생 멘토 웨인 다이어를 만나다

웨인 다이어(Wayne W. Dyer)는 《인생의 태도》에서 '네 안의 목소리를 들으라.'고 강조한다.

'지금 얻는 것들에 대해 생각하는 게 아니라 깨달음의 여정을 따라가면서 발견한 것들을 즐기는 데서 성공이 찾아옵니다. 그냥 자리에서 일어나 자신이 선택한 방식으로 자기만의 인생을 온전히 살아내면, 날마다 기적이 일어나고 그동안 몸담았던 그 어떤 곳에서보다 훨씬 큰 성공이 찾아옵니다.'

나는 인생을 앞만 보고 질주하듯이 살았었다. 매일 주어진 일들을 숨 가쁘게 해내면 성공한 인생이 될 줄 알았다. 주어진 책임과 일을 숙제하듯이 그렇게 해내었다. 그 속에 즐거움과 행복이 무엇인지는 그리 중요한 것이 아니라고 생각했다. 하지만 어느 순간부터 이렇게 수면 위로는 멀쩡한데, 물 아래로는 미친 듯이 계속 발장구를 쳐야 하는 백조 같은 내 모습이 안쓰럽고 가짜처럼 여겨졌다. 행복해지려면 현재는 조금 희생하면서 살아도 된다고 생각했다.

현재를 살면서 과거와 미래의 상황에 사로잡히면, 이 순간의 즐거움을 누릴 기회를 놓치게 된다는 것을 몰랐다. 내가 무언가를 경험할 수 있는 것은 바로 지금뿐이고, 그때 느끼는 감정이 내가 살아있음의 증거이다. 그토록 내가 원하는 삶을 이루게 해주는 비밀이 감정에 있었다는 사실을 깨닫는 데 오랜 시간이 걸렸다.

세계적인 베스트셀러이자 다큐멘터리인《시크릿》의 마지막 장면도 'Feel Good'이라는 말로 끝이 난다. 내 현재 상태와 감정을 편안함에 이르게 하는 것, 그것이 내가 원하는 미래의 삶을 만드는 비밀이다.

웨인 다이어 박사님의 책 《모두에게 사랑받을 필요는 없다》의 서문에는 '나의 본모습 그대로 살기 위해서는 스스로가 어떤 사람인지 먼저 알아야 할 필요가 있다. 타인이 자신을 규정하도록 내버려 두지 않고 자기가 어떤 것에서 즐거움을 느끼는지, 또 어디에 가치를 두고, 무엇에서 성취감을 얻는지 이해해야 한다.'는 문장이 적혀 있다.

'옐로'라는 컬러의 키워드인 '행복, 긍정, 기쁨, 자기 정체성'이 모두 하나라는 것이 와 닿았던 그때, 내 인생에 찾아와주신 분이 웨인 다이어 박사님이시다. 박사님의 책들을 통해서 현재라는 선물의 시간이 얼마나 큰 축복이자 권리인지를 온전히 알게 되었다. 하루 24시간을 적정한 행복의 리스트로 가득 채울 수 있었다. 나의 가치를 내가 결정하는 '행복한 이기주의자'로서의 삶을 시작했다.

'힐러희 하우스'로 놀러 오세요

보드랍고 푹신푹신한 땅의 감촉이 맨발에 온전히 전해진다. 발가락 사이로 스르르 닿는 고운 설탕가루 같은 모래의 느낌도 그대로 느껴진다. 햇살이 바다 물결 위에서 현란한 스텝을 밟으며 댄스를 하듯 반짝이는 모습도 보인다. 맨발로 성큼성큼 파도가 밀려오는 바다로 나아간다. 찰싹찰싹 파도가 밀려오면서 내 발에 다가왔다가 사라진다. 그 시원하고 맑음은 마치 갈증이 났을 때 한 모금 마셨던 냉수와도 같다.

하늘을 향해 울창하게 뻗어있는 소나무 사이로 아침 햇살이 살짝살짝 그 존재감을 드러낸다. 나무와 나무 사이로 열려있는 길을 따라 솔잎이 마치 레드카펫처럼 깔린 그 길을 맨발로 온전히 땅의 기운을 느끼며 걸어간다. 콧구멍으로 슬며시 다가오는 은은한 솔잎 향기와 저 높은 나무 위에서 중창하듯 재잘거리는 새소리가 유쾌하게 들린다.

행복한 이기주의자로 온전한 나의 시간을 행복으로 채우는 행동 중, 단연 으뜸은 맨발걷기(earthing)다. 때로는 바닷가 모래 위에서, 때로는 숲에서 맨발로 걸을 때 살아있음을 온전히 느끼고 누린다. 그때 온몸으로 전해지고 충전되는 것은 뿌리에너지, 즉 '레드' 에너지의 기운이다.

고대 산스크리트어로 '차크라'는 수레바퀴라는 뜻이다. 우리 몸에는 에너지를 관할하는 에너지센터가 있는데 이것이 바로 차크라센터이다. 7개 무지개색의 차크라는 척추를 따라 신경조직과 내분비선 조직들과 연결되어 있다. 이것이 우리 몸의 호르몬 분비샘과 직접적인 관련이 있어 척추 신경들에 의해 연결된다. '컬러, 호르몬, 파장'이 모두 합쳐지고 밸런스가 맞으면서 심신의 균형과 조화를 이룬다. 차크라는 마음과 감정 등 보이지 않는 부분의 육체를 연결한다. 몸, 마음, 영혼의 균형이 잡힌 것으로 본래의 '건강'의 의미이다.

새벽 기상을 통해서 내 삶은 너무나 많은 변화를 가져왔다. 그 변화의 시작이 엄청난 것은 아니었다. 《더 해빙》에서는 "우리가 느끼고 집중해야 할 것은 바로 이 순간이에요. Having은 지금 이 현실에서 출발해야 해요. 미래형이 아닌 현재진행형인 셈이죠."라고 말한다.

바로 이 현재에 집중하며 매 순간 나 자신에게 초점을 맞추었다. 그것에 집중해서 나의 에너지를 관리하는 삶으로 바뀌었다. 나의 뿌리에너지인 '레드'를 세우고, 나의 감정을 존중하는 '오렌지' 에너지를 돌본다. 나 자신을 좀 더 깊이 이해하며 자아인 '옐로' 에너지를 꽉 채웠다. 타인을 이해하는 여유도 생겨 '그린' 에너지의 불이 밝혀졌다. 좀 더 진실하게 사람을 대하니 소통의 에너지인 '블루' 에너지도 활성화되었다. '로얄블루(남색)'의 에너지도 활성화되어 직관력이 향상되었다. 신체의 마지막 에너지인 '바이올렛'이 활성화되어 타인을 위로하고 치유할 수 있게 되었다.

이것은 누군가 특별한 사람만 하는 것은 아니다. 매일 호흡하는 나를 알아차리는 것에서부터 시작된다. 우리의 잠재의식에는 의식의 3만 배의 힘이 숨겨져 있다. 내 안의 에너지를 잘 순환시켜서 하루하루 살면 놀라운 잠재의식이 깨어난다.

눈을 감고 상상해본다. 눈앞에는 파란 바다가 펼쳐져 있다. 뒤편으로는 솔잎 향기 은은하게 퍼져나오는 솔밭이 있다. 그곳에 내가 꿈에 그리는 공간 '힐러희 하우스'가 있다. 1층에는 '컬러테라피'와 '퍼스널컬러'를 하는 공간 '힐러희 컬러스튜디오'가 있다. 2층과 3층에는 컬러에너지를 활성화하는 체험을 하며 머무는 '힐러희 스테이' 공간이 있다. 4층과 5층은 사랑하는 우리 가족이 평생 살고 싶은 공간으로 꾸민 개인적 공간이다.

현재 이 공간은 나의 상상 속에만 있다. 하지만 새벽 기상과 책을 통해서 변화된 나는 이 모든 일들이 미래에 반드시 이루어질 것을 확신한다.

'믿음이란 땅에 뿌려진 씨앗과 같은 것이라는 점을 알아야 합니다. 당신의 마음속에 씨앗을 심고 기대라는 물과 비료를 주세요. 그렇게 하면 그것이 실현됩니다.'

조셉 머피(Joseph Murphy)의 《잠재의식의 힘》에 나오는 구절이다. 믿음으로 내 미래의 땅에 씨앗을 심고, 기대라는 물과 비료를 주고 있다. 무엇보다 그 미래의 나의 모습으로 성장해나가고 있다.

오늘 당장 미래의 땅에 꿈의 씨앗을 심어보자. 그리고 매일 나의 응원단장이 되어 할 수 있다고 외쳐주자. 그렇게 선물로 주어진 하루를 매일 살다 보면 어느새 꿈꾸고 믿었던 곳에 서 있게 될 것이다.

여러분 모두를 '힐러희 하우스'로 초대합니다. 이 세상에서 가장 친한 친구인 자신을 만나고 싶은 분들은 꼭 놀러 오세요. 환영합니다!

2장

오십의
쉘위댄스

◇◇◇◇◇

조미영

마흔과 오십 사이

아침은 어떤 아침이든 즐겁죠?

×××××

　루시 모드 몽고메리(Lucy Maud Montgomery)의 소설 《빨강머리 앤》에서 앤은 초록 지붕 아래의 창문을 활짝 열고 아침을 맞이한다. 앤이 두 손으로 턱을 고이고 "아침은 어떤 아침이든 즐겁죠."라며 혼잣말할 때 산새들도 재잘거린다. 오늘은 무슨 일이 일어날지 기대하고 설레는 앤이 상상의 나래를 펴는 장면을 나는 오랫동안 좋아했다.

　어느덧 그 감정은 잊은 채 나이를 한 살 한 살 먹었다. 지금껏 내가 건너온 하나하나의 징검다리를 돌아볼 여유도 없이 바쁜 삶의 한복판에서 시간은 속절없이 흘러갔다. 내가 바라던 삶의 모양이나 기대했던 색깔이 아닌 채로.

　나는 금융기관에서 일하는 30년 차 직장인이다. 남들이 보기에는 유리천장을 깨고 능력과 전문성을 인정받은 커리어우먼으로 보이겠지만,

하루하루 시간에 쫓기며 나를 돌볼 여유가 없었다. 빨강머리 앤처럼 '아침은 어떤 아침이든 즐겁죠.' 하며 기대하고 설레는 아침이 아니라 허둥지둥 옷을 주워 입고 출근하기 바쁜 아침이었다.

매일 직장에 지각하지 않으려고 겨우 밥 한 숟가락 입에 넣고 집을 나선다. 엘리베이터에서 내려 거의 뛰다시피 지하 주차장에 갔는데 핸드백 속에 자동차 키가 없었다. 다시 부랴부랴 종종걸음으로 집으로 향했다. '띠띠띠 삐리릭.' 현관문을 열자마자 신발을 급하게 벗고 부리나케 거실로 뛰어갔다.

'아, 차 키를 어디에 뒀더라?'

여기저기 두리번거리며 찾아보니, 어제 외출 후에 식탁 위에 놓아두었던 차 키가 눈에 들어왔다. 남편은 헐레벌떡거리며 일주일에 몇 번씩 아침에 집을 나섰다가 다시 들어오는 나에게 한소리를 했다.

"뭐야? 또 들어오는 거야? 오늘은 뭐 놓고 갔어? 물건은 항상 제자리에 놓으라니까!!"

나는 시간이 촉박하여 단 1초도 지체할 수 없었다. 남편의 말을 흘려듣고 쌩하니 현관문을 박차고 나갔다.

시간에 쫓기는 날일수록 아파트 엘리베이터는 층마다 서고, 도로는 꽉 막히고, 횡단보도 앞 교통 신호등이 빨간불로 바뀌어 여러 번 정차한다. 백미러로 얼굴을 힐끔거리며 보니 화장을 하다 만 초췌한 모습이다. 한 손을 뻗어 가방 속 콤팩트를 찾아 얼굴에 톡톡 두드린다. 다음 신호에선 립스틱을 찾아 붉게 입술을 그렸더니 조금 생기가 돈다. 겨우겨우 회사 주차장에 도착하니 8시 30분. 간신히 지각을 면했다.

30분만 일찍 일어나도 아침을 여유롭게 시작할 텐데. 여유 있는 출근길은 내 팔자에 없는 건가? 처음 직장생활을 할 때부터 길들어진 습관으로 아침은 늘 분주함의 연속이었다. 출근 시간에 맞추려고 허둥지둥하는 것은 나의 특기(?)가 되어 버렸다.

내 별명은 '댓따자'

나는 어릴 적부터 잠꾸러기였다. 고3 시절에도 공부하는 시간보다 잠자는 시간이 더 많았다. 수업 시간에도 졸지 않으려고 안간힘 써보았지만 꾸벅꾸벅 졸기 일쑤였다. 영양과 체력이 부족해서 그랬던 것 같다. 대학생 때도 기숙사에서 늦잠을 자다가 겨우 수업 시간에 맞춰 뛰어나가곤 했다. 한번은 죽어서 저승 갈 때도 지각하겠다 싶어 혼자서 피식 웃었다.

직장생활을 하면서도 아침에 늦게 일어나는 바람에 여유 있게 출근한적이 거의 없다. 직장 초년 시절 차에서 머리만 대면 곯아떨어져서 내 별명은 '댓따자'였다. 이 별명은 고단했던 내 젊은 시절을 대변하는 것 같다. 출퇴근 버스에서 또는 이야기하다가도 졸고 있는 나를 보고 후배 직원들이 "아! 미영 언니 또 자네"라고 놀리곤 했다. 결혼해서 육아할 때는 잠이 부족하고 몸이 더 피곤해서 아이와 놀다가도 깜빡깜빡 졸았다.

워커홀릭으로 20~30대를 보내면서 체력은 바닥이었다. 승진 공부하고 스펙을 쌓겠다고 자격증 시험에 목매며 몇 년을 살았다. 살림도 못하고 육아도 낙제점인데, 하고 싶은 건 많아서 몸과 마음이 늘 분주했다. 돈 많고 재능있고 이것저것 두루 경험한 사람이 부러워서 나를 채근하며 살았으니 당연히 내 몸은 몇 개라도 부족했다. 일을 잘하는 커리어 우먼 소리를 듣고 싶어서 내 능력치보다 더 매달리다 보니 정작 집에서는 할 일을 미루고 마음은 빈 깡통처럼 허전했다. 하고 싶은 것은 많은데 몸이 따라주지 못하니 때로는 방황하고 삶이 행복하지 않았다.

뒤돌아보니 나는 다양한 분야에 관심이 많고 특히 예술 방면에 소질이 있는 사람이었다. 몸이 힘들어도 주말에는 버스에 몸을 싣고 예술의전당과 덕수궁 미술관을 들락거려야 직성이 풀렸다. 퇴근 후엔 학원에 다녔는데 배우고자 하는 욕구가 남보다 조금 더 강했던 것 같다. 친구들은 "너는 왜 그리 바쁘게 사니?" "요즘은 뭐 배우니?"라는 질문을 많이 했다.

직장에 다니고 아이를 키우면서도 짬짬이 시간을 내어 골프, 수영, 피아노를 배웠다. 골프를 배울 때는 새벽에 골프채를 10분이라도 휘두르고 출근해야 뿌듯했고, 피아노를 배울 때는 출근 전에 한 곡이라도 치고 나와야 마음이 후련했다. 남들이 부러워하는 직장에 다니고 직급도 높은데 자꾸 무언가를 배우고 몸을 움직여야 삶이 만족스럽다고 느꼈다.

늘 바쁘게 살면서도 스스로 게으르다고 여기며 중년을 맞이했다. 이제는 내적 전쟁상태에서 벗어나야 함을 직감했다. 그 원인을 찾아보니 마음속 깊은 곳에서 중요한 인생의 문제를 계속 회피하며 살아가고 있다는 소리가 들렸다. 그때 누군가 나에게 해준 한마디가 귀에 꽂혔다.

"스스로 게으르다고 생각하지만 '나는 잘하고 싶다'는 마음이 더 강해서가 아닐까?"

그 말을 듣고 다음 날 마음먹고 아침에 일찍 일어나 하루를 여유롭게 시작했다. 기분이 좋았다. 그러나 날마다 일찍 일어나고 싶은 마음은 굴뚝같았지만 실행에 옮기지는 못했다. 몇 년째 새벽을 즐기는 사람들이 어김없이 카톡을 보내 새벽을 깨우라고 했다. 하지만 그 모습이 부럽기만 했고 용기가 나지 않았다. 나에게 하이파이브 하며 가볍게 아침에 일어나고 싶긴 했는데 지금까지 익숙한 습관으로는 거의 불가능해 보였다. '세 살 적 버릇 여든까지 간다'는 속담이 딱 나를 두고 하는 말이었다.

그때 알았더라면

고등학교 시절, 대입 준비에 다들 지쳐 있을 때 "Ich liebe dich" 하며 독일어를 가르치던 선생님께서 수업 중에 말씀하셨다.

"얘들아, 아침에 일어나자마자 찬물 한 사발을 벌컥 들이마셔라. 그러면 정신이 번쩍 난다."

수업 내용은 가물가물해도 잠이 깬다는 말은 어찌나 잘 기억하는지 찬물 마시라는 말이 유독 귀에 꽂혔다. 그 뒤로 아침마다 의심 없이 찬물을 한 컵씩 마시는 버릇이 생겼다. 그런데 찬물을 마셔서 정신은 번쩍 났지만 이상하게도 20~30대에 손발은 늘 차가웠고 아이 낳고는 자궁 근종이 생겼다.

어느 날부터 몸 공부를 시작했다. 사상체질에서는 사람마다 체질적 특성이 다른데 나는 소양인이었다. 독일어 선생님은 전형적인 태양인이라 찬물을 마셔도 상관없지만 소양인인 내 체질과는 맞지 않는 방법이었다. 내 몸을 차게 하는 것이 각종 병의 원인임을 나이 들어 몸 공부를 하고 나서야 알게 되었다. 지금은 일어나자마자 따뜻한 물을 마셔 체온을 높이고 있다.

몇 년 전 내 삶에도 총체적 위기가 왔다. 갱년기 증상으로 안면홍조에 몸에 열이 오르락내리락하고 살이 찌면서 체형도 변했다. 좋은 음식도 잘못된 방법으로 섭취하면 그 음식으로 인해 몸을 크게 망가뜨려 병을 앓을 수 있다. 석류가 갱년기 여자에게 좋다는 말을 듣고 몇 달을 다른 과일과 함께 믹서기로 무식하게 갈아 먹은 적이 있다. 장기간 마시다 보니 몸이 붓기 시작하고 장염도 오고 급기야 탈모까지 겪는 고생을 했다.

"어, 너 앞머리가 많이 비었다. 무슨 걱정이라도 있니?"

사람들에게 이런 말을 자주 들으니 세상 걱정 없이 해맑던 내 얼굴에 먹구름이 드리워졌다. 탈모의 고통은 무섭고 끔찍했다. 앞으로 직장생활이 많이 남았는데 머리카락 없이 살 생각을 하니 고슴도치처럼 바짝 신경이 날카로워졌다. 고객들과 상담이 많은 금융 서비스업종인데 정상적인 직장생활이 어려울 듯했다. 누구나 나이를 먹지만 갑작스러운 외모의 변화를 받아들이기가 쉽지 않았다. 무언가 하고 싶은 의욕도 에너지도 서서히 고갈되어 갔다.

폐경기에 얻은 지혜

폐경을 겪으면서 이제 젊음은 끝났다는 생각에 허탈했다. 한편으로는 은근히 노화가 두렵고 한순간에 늙어 버린 듯하여 우울감이 밀려왔다. 알 수 없는 막연한 두려움이 나를 괴롭혔다. 평소 호탕하게 사는 언니에게 폐경기를 어떻게 이겨냈는지 물어보았다.

"폐경이 되면 얼마나 좋은데. 생리에서 해방되는 자유를 느껴 봐. 몸이 노년에 맞게 살도록 바뀌는 과정이니 편안하게 받아들여."

폐경과 탈모로 갑작스럽게 심한 상실감을 겪었으나 얻는 것도 있었다. 성공을 위해서 열심히 달려온 시간을 뒤돌아보며, 40~50대 여자의 삶을 좀 더 넓은 시각으로 바라보게 되었다. 덕분에 계속 앞으로만 나아가려고 아등바등하지 않고 삶의 속도를 조금 늦추고 나를 돌아보는 계기가 되었다. 내 생각대로 사는 줄 알았는데 이리저리 휩쓸려 사는 나를 발견했다. 나도 모르게 만들어 놓은 틀 속에 갇혀 스스로 힘들어하는 모습이 안쓰러웠다.

날이 갈수록 머리카락은 얇아져 우수수 빠지고, 배가 나오고, 가슴은 늘어지고, 팬티 사이즈는 커졌다. 체력이 따라주지 않아 조금만 움직여도 에너지가 방전되었다. 몸의 각 기관이나 장기들도 예전 같지 않다는 것을 자주 느꼈다. 그래서 어떻게 나이 들 것인지 그 해답을 찾고 싶었다. 많이 생각하고 사람들의 의견을 들어보니 답은 자연스러움이었다.

고려 말에 우탁(禹倬)이 지은 시조 〈탄로가(嘆老歌)〉를 읽다가 '아무리 가시와 지팡이로 막으려고 해도 지름길로 오는 백발을 막을 수 없다.'는 문장을 읽고 무릎을 쳤다. 흰머리도 내 것이니 그저 자연스럽게 받아들이기로 했다. 그다음부터 잔잔한 주름이 얼굴을 덮어도 마음껏 웃을 수 있는 여유가 생겼다. 자연의 섭리를 어찌 거스른단 말인가?

가을이 수렴의 시기이듯 여자의 몸도 오십 언저리에는 가을로 들어선다. 폐경도 인생의 축복이라고 마음을 바꿔 먹었다.

열심히 산 것 같은데 행복하지 않았던 마흔, 우연히 알게 된 감사명상에서 내 삶을 바꿔준 글귀가 있었다.

'모든 것은 나의 선택에 달려있다. 지금 내가 머무는 장소도 내가 선택한 것이고, 지금 내가 하는 일 역시 내가 선택한 것이다. 10년 후에는 어디에서 무엇을 하고 있을까? 그것은 오늘부터 10년간의 자신의 선택에 달려있을 것이다.'

이 글을 만나고 눈 깜작할 사이에 10년이란 세월이 또 흘렀다. 누군가 만났는데 나이를 물으면 몹시 곤란하다는 표정을 지으면서 더듬더듬 말한다.

"모르겠네요. 나이 계산이 안 돼요! 음~ 만 나이로 마흔아홉?" (웃음)

나는 아직 오십을 허락하지 않았다. 바쁘게 나름 잘 살아온 것 같은데도 마음속 허전함과 공허함 때문인지 마흔에서 오십을 넘어가는 나이를 인정하기 힘들다. 나만 그런가?

부자 공부하다 마주한 새벽

좋은 아침 루틴 만들기

오래전부터 부자가 되는 공부를 해왔다. 식사를 끝내고 커피 한 잔을 마실 때 남편이 진지한 표정으로 물었다.

"우리가 진짜 부자가 되려면 어떻게 해야 할까?"

내가 잠시 머뭇거리자 남편이 말했다.

"힘들게 일해서 돈을 버는 것은 한계가 있어. 젊었을 때 사서 고생하는 방법은 아니라고 생각해. 돈 버는 공부를 해 보니 부자가 되는 방법은 크게 두 가지가 있더라. 하나는 스스로 부자라고 철석같이 믿는 거, 다른 하나는 나를 사람들이 부자라고 인식하는 거!"

"아~ 그게 정말 쉽지 않은데, 근데 듣고 보니 일리가 있는 듯."

"우리는 스스로 부자로 인식하는 게 참 힘들지. 그런데 나의 태도를 바꿔서 사람들이 나를 풍요롭고 넉넉한 사람으로 인식해주면 부자가 되는 거 아닐까? 그것도 어려우면 무조건 감사하며 사는 방법도 있지."

남편은 돈에 관해 많은 공부를 해왔고 본인의 사업을 성공적으로 하고 있다. 그 과정을 옆에서 지켜봤기에 남편의 말을 수긍하고 신뢰했다.

금융기관에서 오랫동안 근무하면서 부동산이나 현금을 많이 보유한 분들을 종종 만난다. 평생 쓰고도 남을 만한 자산을 가지고 있는데도 심적으로 여유 없어 보이는 고객들도 꽤 있다. 재산을 자식에게 괜히 많이 물려주었다고 후회하거나, 현재 가진 것에 만족하지 못하고 노심초사 안절부절못하는 고객들을 보면 안타까울 때도 있다. 그런 모습을 볼 때마다 진정한 부자가 되기 위해 어떤 마음가짐으로 살아야 할지 생각해본다. 부자인데도 삶에 감사함 없이 나를 사랑하지 않는다면 진정한 부자라고 할 수 있을까?

부를 일구는 기초는 삶의 태도라고 생각한다. 아침마다 스스로 게으르다며 나를 재촉하지 않고 여유 있는 시간을 갖고 싶어 아침 습관을 고쳐야겠다고 마음먹었다.

팀 페리스(Tim Ferriss)의 《타이탄의 도구들》에는 세상에서 성공하고 지혜롭고 건강한 사람들의 이야기가 나온다. 수백 명의 타이탄들이 승리하는 아침을 위해 일기를 쓰고 조깅, 명상, 독서하는 모습이 특별하게 느껴졌다. 나도 아침 시간을 잘 활용하고 싶은 열망이 스멀스멀 피어올랐다. 내가 중요시하는 '건강, 가족, 성장, 균형, 사랑'이라는 인생의 수레바퀴를 잘 굴리고 싶었다. 지속 성장하는 행복한 부자가 되기 위해 지금 내가 곧바로 실행해야 하는 것은 좋은 아침 루틴 만들기였다.

내 삶을 돌아보니 오랫동안 익숙해진 습관에 젖어 아무 생각 없이 로봇과 같은 하루를 보내고 있는 듯했다. 켈리스 활동 중 끈기프로젝트를 따라하면서 새롭게 선택한 방법은 아침 시각화 훈련이다. 처음에는 《웰씽킹(Wealthinking)》의 저자 켈리 최 회장님의 유튜브 영상과 강의를 따라 하며 방법을 배웠다. 시각화 트레이닝은 오늘 내가 원하는 가장 이상적인 하루를 상상하며 잠재의식 속에 이미지를 심는 일이다. 아침에 눈 뜨자마자 오늘 가장 이상적으로 흘러갈 내 모습을 상상한다. 명상하듯 창문 앞에 방석을 깔고 앉아 눈을 감고 하루 일정을 머릿속으로 그려본다. 오늘 내가 무엇을 해야 행복할지 하루를 미리 선택해 보는 것이다.

새벽에 조깅을 하여 너무 많은 에너지를 쓴 날에는 오후에 잠깐 휴식하는 시간을 미리 고려해보기도 한다. 피곤하거나 졸려서 몇 시간을 허비하는 것보다 휴식 시간을 적절히 배치하면 업무 효율 면에서도 좋은 결과가 나온다. 또한 자기 전까지도 좋은 에너지로 잠자리에 들 수 있게 해준다. 잠자리에 들기 전에 피곤하더라도 스트레칭을 하거나 감사일기를 쓰고 잔다고 미리 시각화해두면 침대에 누웠다가도 다시 일어나

마무리하는 힘이 생긴다. 아침 시각화 10분은 하루를 미리 살아보는 시간이다. 출근 전 시간이 빠듯해도 빼먹지 않고 한다.

1년 넘게 아침에 시각화 트레이닝을 하면서 나의 하루에 후회라는 단어가 차츰 사라지게 되었다. 오늘 내가 하고 싶은 일에 집중하니 주변 환경이나 사람들로 인해 휘둘려 사는 일이 줄어들었다. 조금 일찍 일어나 하루를 설계해 보니 버려지는 시간을 줄일 수 있었다. 같은 시간을 보내도 꽉 찬 느낌이 들고 잠자기 전에도 뿌듯한 느낌으로 스스로 토닥이며 하루를 마감할 수 있는 날들이 많아졌다. 시각화로 지나친 고민이 사라지고 나비처럼 몸을 가볍게 움직인다. 시각화할수록 새벽 시간을 더 늘리고 싶어졌고 하루에 쓰는 나의 에너지도 나누어 쓰는 현명함이 생겼다.

《부자 아빠 가난한 아빠》를 쓴 로버트 기요사키(Robert Kiyosaki)는 '인간의 삶은 무지와 깨달음 사이의 투쟁'이라고 단언했다. 자기 자신에 대한 정보와 지식을 더는 추구하지 않을 때 무지가 시작된다. 내가 부자가 되어서 진정 누리고 싶은 삶은 어떤 것인지 나만의 스타일을 생각해 보았다. 아무리 좋은 것도 내가 원하지 않으면 별로 좋아 보이지 않는다. 나는 큰 별장, 명품 가방, 비싼 옷을 원하는 게 아니었다. 나도 모르게 갇혀 있던 삶에서 좀 더 자유로움을 느끼며 살고 싶은 거였다. 나를 돌아보는 시간을 가지면서 불필요한 욕망에서도 벗어날 수 있었다. 조금씩 나에게도 부자가 된 듯 눈앞의 사소한 것들에 만족하고 감사할 줄 알게 되면서 행복감도 커졌다.

찌질해도 감사합니다

지난해 MKYU를 통해 인스타를 배워 새로운 세상에 눈을 떴다. 그때 컬러테라피 전문가 김희수 님의 인스타 1,000명 기념 이벤트에 운 좋게 당첨되었다.

11월 어느 날 저녁, 밖은 어둡고 추웠지만 상담 분위기는 은은하고 따뜻했다. 작은 유리병에 반쯤 담긴 다양한 컬러를 보니 더욱 신비로운 호기심이 생겼다. 희수 님이 말했다.

"컬러테라피는 현재의 심리를 진단하고 치료해주는 거예요. 미영 님, 여기 11가지 색 중에서 가장 마음에 드는 색 4가지를 골라보세요."

평소 먹을 것도 금방 못 고르는 내가 고민 끝에 고른 색은 레드, 옐로, 핑크, 오렌지였다.

"와!! 레드를 가장 먼저 고른 미영 님은 열정이 가득하시네요!"

아이고, 내가 열정이 넘친다고? 희수 님의 말에 내심 동의하기 어려웠다. 컬러테라피 전문가가 내 안에 숨겨진 열정이 있다는데 도대체 그 열정은 어디 있는 걸까? 누가 내 숨어 있는 열정 좀 찾아줘요. 아무리 봐도 없는 것 같은데.

직장에 다니며 업무실적에 스트레스받고, 일을 잘해야 한다는 강박 때문에 나 자신을 많이도 지지고 볶으면서 살아왔다. 숨 가쁘게 달려오면서 인생은 단거리 달리기가 아닌 긴 마라톤임을 깨닫게 되었다. 나는 새롭게 방향을 전환하고 싶었다. 그러나 지금까지 앞만 보고 달려온 습성이 남아 있어서 변화하는 데 시간이 걸렸다. 그러는 사이 차츰 일에 열정이 없어지고 회사에서 뒤처지는 느낌을 받았다. 업무실적은 바닥을 치고 승진도 밀렸다. 일처리도 늦어지고 꼭 해야 하는 일도 못해 누군가 챙겨주는 경우도 생겼다.

여전히 남과 비교하며 끊임없이 마음속 전쟁은 계속되었지만, 그 속에서 내가 놓지 않았던 것은 삶의 건강함과 감사함이다. 감사함은 나를 풍성하게 해주었다. 감사하는 시간이 쌓이다 보니 조금씩 나를 따뜻한 시선으로 바라보게 되었다. 불안하고 좀 찌질해 보여도 나를 옭아맸던 생각들을 놓아주고 좀 흐트러져도 여유를 가지려 했다.

'어떻게 하면 인생을 즐겁게 살 수 있을까? 내가 좋아하는 건 뭐지? 하루를 만족스럽게 보내려면 어떻게 시간 관리를 해야 할까?'
스스로 질문해 봐도 뾰족한 대안이 금방 떠오르지 않았다. 가끔은 마음이 답답해서 근처 산을 오르고 아무 생각 없이 산책했다. 지구가 태양 주변을 공전하듯 누구나 자기 삶의 주기가 있다는 것을 어렴풋이 알아가며 마음의 변화도 자연스럽게 받아들였다. 억지로 하지 않고 그저 흐름에 맡기면서 조금씩 삶의 여유가 찾아왔다.

매일 똑같이 반복되는 생활은 어쩔 수 없지만 더 자유롭고 싶다는 마음은 포기하기 싫었다. 오랜 직장생활은 나도 모르게 나를 정해진 틀 안으로 가두어버렸다. 새로운 도전이 무섭고 두렵게 만들었다. 그런데도 좀 더 깨어있고 재미나게 사는 삶을 살고 싶은 마음이 꿈틀거렸다. 사람들에게 잘 보이고 싶어서 많은 시간을 보낸 인생, 이제는 다르게 살아야 하지 않을까? 때늦은 철듦의 시간이 나를 기다리고 있었다. 마치 영화 〈매트릭스〉에서 네오가 빨간약을 삼키고 다른 세상을 본 것처럼 말이다. 좀 더 나은 삶을 살고자 하는 마음이 부풀어 올랐다.

달콤한 타협은 이제 그만

나에게도 새벽에 일어나야 하는 강력한 이유가 생겼다. 줌으로 하는 독서 모임에서 교육가이자 철인3종경기 선수인 박도은 님의 달리기 특강이 있었다.

"여러분, 체력을 길러 봐요. 체력을 기르면 뭐든지 할 수 있어요!"

도은 님은 독서 모임 멤버들에게 몸의 에너지를 바꾸는 데 달리기만큼 좋은 방법이 없다고 강조했다. 그러나 나는 지금까지 아침에 달린다는 생각을 한 번도 하지 않았다. 더군다나 뛰고 나서 출근한다는 것은 먼 나라 사람의 이야기처럼 느껴졌다. 그런데도 도은 님의 신뢰감 주는 목소리와 호탕한 웃음 속에 퍼져나오는 에너지는 특별한 울림으로 다가와 계속 귓전에서 메아리쳤다.

'과연 내가 아침에 일찍 일어나 뛸 수 있을까? 공원 한 바퀴만 뛰어도 심장이 터질 것 같은데. 무릎도 아프고 심장은 벌렁거려 나댈 텐데. 과연 이 나이에 아침 달리기가 가능할까?'

특강을 들을 때는 불타오르던 의지가 막상 뛰려고 하니 주저앉았다. 이런저런 이유를 찾게 되고 뛰어보지도 않고 미리 힘들 것만 같아서 포기하고 싶었다.

그러다 문득 달릴 수 없는 이유만 찾고 있는 부정적인 내 모습이 부끄러워졌다. 새로운 일을 시작할 때 실행의 중요성을 바짝 인식하던 때라, 일단 뛰어보고 단톡방에 인증하기로 마음먹었다. 그렇게 늘 늦게 출발하고 느림보인 내가 달리기에 도전하기로 했다.

1년 중 밤이 가장 길고 낮이 가장 짧은 동지(冬至)였다. 밖은 깜깜한데 침대는 따뜻해서 일어나는 게 정말 끔찍이 힘들었다. 달리기를 하기 전에 부상 방지를 위해서 준비운동이 필요했다. 굳어있는 몸을 움직인다는 건 몇 년간 쉬고 있던 공장의 기계를 다시 가동하는 일과 같다. 더구나 겨울 새벽은 너무나 어둡고 추워서 엄두가 나지 않았다. 할 수 없이 집에 오랫동안 방치해놨던 러닝머신을 이용해 뛰어보기로 했다. 잠깐의 움직임에도 역시나 몸이 삐걱거렸다. 의지는 충만한데 몸이 따라주지 않았다. 아주 잠깐 뛰었는데도 몹시 헉헉거렸고 심장은 쿵쾅거렸다. 딱 10분만 뛰기로 했으나 10분이라도 뛰려면 더 일찍 일어나야 했다.

일찍 일어나고 싶은 욕망은 있는데 실행하지 못하고 미루었던 새벽 기상. 끝없는 도돌이표처럼 새벽이 되면 더 자고 싶은 마음이 자동으로 생겨났다. 달콤한 잠을 도저히 이겨낼 수 없을 것 같았다. 굳이 꼭두새벽부터 일어나서 달린다고 삶이 달라지나? 결심은 했지만 마음속으로는 새벽 기상이 간절하지 않았다.

그러나 이번에는 예전과 다른 마음의 소리가 들려왔다. 이제 더 이상 아침잠과 타협하고 싶지 않았다. '나이 먹어가면서 몸도 마음도 약해질 텐데…' 이런 위기감에 휩싸였다. 침대에서 당장 뛰쳐나와야 했다. 내 몸을 어떻게든 일으켜 세워 희망 가득한 새벽과 마주하고 싶었다.

내 안에 열정이 있다고 생각해본 적이 언제였는지 모르겠다. 코로나가 온 세상을 덮었을 때도 어김없이 크리스마스가 다가왔다. 마스크를 쓴 채로 온종일 근무하면서 조금씩 몸도 마음도 지쳐갔다. 연말에 그 많던 모임과 각종 행사가 취소되어 회사 업무가 끝나면 곧바로 집으로 직행했다. 그러던 중 '1B Dance Academy'에서 줌으로 크리스마스 댄스파티를 열겠다는 소식이 인스타그램에 올라왔다.

'와~ 호주에 사는 사람과 줌으로 크리스마스 댄스파티를….'

흥분과 호기심이 생겨 고민하지 않고 김리아 님에게 DM을 보내 파티 참가 신청을 했다.

매일 똑같은 사이클로 직장생활을 하고 코로나로 지쳐가던 일상에서 댄스파티는 설렘으로 다가왔다. 게다가 몇 달 전 아들이 군에 입대해서 이번 크리스마스에는 남편과 단둘이 썰렁하게 보내야 했다. 창고에 방치해놨던 트리를 꺼내 장식하고 집안을 꾸몄다. 산타 모자를 쓰고 떨리는 마음으로 줌을 열었다. 리아 님이 상큼한 목소리로 춤 동작을 설명해주었다. 그리고 크리스마스 캐럴에 맞춰 춤을 추기 시작했다. 분위기가 무르익자 나이트 가서 춤추고 싶던 댄스곡 코요테의 〈순정〉, 2NE1 〈Go Away〉, 벅 〈맨발의 청춘〉, 터보 〈트위스트 킹〉, 백지영 〈내 귀에 캔디〉 등이 줄줄이 나와 분위기는 후끈 달아올랐다. 〈라스트 크리스마스〉라는 곡으로 댄스파티의 마지막을 장식했다.

춤추는 동안 호주에 사는 리아 님의 추임새와 흥거움이 함께하니 지구 반대편에 있는 것이 아닌 바로 가까이에서 함께하는 듯했다. 그렇게 줌 세상에서 40여 분 춤추며 컴퓨터 모니터 안의 처음 보는 사람들과 화이트 크리스마스이브를 즐겼다. 사람들 눈치 안 보고, 눈 오는데 운전해서 멀리 안 가고 안방에서 춤추니 좋았다. 내 안에 숨어 있던 열정이 폭발한 덕분에 처음 참가한 날이었음에도 베스트 댄서상을 거머쥐었다.

'하늘은 스스로 돕는 자를 돕는다'는 말이 나에게도 해당되었다. 크리스마스 댄스파티에 함께했던 영국에 사는 김진영 님의 피드를 보고 무릎을 탁 쳤다. 새벽에 일어나고 싶어도 혼자만의 힘으로 일어날 수 없는 사람임을 너무도 잘 알기에 누군가의 도움이 필요했다. 간절하게 새벽 기상의 꿈을 이룰 수 있는 해결 방법을 찾아보니 스르륵 길이 열리기 시작했다.

"이거다 이거~ 야호~ 와우~!!"

'워너비 월드'에서 새벽 5시 30분에 매일 댄스를 함께하자는 소식을 올린 것이다. 복권에 당첨된 듯 좋아서 깡충깡충 뛰었다.

'세상에! 나를 새벽에 깨워주려고 저 멀리 영국에서 모닝 천사가 나타났구나.'

나에게 아침을 열어주는 사람이 생겼다는 것은 축복 그 자체였기에 가슴이 두근거렸다. 오십 평생 못 바꾼 습관을 고쳐 주기 위해 영국에서 나를 춤추게 해주다니 놀라울 뿐이었다. 너무나도 귀한 선물이어서 감사함이 몰려왔다. 요리조리 생각해봐도 새벽에 춤춘다는 것은 신기하고 신통방통했다. 잠순이로 유명한 내가 과연 댄스를 하려고 일어날 수 있을까 의구심이 들기도 했다. 춤추고 출근한다고는 상상도 못 했기에 내심 다가올 새로운 세상이 궁금해졌다. 달리기를 이미 시작했기에 춤으로 준비운동을 하면 시너지 효과로 최고일 것 같았다.

새벽에 춤을 추기로 한 첫날 아침 5시. 알람 소리에 눈을 떠 창밖을 보았다. 동지를 막 지난 1월이라 창밖은 어둡고 영하의 기온이라 몹시 추웠다. 세상에 나만 홀로 깨어있는 것처럼 사위가 고요했다. 여전히 더 자고 싶은 마음에 머리가 다시 베개에 닿았다. 시간이 한참 지나 일어나 보니 단톡방에 몇 명이 참가한 사진이 보였다.

'아, 진영 님이 참가자가 너무 없으면 실망할 텐데. 내일은 꼭 참여해서 힘을 보태자.'

그날 밤, 다시 일찍 일어나겠다는 의지를 불태우며 침대에 누웠다. 다음 날 새벽 5시 알람 소리를 듣고 곧바로 일어났다. '더 자고 싶다'는 유혹을 이겨내고 침대에서 멀어질 수 있었다.

영국에서 날아온 모닝 천사를 만나는 역사적인 아침, 따뜻한 물 한 잔을 마시고 단톡방에 올라온 번호를 타고 줌 세상으로 들어갔다. 차분한 스트레칭 음악이 나오고 있었다. 워너비 모닝은 《좋은 엄마도 나로 사는 여자가 좋다》의 저자인 김진영, 김리아 공동대표가 '내가 나의 워너비가 되자'는 슬로건으로 만든 새벽 프로그램이다. 리아 님이 만든 엄마들이 따라 하기 쉬운 피트니스 댄스 영상에 맞추어 20여 분 동안 기분 좋게 땀 흘리고 에너지를 높여 스스로 워너비가 되는 듯했다. 자발적으로 춤추는 새벽 댄스는 차분한 요가와는 또 다른 매력이 느껴졌다.

오랜만에 친구에게 전화가 왔다.
"요즘 어떻게 지내니?"
"새벽에 일어나서 춤추고 출근해."
"오~ 진짜? 근데 일어나서 춤이 쉬지니? 그게 가능해?"

친구는 충격적인 듯 이해할 수 없다는 반응을 보였다. 경험을 안 해 봤으니 그럴 수도 있겠다 싶다. 새벽에 일어나기도 힘든데 잘 움직이지도 않는 몸으로 춤을 춘다니 상상이 안 갈 듯하다. 나도 처음엔 그렇게 생각했으니까.

새벽 댄스는 나처럼 늦잠 자던 사람도 음악과 함께 몸을 흔들게 해주니 신나서 춤추게 해준다. 춤은 이제 특별하게 좋은 날에만 추는 것이 아니라 내 일상이 되었다.

워너비 모닝은 한곳에서 오래 살고 만나는 사람이 제한적이었던 내가 호주, 영국, 미국 등 지구촌 사람들과 함께 춤추고 놀 수 있게 해주었다. 세상의 모든 점은 이어져 있다는 말이 있는데 줌 세상에서 각자의 점들이 연결되는 신기한 체험을 하고 있다.

나는 매주 수요일 밤 10시에 줌으로 '매화 독서 모임'을 하고 있다. '나다움 창조클럽'을 만든 혜윤 님을 리더로 아이들 놀이계의 BTS 덕분 님, 전통 먹거리로 식탁 위를 창조해주는 베베 님, 그림으로 치유를 도와주는 긍정이 님, 감정을 어루만져주는 마법사이자 힐러인 선영 님, 최고의 동기부여 연설가를 꿈꾸는 작가 슬기 님이 참여하고 있다. 그녀들과 함께 책 이야기, 무의식에 관해 생각을 나누는 시간은 비슷한 관심사를 가진 사람들끼리 서로 이어져 있음을 알게 해주었다. 의정부, 인천, 천안, 부산, 제주에 사는 우리는 작은 공원에서 만나 함께 노래하고 춤도 추었다.

김도윤은 《럭키》에서 '운을 가져다주는 것은 사람이다.'라고 했는데, 인스타에서 만난 사람들을 통해 조력 집단의 힘을 강력히 느낀다. 워너비 모닝, 매화 독서 모임, 일요일에 읽똑일독 독서 모임, 매일 운동한 것을 인증하며 함께하는 워너비 러너 팀 등 줌을 통해 만난 긍정적인 사람들은 서로 성장을 응원한다. 여유로워진 내 모습에서 '호기심 많은 중전마마'라는 별명도 얻어서 쑥스럽기도 하고 기분이 좋다. 열정이 있고 분명한 목적이 있을 때 원하는 것을 현실로 끌어당길 수 있음을 체험하고 있다. '혼자 가면 빨리 가지만 함께 가면 멀리 간다.'는 말이 나를 이끌어 주고 있다.

승자의 기쁨과 여유

벚꽃이 만개한 4월의 휴일 아침. 더 자고 싶은 유혹을 물리쳤다. 오늘 춤곡은 포미닛 〈핫 이슈〉, 블랙핑크 〈붐바야〉, BTS 〈쩔어〉, 아이유 〈라일락〉이었다. 아이돌 곡으로 춤을 추니 마음이 한껏 젊어진 느낌이었다. 전에는 잠이 덜 깬 상태로 스트레칭을 해도 몸이 굳어있어 뻣뻣하기만 했다. 그런데 새벽 댄스로 몸을 움직여서 그런지 예전처럼 피곤해서 다시 침대로 들어가는 일은 없었다. 새벽 댄스를 하고 나서 책을 읽었다. 놀라울 정도로 몰입도가 높아지고 읽는 속도가 빨라졌다. 이처럼 나는 집중이 잘되는 오전 시간에 중요한 일을 하는 활동성 있는 사람으로 변했다.

2022년 4월 초 워너비 모닝이 100일째 되는 날이었다. 나는 100일 동안 적극적으로 참여해서 영국에 사는 진영 님에게 힘을 보태주는 치어리더가 되고자 했던 약속을 지켰다. 100일간 몸은 힘들었지만 더 높은 수준의 도전을 하고 성장하는 시간이었다.

우리는 댄스가 끝나면 손 모양을 W로 만들고 인증 사진을 찍는다. 멤버들 모두 새벽 시간임에도 불구하고 활짝 핀 장미처럼 환한 미소로 각자의 에너지를 전달해준다.

새벽 기상은 혼자 해보려고 낑낑거리고 몸부림 쳐봐도 실패로 끝나기 쉽다. 새벽에 일어나는 것은 늘 나 자신과의 싸움이었다. 번번이 패자의 길에 서 있었다. 그랬던 내가 좋은 에너지로 함께하는 멤버들 덕분에 한 발 한 발 앞으로 나아가면서 승리의 기쁨을 맛보게 되었다. 물론 늦잠 자고 싶은 날도 있지만 새벽 기상을 포기하지 않으니 승자의 자리에 서 있는 날이 더 많아졌다. 즐겁게 하루를 시작하는 사람을 누가 이길 수 있을까? 새벽 기상은 내 마음속의 평생 숙제를 해냈다는 뿌듯함을 안겨주었다.

얼마 전, 군대 간 아들이 첫 휴가를 나왔다. 몇 달 만에 만난 아들에게 나는 얼굴을 바짝 들이대며 물었다.

"엄마 얼굴이 좀 달라진 것 같지 않니?"

이리저리 내 얼굴을 살피던 아들이 말했다.

"음~ 엄마 표정이 예전보다 더 밝아지고 뭔가 얼굴에서도 빛이 나는데요."

평소 과묵한 아들의 칭찬 세례를 받고 나는 어깨에 뽕이 들어간 것 같았다.

"오~ 그렇지? 엄마가 요즘 달리기 시작했어. 새벽에 댄스도 해."

"그래요? 대단하신데요. 엄마, 우리 저녁 먹고 동네 한 바퀴 뛸까요?"

"그래? 좋아. Go Go Go!!"

저녁 식사를 마치고 아들과 하천길을 따라서 한참을 함께 뛰었다. 저녁 봄바람이 우리 둘의 달리기를 축하해 주듯 기분 좋게 얼굴을 스치고 지나갔다. 나이 들어 아들과 나란히 뛸 수 있을 거라고 지금까지 한 번도 생각하지 못했다. 새벽에 일어나 매일 1km라도 뛰며 몇 달 동안 키운 체력으로 아들과 함께 달릴 수 있어서 가슴이 벅차올랐다.

모닝 댄스는 몸에 좋은 종합비타민제이다. 매일 먹는 비타민보다 몇 배 더 효과가 빠르게 나타나고 하루의 시작을 활력 넘치게 할 수 있도록 도와준다. 예전엔 출근해서 한두 시간이 지나도 몽롱한 상태가 이어졌다. 진한 커피를 마시고 영양제를 듬뿍 챙겨 먹어도 몸을 제대로 움직이는 데 시간이 걸렸다. 그러나 새벽에 춤추면서 머리도 흔들고 몸과 팔을 빠르게 움직이다 보니 이제는 나이 탓을 하며 저질 체력을 한탄하는 일이 확연히 줄어들었다.

댄스는 단순히 음악에 맞춰 내 몸을 움직이는 것에서 끝나지 않는다. 춤을 추면서 몸의 진동 반경이 넓어지고 기분이 자동으로 좋아진다. 한마디로 온몸과 정신이 Feel Good 상태가 된다.

춤의 기억을 소환하다

엄마와 함께 춤을

워너비 모닝을 운영하는 영국의 진영 님과 함께 춤추다 보면 초등학생쯤 되는 아이들이 화면 속에 등장한다. 아이들은 엄마 옆에서 귀엽고 앙증맞게 춤을 잘 따라 춘다. 11살 단발머리 미셸은 야무지고, 9살인 동생 제이든은 똥글똥글 장난기가 가득 보인다. 가끔 막내 비비안도 참가해 눈웃음을 쳐주면 귀여움이 화면에 꽉 찬다. 잠잘 시간에 엄마가 100일 넘게 하루도 빠짐없이 컴퓨터를 켜고 한국에 있는 아줌마들과 춤을 추니 얼마나 신기하게 보였을까 싶다.

진영 님 아이들과 함께 춤추는 동안 내 얼굴에도 엄마 미소가 번진다. 영국시간으로 밤 8시 30분에 아이들은 엄마와 함께 춤추려고 졸려도 참고 하품하며 엉덩이를 흔들기도 한다.

문득 초등학교 2학년 때쯤 엄마와 손잡고 춤추었던 시간이 떠올랐다. 학교 무용 시간에 운동장에서 나풀거리는 치마를 입고 엄마와 빙글 빙글 돌며 춤을 추었다.

어릴 적 내가 다니던 학교는 충남의 알프스라 불리는 청양의 시골 마을에 있었다. 엄마는 〈칠갑산〉 노래 가사처럼 '콩밭 매는 아낙네'여서 산더미같이 쌓인 농사일에 허덕였다. 엄마에게 학교에 꼭 와야 한다고 징징거렸는데도 엄마는 논밭 일에 치여 학교에 올 엄두를 못 내셨다. 그 당시 같은 반 친구 엄마들도 학교에 올 형편이 안 되었다.

못 오실 거라고 예상했던 엄마가 웬일인지 한껏 차려입고 저 멀리서 걸어오고 있었다. 자세히 보니 일하느라 집에서만 입던 편안하고 허름한 바지 차림이 아니었다. 엄마는 검은색 긴 치마에 자주색 블라우스를 입고 굽이 있는 구두를 신고 내 앞에 천사처럼 나타나셨다. 그 모습을 보고 여자는 화장발, 옷발이라는 것을 어린 나이에 알아버렸다. 열아홉에 결혼한 엄마는 그날 학교에 온 친구 엄마들보다 최고로 예쁘고 세련되고 화사했다. 엄마와 함께 춤을 춘 시간은 짧았지만 오로지 나만 보며 포근하게 미소 지어주신 그날을 잊을 수 없다.

4남매 중 둘째였던 나는 남동생들에게 엄마의 사랑을 빼앗겼다고 생각해서 늘 투정을 부리고 요구사항이 많았던 까탈스러운 딸이었다. 그런데 고등학생 때 너무도 이른 나이에 엄마가 교통사고를 당해 갑작스럽게 이별하는 아픔을 겪었다. 엄마 나이 겨우 서른아홉이었다. 슬프게도 엄마가 세상을 떠나셨지만 그날 나를 위해 어렵게 시간을 내서 함께 춤을 춘 기억에 기대어 지금 행복하게 사는 게 아닌가 싶다. 그 시절 비록 짧은 시간이었지만 엄마 손을 잡고 따뜻한 품에서 춤을 춘 일은 평생 잊을 수 없는 추억이 되었다.

어린 시절 아이들이 엄마와 함께 춤추었던 시간은 자연스럽게 성장에 큰 밑거름이 될 것이다. 진영 님의 아이들도 처음에 줌으로 만났을 때는 부끄러워하고 소심하게 춤추었는데 시간이 지날수록 몸짓이 자연스러워지고 카메라 앞에서 윙크도 한다. 나도 아들이 유치원과 초등학교 다닐 때는 손잡고 깡충깡충 뛰며 춤을 췄는데 그 일이 어제 있었던 일처럼 떠올랐다. 마음속에 있는 그때의 소중한 추억은 아이들이 인생을 살면서 얼마나 큰 힘이 될까? 엄마가 행복해야 아이도 행복하다. 즐겁게 춤추는 엄마를 보고 자란 아이들은 행복한 인생이 무엇인지 알려주지 않아도 스스로 느끼고 잘 살아갈 것이다.

여행에서 만난 엄마

2022년 6월, 박도은 님, 친구 애니와 하와이 여행을 마치고 귀국하는 날이었다. 하와이 공항에는 출국하는 인파로 북적였다. 우리는 길게 꼬리를 이은 줄에 서서 출국 수속을 밟는 데만 두 시간 넘게 소요했다.

비행기 탑승 시간이 촉박했다. 게이트까지 10분 넘게 가방을 들고 쉬지 않고 뛴 덕분에 비행기에 겨우 올랐다. 긴 여행을 마치고 비행기 안에서 포도주를 함께 마셨다. 건강하고 무사하게 여행을 마쳤음에 감사하며 건배했다.

초등학교 친구 애니는 3년 만에 우연히 통화하다 내가 혼자 하와이에 간다는 말을 듣고 함께 여행했다. 아름다운 모습에 개그 본능도 겸비한 애니는 나의 부족한 면을 챙겨주며 여행 내내 많이 웃게 해주었다.

항공사에서 제공하는 맛있는 기내식 불고기 비빔밥이 나왔다. 오랫동안 한식을 못 먹었던 우리는 고추장에 비벼 비빔밥을 먹었다. 그야말로 꿀맛이었다. 식사하다가 애니가 갑자기 30년 전 돌아가신 엄마 이야기를 꺼냈다.

"미영아 너 그거 알아? 우리 엄마랑 네 엄마랑 친구였잖아. 너와 이렇게 함께 여행을 온 게 너무 신기해. 고등학교 때 내가 학교 마치고 집에 오는데 두 분이 옷을 예쁘게 차려입고 어디를 놀러 가시는 거야. 나중에 들으니 대천 해수욕장도 가고 디스코텍도 다녀오셨다고 하더라. 그때 두 분이 찍은 사진이 아직 시골집에 있어."

애니는 내가 몰랐던 그 시절 이야기를 제법 정확하게 기억하며 이야기해 주었다. 여행의 끝자락 태평양 상공에서 친구에게 듣는 그 시절 엄마 이야기가 우연이라 하기엔 너무도 감격스러웠다.

내 기억 속 엄마는 아빠가 돌아가시고 혼자되어 어렵게 4남매를 키우셨다. 식당에서 일하시며 힘들게 사셨다. 그 시절 바닷가 백사장에서 살포시 웃으며 찍은 독사진이 있었는데, 누구랑 그곳에 갔을까 궁금했었다. 그 사실을 지금에서야 알게 된 것이다.

'엄마도 나처럼 춤추는 걸 좋아하셨구나.'

새로운 사실을 친구에게 전해 들으니 왠지 가슴이 뭉클했다. 엄마가 힘들게 사시면서 잠깐이라도 즐거운 시간을 가지려고 했음에 너무도 감사했다. 엄마와 이별한 지 오랜 시간이 지났지만, 지금까지도 나를 사랑으로 지켜주고 계신 듯했다. 혼자 하와이에 여행 가면 심심할까 봐 친구도 보내주고 엄마와 끈끈하게 연결되어 있는 것처럼 느껴졌다.

'엄마 사랑해요. 여기서 내가 행복한 것처럼 엄마도 그곳에서 행복할 거라 믿어요.'

그렇게 여행에서 만난 추억 속 엄마가 지금도 나를 가까이서 보듬어 주고 있는 듯 그리움의 눈물이 볼을 타고 흘러내렸다.

맨발 걷기의 추억

얼마 전 회사 직원들과 함께 맨발 걷기의 성지인 대전 계족산을 4시간 가까이 걸었다. 한 달 동안 새벽에 학교 운동장을 맨발로 걸어서인지 걷는 데 불편함이 없었다. 진흙을 밟고 걷는 기분은 그야말로 자연과 내가 하나가 된 듯 시원하고도 신선했다.

요즘 글을 쓰기 위해 컴퓨터 앞에 오랜 시간 앉아 있다 보니 우리 몸의 제2의 심장이라 불리는 발에 관심을 두게 되었다. 위암 4기를 이겨낸 무의식 프로그래머 정혜윤 님이 빗속에 맨발로 풀밭 위를 걷기도 하고, 해운대 모래밭을 걷는 영상을 보니 왠지 가슴 뛰기 시작했다. 나도 그녀처럼 맨발로 걷고 싶다는 강한 욕구가 올라왔다. 그날 저녁을 먹고 학교 운동장에 가서 신발을 벗고 살포시 땅을 내디뎌 봤다. 한 발 한 발 조심히 걸어보니 작은 모래알들이 발바닥을 아프게 했다. 처음엔 아프던 발이 3일쯤 걷다 보니 통증이 사라지고 익숙해졌다. 맨발 걷기 후 집에 와서 거실 바닥을 밟을 때 놀랍게도 발바닥에서 강한 힘이 느껴졌다.

얼마 전 대구에서 '매화 독서 모임'을 숲속에서 가졌다. 그때 정혜윤 님을 따라 자연의 품에서 편안하게 누워 본 경험은 신선하고 새로운 세계였다. 이제는 조용히 사색하고 싶은 날, 나는 맨발로 운동장을 걷는다. 또 이렇게 하나의 취미가 생겼다. 맨발로 걸으면 복잡한 생각이 날아가고 머리가 맑아진다. 맨발로 지표면에 접촉하면 살짝 통증이 오지만 쾌감도 있다. 땅 위의 흙과 돌출된 작은 조약돌, 솔방울이 발바닥에 닿으니 혈액순환에 좋고 몸속의 내장과 장기들의 활동이 활발해지는 듯하다. 자연에서 하는 지압 마사지이다.

스티븐 시나트라(Stephen Sinatra) 박사는 《어싱》에서 땅과 인간의 관계에 대한 새로운 해결책을 제시하면서 땅과의 접촉이 인간을 치유

한다고 말한다. 특히 케이블 TV 산업의 선구자인 클린턴 오버가 '어싱'
의 의료적 효과를 발견하게 된 과정을 기술하고 있다. 어싱(Earthing)
이란 지구 표면과 우리 몸을 연결하는 것을 가리키는 용어이다.

'아메리카 원주민들은 말 그대로 흙을 사랑했다. 땅에 앉아 있으면 대
자연의 보살핌을 받는 느낌을 받았다. 땅과의 접촉은 피부에도 좋았다.
옛사람들은 모카신을 벗고 신성한 대지에서 맨발로 걷기를 좋아했다.'

예로부터 흙은 우리에게 위안을 주고 힘을 북돋아 주며 우리 몸을 정
화하고 치유한다고 믿었다.

나는 어릴 적에 들로 산으로 아빠를 쫓아다녔다. 봄이면 논에 모를
심는다고 맨발로 논바닥에 들어갔고, 여름이면 부모님이 일하는 밭에
서 동생들과 맨발로 뛰어다녔다. 엄마는 가끔 맨발로 밭에서 호미질을
했다. 가을에 벼를 벨 때 나는 논에 들어가 진흙을 밟고 볏단을 옮겼다.
그때는 발도 아프고 농사일이 싫었지만 뒤돌아보면 부모님 옆에서 많
은 시간을 함께해서 추억을 차곡차곡 담을 수 있었다.

요즘은 재택 근무하는 남편과 저녁 식사 후 함께 맨발로 걷는다. 우
리 부부는 여러 면에서 달라도 많이 다르다. 음식, 취미, 취향, 잠자는
시간 등 비슷한 걸 찾기 힘들다. 함께 맨발 걷기를 하면서 남편과 한 가
지라도 함께할 수 있는 취미가 생겨 대화하는 시간이 늘어났다.

오랫동안 컴퓨터에 앉아 일하다 보니 어깨가 약간 굽어서 걷는 남편
에게 말했다.

"자기야, 어깨 쫙 펴고 땅 처다보지 말고 저 앞에 나무를 보고 걸어봐. 걸을 때 부자처럼 걷고, 건강한 사람처럼 생각하고, 자유롭게 뭐든 할 수 있고 늘 감사한 사람처럼 걷는 게 좋데."

휘영청 밝은 달이 우리 부부의 그림자를 길게 만들며 따라온다. 이런 밤에 나누었던 대화는 오랫동안 잊히지 않는다.

친구들에게 아침에 춤추고 출근한다고 이야기하면 "너 춤 잘 추겠네?"라고 묻는다. 몇 년 전 퇴근 후 아파트 피트니스센터에서 에어로빅과 라틴댄스를 배우러 다닌 적이 있다. 어느 날 셀카로 찍은 영상을 눈썰미 좋은 언니에게 보여준 적이 있다.

"김리아 님은 완전 전문가이고, 너는 율동을 하는구나."

언니는 웃으면서 콕 집어 말했다. 나는 이렇게 응수했다.

"웨이브 못하고 율동이 안 맞으면 어때? 대충 추면 어때? 지금 이 순간이 즐거우면 되지."

스스로 이렇게 위안을 삼았다. 나에겐 춤을 잘 추고 못 추고는 의미가 없었다. 꾸준히 춤추다 보면 실력이 한 뼘씩 늘어나는 건 확실하다. 오른발 왼발도 헷갈리지만 즐길 마음이 있는 그 자체가 좋다.

지금까지 내가 잊지 못하는 춤은 사람들이 순간적으로 몰입해 춤추는 모습이었다. 고등학교 시절 가을 축제가 끝나고 교실에서 친구들과 디스코 출 때 막춤으로 인기를 누린 명순이, 라오스 여행 가서 루앙프라방에서 비엔티안까지 8시간 동안 지겨운 버스 안에서 춤과 노래로 즐겁게 분위기 반전을 시켜준 소미 언니, 싸이 흠뻑쇼 콘서트장에서 물대포를 맞아가며 〈강남스타일〉 말춤을 신나게 따라 했던 디나처럼 아무 생각 없이 춤추는 순간에 맘껏 몸을 흔들 수 있는 사람이 매력적으로 보인다.

워너비 모닝에서 새벽 기상을 함께하는 정덕분 님은 있는 그대로 춤에 흠뻑 빠져 마음껏 춤추는 매력적인 멤버다. 모닝 댄스를 시작하고 하루도 빠짐없이 100일을 진정한 재미의 힘으로 춤췄다. 덕분 님도 나처럼 새벽에 춤추기 시작하면서 삶이 달라졌다고 한다. 새벽에 밖으로 나가는 것이 몹시 힘들었고 마음먹고 달려도 고작 500m 달리면 숨이 찼었는데 새벽에 댄스를 한 다음부터는 5km까지 무난히 뛴다고 한다. 오만 자극에도 침대에서 꿈쩍 안 하던 사람이 워너비 모닝에서 춤추며 하고 싶은 일을 점점 쉽게 이루어가고 있다고 고백한 적이 있다. 춤은 국경, 종교, 인종을 뛰어넘는 최고의 놀이라고 말하는 덕분 님과 함께하는 아침은 특별한 댄스파티였다

호주에 사는 김리아 님의 예쁜 다리를 볼 때마다 부러웠다. 목요일 저녁 1B 댄스 수업에서 리아 님이 스트레칭하는 법과 오자형 다리 교

정법을 알려주었다. 벽에서 몸을 약간 뗀 상태에서 다리 붙이고 서 있는 법, 다리를 묶고 자는 법 등을 배웠다.

갑자기 남편과 한참 연애를 할 때가 생각났다. 대학 캠퍼스 커플이었던 시절 남편에게 잘 보이고 싶어서 외모에 바짝 신경 쓸 때였다. 학교 수업을 마칠 즈음 눈이 내렸다. 남편과 데이트하며 "자기야, 혹시 내 콤플렉스가 뭔지 알아?"라고 물었다. 혹시나 나의 작은 치아를 밉게 보는 건 아닐까 해서 던진 질문이었다. 남편은 고민도 안 하고 기다렸다는 듯이 말했다.

"다리 아냐! 오자 다리잖아!"

그때까지 멀쩡하던 내 다리는 남편의 무심한 말에 콤플렉스가 되어 버렸다. 그 후 오자 다리를 교정하려고 비싼 돈 들여 교정기를 사기도 하고 별의별 생쇼를 다했는데 고쳐지지 않았다. 지금은 쭉쭉 뻗지 못한 다리지만 건강한 두 다리에 만족한다. 오자 다리일망정 달려도 무릎 안 아프고, 몇 시간 골프 쳐도 까딱없이 튼실하니 감사하기로 마음을 바꿨다. 댄스파티에 두 다리가 리듬을 타며 자연스럽게 움직여 주면 땡큐!!

8월의 어느 일요일, 새벽에 잠이 깼는데 일어나기 싫어서 뒤척였다. 정신은 말똥거리는데도 이불속에서 꼼지락거리다 다시 잠들고 한 시간이 후다닥 지나갔다. 살짝 흐리멍덩한 상태에서 핸드폰을 만지작거리며 단톡방을 봤다. 일요일 6시 30분 끈기프로젝트로 김리아 님과 춤을 춘다는 공지가 올라왔다. 망설이지 않고 서둘러 옷을 갈아입고 줌을 켰다. H.O.T〈캔디〉노래에 맞춰 리아 님이 춤추고 있었다.

'햇살에 일어나 보니 너무나 눈부셔. 모든 게 다 변한 거야. 널 향한 마음도~ 그렇지만 널 사랑 않는 게 아냐. 이제는 나를 변화시킬 테니까.'

가사처럼 차분하고 조용하던 아침이 뭔가 변하고 싶어 들썩거린다. 귀여운 포즈로 방방 뛰고 싶은 마음이 절로 고개를 든다.

다음은 〈맨발의 청춘〉이었다.

'속는 셈 치고 날 믿고 따라줘~ 맨발에 땀나도록 뛰는 거야. 내 청춘을 위하여~'

야호! 그래 오늘은 내 인생의 최고로 젊은 날이다! 손 흔들고 다리 흔들고, 왼발 오른발, 손바닥 마주쳐주고 '와다다다다~' 빠르게 달리듯 뒤꿈치 안 닿게 두 발을 움직인다. 조금씩 무아지경 댄스에 몰입한다. 이마에 흘러내리는 땀을 손으로 닦는다.

'나의 꿈을 위해 길고 짧은 건 대봐야지. 지금은 비록 보잘것없지만 나도 하면 돼.'

으쌰으쌰!! 팔다리를 같은 방향으로 흔드는 작대기 콕콕 찍는 영구 동작도 한다. 이젠 예전 같지 않은 몸에 헛둘헛둘, 덩실덩실 아리랑 춤이 맞지 않나 싶다. 몸이 느려지는 건 어쩔 수 없이 받아들이고!!

오늘은 워너비 보라색 티셔츠를 고무줄로 세게 묶어 브라 속에 집어넣었다. 긴 셔츠가 짧은 탑으로 변신했다. 하와이에 여행 갔을 때 유독 눈에 띄는 것은 이른 새벽에 거리에서 사람들이 짧은 반바지, 크롭탑을 입고 가볍게 뛰는 모습이었다. 몸매를 드러내고 땀 흘리며 달리는 건강한 사람들이 아름답게 보였다. 나도 튜브라인이지만 변형한 옷을 입고 시원하게 더 흔들고 싶어진다. 일어나자마자 음악과 춤의 세계에 빠져 주말 아침 딴 세계에 와 있다. 이렇게 눈 비비고 일어나 무엇을 할지 고민하던 찰나, 춤으로 하루를 시작하는 시동을 부르릉부르릉 걸었다.

제임스 아서 레이(James Arthur Ray)의 《조화로운 부》를 보면, 우리는 더 나아지고 성장할수록 미래를 받아들이는 능력도 함께 확장되는데, 성장 속도를 높이는 최고의 방법은 몸의 진동수를 높이는 것이라고 말한다. 휴일에 늦잠 안 자고 일어나 춤과 음악으로 시작하니 내 몸의 진동수가 올라간다. 마음을 바꾸면 자신감이 생기고 삶이 달라지는 것을 또 한 번 맛보았다. 춤을 추고 나서 기분 좋아진 상태로 일하면 효과가 좋았다. 설거지도 빠르게 하고, 달리기하러 나가도 곧바로 뛸 수 있고, 책을 봐도 머리에 쏙쏙 들어온다.

몰입의 즐거움

나는 줌바 댄스를 추는 열정이 특별하다. 지난 몇 달간 호주에 사는 레이나 샘에게 운 좋게 줌바 댄스를 배웠다. 코로나 팬데믹 때 생긴 엄청난 기회였다.

예전에 유튜브 '하고 싶다 TV'에서 박선영 님이 줌바 댄스를 신나게 추는 영상을 보고 집에서 따라 해봤다. 혼자 해도 재밌게 출 수 있고 충분히 땀을 흘릴 수 있었는데 더 완벽하게 배우고 싶었다. 세계적인 댄스 실력을 갖춘 레이나 샘에게 직접 줌바 댄스를 배운다고 생각하니 흥분되고 가슴이 뛰었다. 흥이 넘치고 파워풀한 에너지로 춤추다 보니 줌의 세계지만 흥과 에너지가 그대로 전달되었다. 자연스럽게 나의 춤 동작은 예전과 달라졌다. 신선한 경험이 삶에 활력을 빵빵하게 불어넣어 주었다.

   줌바 댄스는 몰입도, 섹시함, 골반의 흔들림이 멋지다. 몇 분만 춤춰도 나도 모르게 아우성과 함성이 솟구쳐 나온다. 층간소음을 줄이기 위해 반드시 매트를 깔아야 한다. 사무실에서 가져온 스트레스는 어느새 사라지고 없다. 춤추며 몰입의 순간을 경험한다는 건 놀라운 행운이다. 이것이 내가 지금 추구하는 작은 성공의 느낌 아닐까?

   춤출 때만큼은 일에서도 벗어나고 누구의 엄마가 아닌 온전한 내가 된다. 지금까지 다른 사람들은 나에게 아무런 관심도 없는데 '나를 어찌 생각할까?' 이런저런 생각에 괜히 걱정하며 살아왔다. 누군가에게 보여주기식 성공에서 벗어나 나 스스로 만족스러운 기쁨의 상태, 나는 지금 아주 뿌듯하고 사랑스럽다.

   내 삶에서 가장 가치 있다고 생각하는 것과 일치된 행동을 할 때 사람은 자연스럽게 몰입상태에 빠진다고 한다. 미하이 칙센트미하이는 《달리기, 몰입의 즐거움》에서 '몰입은 형체 없는 유령과도 같지만 경험하고 나면 삶이 더욱 완전해지는 기분이 든다'라고 한다. 몰입하면 과거나 미래가 아닌 바로 지금 일어나는 일에 신경을 쓴다. 후회나 걱정이 사라지고 몸과 마음이 완벽히 조화를 이룬다. 아침 달리기와 춤으로 몰입의 시간을 갖는다는 건 인생에서 둘도 없는 값진 하루의 선물을 받은 기분이다. 특별한 날에만 춤을 추는 것이 아니라 새벽에 짧은 시간이라도 누릴 수 있는 삶의 몰입을 사랑한다.

알프레드 디 수자가 쓴 시를 좋아한다.
'춤추라, 아무도 바라보고 있지 않은 것처럼.'
이 글귀를 읽으면 곧바로 일어나 부드럽게 춤을 춰야 할 것 같다. '당신이 잘하고 있는지 보려고 당신의 발을 쳐다보지 말아요. 그냥 춤을 춰요.' 춤을 출 때는 누구도 의식하지 않고 춤에 몰두하라고 응원해준다. 진정한 힘은 자신의 믿음을 자세히 보기 시작할 때 나온다고 한다. 나 자신을 사랑하며 보내는 시간이 길어질수록 나를 책망하는 시간은 줄고 믿어주고 응원하는 시간은 늘어난다. 나 스스로 느끼는 자유로움으로 아침 시간을 맞이하는 것은 축복이다.

TV를 안 보면 무엇을 할 수 있을까?

어릴 적에 TV에서 하는 〈은하철도 999〉 만화를 좋아했다. 친구 집에 놀러 가서도 만화가 시작되면 TV에서 눈을 떼지 못했다. 요즘 〈아기상어〉나 〈뽀로로〉가 나오면 떠들던 아이가 눈도 껌뻑거리지 않고 갑자기 얼음이 되는 것처럼. 나이가 들어서도 나는 여전히 TV를 오래 시청했다. TV는 '플러그 꽂힌 마약'이라는 말도 있다. 퇴근하고 집에 와서 무심코 리모컨을 돌렸는데 좋아하는 드라마가 나오면 그날 저녁 집안 일은 뒷전으로 밀렸다. 10시 넘어서까지 자석처럼 TV에 매달리다 겨우 씻고 잤다. 그런데 TV를 보고 나서 난 행복하지 않았다.

그러던 어느 날 막냇동생이 지나가는 말로 말했다.

"누나, 나는 요즘 TV 안 봐요. 뉴스도 잘 안 보는 편이에요. 그래도 사는 데 큰 문제가 없네요. 불필요한 것들을 덜 보니 삶에 좋은 면이 많아요."

사회생활을 잘하려면 적어도 뉴스는 꼭 봐야 한다고 여겼다. 곰곰이 생각해보니 아침저녁 뉴스의 대부분은 각종 사건 사고로 부정적인 내용이 대다수였다. 하루에 사용할 수 있는 시간은 한정되어 있는데 불필요한 일에 내 소중한 에너지를 너무 많이 쓰며 낭비하고 있었다. 삶의 변화가 필요했고 TV를 덜 봐야겠다는 각성이 들었다.

감성적인 면이 강한 나는 TV에서 본 내용이 계속 머릿속에 맴돌아 내 기분과 감정을 좌우하는 편이다. TV 감옥에서 벗어나 내 생각과 감정을 다른 데 쓰는 것이 건강에 좋은 선택이었다. 성공한 사람들 중에서 TV 시청 시간이 많은 사람은 거의 없었다. 끝없는 정보의 홍수는 잠시 멈춰서 새로 알게 된 사실에 대해 숙고할 시간이 없게 만든다. 정보의 다이어트가 필요했다. 나와 관련 없는 것들에 신경 쓰며 과도하게 잘못된 정보를 얻으며 살아가는 듯하다. 삶을 단순화시키려면 TV 시청을 줄이는 것이 급선무였다.

몇 년 전부터 나는 TV를 거의 보지 않는다. 인터넷에서 신문의 헤드라인을 훑어보며 세상의 흐름을 파악하는 정도다.

앙케트 조사 결과만 봐도 TV를 많이 보는 사람이 부자가 되는 확률은 낮았다. TV가 생각날 때는 유튜브로 내가 보고 싶은 것을 찾아서 보는 편이다. TV를 시청할 때의 수동적인 태도와 능동적으로 선택하는 태도는 다르다고 본다. TV에서 해방되고 나서 자연스럽게 나만을 위한 시간이 만들어졌다. 시간이라는 위대한 자산에 계속해서 투자할 힘이 생겼고 버려졌던 시간의 선물을 받으며 나 스스로 칭찬할 수 있게 되었다.

롭 무어는 《레버리지》에서 시간을 낭비되는 시간, 소비된 시간, 투자된 시간으로 나누었다. 우리가 시간을 관리하겠다는 것은 어리석은 생각일지도 모른다. 시간을 관리하는 것이 아니라 자기 삶을 결정하고, 감정과 행동을 관리해야 한다고 말한다. 중요하지 않은 일에 자신의 시간을 쓴다면 그 시간은 소비되거나 낭비되어 버린다. 나를 위해 살아야겠다고 마음먹었을 때 하고 싶은 일을 하지 못하고 TV에 빼앗기는 시간이 있다면 스스로 질문해보자.
'TV를 끊거나 시청 시간을 줄이면 나에게 무엇이 좋을까?'

콧속으로 바다 내음 가득한 시원한 바람이 느껴진다. 사랑하는 연인을 만난 듯 온몸을 부드럽게 감싸주는 바람이다. 낮은 갈색 지붕과 상점들이 몇 개 보이는 코나 비행장에 내리니 저 멀리 화산섬이 보이고 조용하면서도 이색적인 풍경에 동공이 커진다.

인천에서 비행기를 타고 8시간 걸려 호놀룰루 공항에 도착하고 다시 비행기를 갈아타고 50분을 날아서 도착한 이곳! 빅아일랜드라 불리는 하와이다. 저 멀리 박도은 님이 하와이 환영의 상징인 플라워웨이를 들고 환하게 웃으며 다가온다.

"웰컴. 하와이에 오신 걸 환영합니다!"

활기찬 목소리로 아이처럼 크게 웃는 도은 님. 어깨선을 드러낸 깊이 파인 보랏빛 짧은 원피스에 노랑에 가까운 갈색 머리에 빨간 선글라스를 끼고 있는 모습을 보니 여기가 한국이 아님을 체감한다.

도은 님은 독서 모임에서 달리기 강연을 들은 후, 내가 달리기에 처음 도전할 수 있도록 코치해 주면서 인연을 맺었다. 올해 2월 천안에 폭설이 내린 날, 울산에서 올라와 5km를 함께 뛰며 달리는 자세를 설명해 주기도 했다.

"등 펴고 가슴 열고 허리 세워요. 코어에 힘을 꽉 주고 가장 키가 커 보이게. 몸통과 아랫배 힘을 주고 무게 중심을 높게 하고 사뿐히 달려야 무릎과 발목에 부상이 없어요."

작은 키의 그녀가 앞서 달릴 때 뒤에서 보니 다부진 어깨와 등, 허벅지 근육, 단단한 종아리가 그야말로 작은 거인이었다. 그녀의 독특한 발소리와 나란히 하며 나도 달리는 여자가 될 수 있었다.

도은 님이 한참 수다를 떨고 나서 제안했다.

"6월에 하와이에서 열리는 철인3종경기에 출전하려고 해요. 경기도 보고 함께 여행도 해 보는 거 어떠세요?"

그 말을 듣고 노트를 보니 올해 초 버킷리스트에 첫 번째로 적어놓은 것이 '하와이에서 달리기와 골프'였다. 생각지 않게 이런 기회가 나에게 왔다는 게 그저 우연이라고 하기엔 다소 놀라웠다. 그런데 처음으로 혼자 여행하는 것을 결정하려니 여러 장애물이 떠올랐다. 코로나 팬데믹 시국에 10일간 회사에 장기 휴가를 내야 하고, 영어도 못 하는데 혼자서 하와이까지 비행기를 갈아타며 도착해야 하는 불편함 등등.

복잡한 마음을 뒤로하고 새벽 댄스 후에 달리러 나갔다. 4월에 벚꽃은 활짝 피었고 잔디가 푸릇푸릇 힘차게 올라오고 있었다. 공원 한 모퉁이에 노란 수선화가 망울을 터뜨리려고 삐뚤빼뚤 휘어지며 안간힘을 쓰고 있었다. 얼마 전까지만 해도 꼭 하고 싶은 무언가가 뚜렷하게 없었다. 수선화를 보니 새로운 도전 앞에서 망설이고 주춤하며 힘겨워하는 내 모습 같아 보였다. 예전 같으면 번거로움과 두려움 때문에 분명 '에잇 다음 기회에!'라고 생각하며 포기했을 것이다. 그런데 '다음에 좀 더 나은 상황이 될 때 여행 가야지'라고 미루면 다음 기회가 언제 올지 알 수 없는 일이었다. 일단 하와이로 여행을 가기로 마음먹었다.

　먼저, 남편과 상의한 후에 휴가를 내고, 비행기표, 에어비앤비로 숙소를 예약하면서 차근차근 하와이 자유여행을 준비했다. 놀라운 건 오랜만에 연락해 온 초등학교 친구가 함께 가게 되어 혼자 떠나는 문제도 자연스럽게 해결되었다.

　그렇게 떠난 여행이었다. 처음으로 짧은 러닝 옷을 입고 코코 헤드와 다이아몬드 헤드를 오르고 내리며 놀았다. 와이키키의 도심을 자전거를 타고 돌았다. 샌드 비치에서 큰 파도를 즐기며 이색적인 체험을 할 수 있었다. 그동안 새벽 시간에 나를 알아가고 원하는 것을 찾아가면서 용감하게 도전하는 사람으로 변한 것이 운동하며 즐기는 여행의 추억을 만드는 데 도움이 되었다. 행동하지 않으면 누릴 수 없는 행복이었다. 짧은 기간에 참 많이 변한 내 모습을 만나면서 생각지 못한 일들이 이루어지는 것이 신기하기만 했다.

낯선 여행지에서 달리기

살면서 달리고 싶었던 때가 언제였을까? 나는 어쩌다 멀리 떠난 여행지 숙소에서 잠만 자고 나올 때 늘 아쉬움이 컸다. 요즘 숙소 근처엔 계절에 맞게 조경을 잘 꾸며놓은 아름다운 곳이 많다. 하와이에서는 숙소 주변을 가볍게 뛰면서 천천히 둘러보고 싶었다. 공기 좋고 풍경이 아름다운 곳에서 사람들이 사는 모습을 살펴보았다. 그동안 새벽 조깅에 익숙해져서 하와이 여행에서도 호텔 주위를 무리하지 않고 가볍게 뛰어다닐 수 있었다. 어마어마하게 넓은 카피올라니 공원을 지나 시원한 와이키키 해변을 거닐고 뛰며 특별한 순간을 눈에 가득 담았다. 지나다니는 차가 없어서 걸어서는 가기 먼 곳까지 달려서 구석구석 볼 수 있었다.

소설가이자 마라톤을 좋아하는 무라카미 하루키도 《먼 북소리》를 쓸 때 어느 나라에 가든 꼭 달리기를 했다고 한다.

'여행지에서 그 동네의 길을 달리는 일은 즐겁다. 주변 풍경을 보고 달리기에는 시속 10km 전후가 이상적인 속도다. 자동차는 너무 빨라서 작은 것은 놓치기 쉽고, 걷기에는 시간이 너무 많이 걸린다. 동네마다 각기 다른 공기가 있고 달릴 때의 기분도 각각 다르다. 다양한 사람들이 다양한 반응을 보인다. 길모퉁이의 모습, 발걸음 소리, 보도의 폭, 쓰레기 버리는 습관 등도 모두 다르다. 정말 재미있을 정도로 다르다.'

이영미의 《마녀체력》에서 이 글을 읽고 나도 무라카미 하루키처럼 여행지에서 천천히 달리며 그곳에 사는 사람들을 가까이에서 눈에 담고 싶은 작은 바람을 이루어갔다.

지난 3월, 새벽에 일어나 달린 지 90일쯤 되던 날 새벽 댄스를 마치고 10km 달리기에 도전했다. 20년 가까이 천안에 살았어도 처음 가보는 길이었다. 용곡동 수도사업소에서 출발하여 졸졸졸 물소리 들으며 한적한 하천 길을 따라 유량동까지 가서 다시 돌아오는 코스였다. 달리기를 시작하기 전에 무릎이 아프면 어쩌나, 심장이 나대서 죽으면 어쩌나 걱정하던 소심한 모습은 이제 사라졌다. 새벽 댄스로 이미 몸을 풀어 놨기에 힘들이지 않고 가볍게 뛸 수 있었다. 그렇게 인생 첫 10km 완주를 마치고 두 팔 벌려 한 마리 사자인 듯 하늘에 대고 포효했다. 사무실에서 늘 의욕 없고 비실거렸던 내가 10km를 뛸 수 있는 체력을 가진 사람으로 변해있었다. 추운 겨울 동안 매일 꾸준히 1km라도 달리는 습관을 들이려 노력한 결과였다.

달리기를 통해 얻은 자신감 덕분에 조금씩 적극적인 태도로 바뀌었다. 5km를 뛴 후에 10km 달리기에 도전하면서 마음속에 자리 잡고 있던 걱정과 두려움이 사라지기 시작했다. 고민만 하고 행동하지 않았던 사람이 한 발짝 문지방을 사뿐히 내딛는 사람이 되어가고 있었다. 체력을 키우고 새로움을 추구하고자 시작한 달리기는 낭만의 여행지 하와이에서 달려보고 싶다는 꿈을 꾸게 했고, 생각에만 머물지 않고 직접 가서 달리는 기회를 잡을 수도 있었다. 거인의 어깨에 올라타면 더욱 빠르고 쉽게 목표를 달성한다는데, 내 옆에는 새로운 세상을 볼 수 있게 도와주는 박도은 님이 함께했다.

당신은 인생에서 기쁨을 찾았는가?

하와이 여행 이틀째 되던 날, 철인3종경기를 관람하기로 했다. 생소하기만 했던 철인3종경기는 바다 수영 1.9km, 자전거 90km, 마라톤 21km를 쉬지 않고 해야 한다. 빅아일랜드 날씨는 아침부터 35도가 넘어서 온몸이 타들어 갈 듯 뜨거웠다. 이런 날씨에 아이언맨들의 경기를 관람하는 것은 상상 이상의 인간 능력을 눈앞에서 경험하는 특별한 순간이었다. 경기장에는 어마어마한 성능의 앰프에서 나오는 사회자의 굵고 파워풀한 목소리가 퍼지고, BTS〈다이너마이트〉노래가 분위기를 한껏 고조시켰다.

작은 거인 박도은 님이 경기하는 모습은 지금도 생생하다. 수영 1시간, 자전거 3시간, 마라톤 2시간 등 총 6시간을 목표로 시작한 경기였다. 그녀는 차바퀴만큼 큰 자전거를 점검하고, 바다 수영을 하기 위해 물에 들어가기 전 멀리 목표지점을 바라보며 긴장하고 있었다. 뜨거운 태양 아래 총성 소리와 함께 여전히 무섭고 힘들다는 짙푸른 태평양 바닷속으로 뛰어드는 도은 님의 모습을 보고 나도 모르게 울컥했다. 경기를 마치고 엉엉 울던 그녀가 카메라 앞에선 아무 일 없었다는 듯 환하게 웃는다. 그녀의 옷과 신발은 물 흐르듯 땀이 줄줄 흘러내리고, 등은 수영복에 쓸려 상처투성이였다. 자신과 싸워 이긴 고난의 시간을 옆에서 지켜보니 그녀가 단련한 에너지를 다른 사람을 돕는 일에 쓰고 있음을 알 수 있었다. 그녀는 "여러분, 체력을 키우세요! 그러면 뭐든지 할 수 있어요!!"라고 말했던 것을 태평양 바다 건너 빅아일랜드에서 홀로 달리며 거침없이 증명해 보였다.

나는 결승선에 서서 응원하며 선수들과 운 좋게 손바닥을 마주칠 수 있었다. 아이언맨들은 내가 내민 손을 웃으며 손바닥으로 쳐주었다. 가장 놀라운 장면은 얼굴에 주름이 가득한 칠십이 가까운 여자 선수가 결승점을 통과하는 모습이었다. 그들이 흘리던 어마어마한 땀방울과 에너지를 평생 잊을 수 없을 듯하다.

그리고 마지막 마라톤 코스가 골프장이어서 깜짝 놀랐다. 골프장만 보면 가슴 뛰는 나는 마라톤 코스가 골프장임을 보고 심장이 쿵쿵 요동쳤다. 푸른 바다를 낀 골프장, 저 멀리 벙커 뒤로 그린이 보였다. 얼마나 좋던지 맨발로 폴짝폴짝 뛰며 페어웨이를 누비는 행운도 있었다.

10일간의 하와이 여행은 삶에서 쉼이 어떤 역할을 하는지 알게 했다. 쉼 없이 달려온 직장생활에서 생각지 않게 스몰 은퇴를 누린 기분이었다. 30년을 한 직장에 다니며 비슷한 루틴과 생각으로 살아오다 만난 단비 같은 해방감이었다. 굳이 며칠간 휴가를 안 가고 지금 이대로 지내는 것만으로도 만족스럽다고 생각했다. 하지만 여행 가기 어려운 여러 이유들을 극복하고 기회가 왔을 때 과감히 떠날 수 있었기에 새로운 에너지를 얻을 수 있었다. 아침마다 '나는 무엇을 원하는가?', '내 목표는 무엇인가?', '무엇이 나를 흥분시키는가?'를 생각했기에 가능했던 시간이었다.

《나는 4시간만 일한다》의 저자인 팀 페리스(Tim Ferriss)는 인생에서 회복기와 모험기(미니 은퇴기)를 인생 전반에 걸쳐 고르게 배치하라고 한다. 지금 하는 활동을 그만두는 게 목표가 아니라 당신을 흥분시키는 일을 하는 것을 목표하는 사람이 되라고 조언한다. 무작정 조기 은퇴를 꿈꾸었던 나는 여행을 통해 생각의 전환을 할 수 있었다. 직장생활을 하면서 한 달, 길게는 1년이라도 안식휴가가 있기를 꿈꿔본다. 휴가가 끝나면 새롭게 얻은 에너지로 또 하루하루를 즐겁게 살아갈 것이다. 그리고 지쳐갈 때는 또 용기를 내어 쉼을 가질 것이다. 한번 해 봤으니까!!

고대 이집트인은 죽으면 영혼이 하늘로 간다고 믿었다. 신은 천국으로 보낼지 아닐지를 결정할 때 질문한다.

"당신은 인생에서 기쁨을 찾았는가?"

행복의 반대는 불행이 아니라 지루함이다. 여행하는 이유도 똑같이 반복되는 삶의 지루함에서 벗어나 낯선 곳에서 재미를 느끼기 위함이 아닐까? 흔히들 인생은 잠시 왔다 가는 소풍이라고 하는데, 내 삶의 소풍이 건강함 속에서 더 풍요로워지고 재미가 더해진다면 그 또한 얼마나 값진 삶일지 생각해본다.

인생의 소풍을 더 즐기기 위해서라도 나 자신을 누구보다 더 아끼고 사랑하며 살고 싶다. 그리고 이 세상에 놀러 온 것임을 기억하며 기쁘게 살기 위해 이 세상에 왔음을 잊지 않을 것이다. 그리하여 내 삶의 여정이 끝나는 어느 날, 하루하루를 열심히 삶의 불꽃을 태웠노라고 당당히 말하고 싶다.

잠을 줄이지 마요!

새벽의 충분한 잠

올여름은 이상고온으로 길가의 잡초마저 시들시들 풀이 죽어있다. 나의 아침 루틴도 긴 여행을 다녀오고 밤늦도록 글쓰기에 매진해서인지 조금씩 지쳐갔다. 하루이틀 일어나기 힘들어지기 시작하더니 다시 예전의 모습으로 스멀스멀 돌아갔다. '새벽 기상보다 잠이 더 소중해'라고 생각하며 조금씩 더 자고 지친 몸을 충전했다.

'아 졸려. 잠깐만이라도 더 자고 싶다.' 이 생각은 처음에 눈 떠서 일어나려고 할 때 어김없이 찾아온다. 이 강하고 오래된 생각은 사라지지 않고 자꾸 고개를 쳐들고 찾아와 슬며시 나를 덮어버린다. 이런 경우에는 도저히 달콤한 잠의 유혹을 거부할 수 없다. 다시 침대로 들어가고 만다.

내 의식을 완전히 바꾸는 것은 정말 어려운 일이다. 사무실에서 일할 때 충분히 잠을 잔 날은 집중이 잘되었기에 '굳이 새벽 기상을 계속해야 하나?' 하는 총체적 믿음에 흔들림이 왔다. 피곤할 때는 평소보다 더 자고 짧게라도 스트레칭 5분, 명상 5분, 감사일기 쓰기 5분으로 아침을 보내도 만족스러웠다. 나는 7~8시간의 잠을 자야 가뿐하게 하루를 보내기 좋았다. 잠을 줄이면서 새벽 기상을 하는 건 무리라는 생각을 하면서 편안한 마음으로 아침을 맞이하게 되었다. 다만, 아침에 일찍 일어날 수 없을 때 짧게라도 아침 루틴을 이어가는 것이 중요했다.

오랫동안 여러 번의 실패를 통해 깨달은 것이 두 가지 있다. 하나는, 지속적인 새벽 기상의 필수 조건은 충분한 잠이라는 사실이다. 깊은 잠은 컨디션을 좋게 해주기에 우리 몸에 최고의 보약이 된다. 잠을 줄여서까지 일찍 일어난다는 것은 몸에 무리가 와 계속 유지하기 어렵고 미련한 방법이었다.

나는 렘수면, 논렘수면 패턴을 이용해 보기도 했다. 잠자는 시간을 5~7시간보다는 6~8시간 짝수 시간으로 정하는 것이다. 짝수 시간은 눈을 뜨면 렘수면이 끝날 즈음, 생리적으로 한 사이클 끝난 시점에 눈을 뜨는 것이 좋다. 렘수면 상태에서 눈을 뜨면 뇌가 각성하여 의식이 또렷하고 외부의 자극에 몸이 금방 반응한다. 반대로 논렘수면일 때 잠을 깨면 눈 뜨는 게 힘들고 유쾌하지 못하며 그 불쾌감은 일어난 뒤에도 계속 이어진다. 어느 때 눈 뜨면 말똥말똥한데 잠깐 더 자고 일어나서 피로감을 느낄 때가 이 순간인 듯하다.

또 한 가지는, 새벽 기상은 삶의 축을 앞으로 이동하는 것이다. 그러기에 하루하루 내가 쓰는 에너지에도 총량이 있다는 것을 인식하게 되었다. 새벽에 일어나면 그 시간만큼 꾸준함과 활기찬 에너지를 얻을 수 있는 장점이 있고, 늦게 일어나면 그 시간만큼 밤늦도록 움직여야 했다. 하루에 쓰는 에너지에도 총량이 있기에 쉼이 필요할 때는 편히 휴식할 수 있게 되었다. 휴식한 만큼 더 집중할 수 있다는 것을 알았다. 새벽 기상은 삶의 시간 축의 변화임을 강력히 느끼기에 새벽 기상을 못 한다고 나를 몰아세우지 않았다. 가벼운 몸 상태와 편안한 마음은 지속해서 아침을 즐기는 필수품이었다.

강력한 껌딱지 '더 자고 싶다'를 만났을 때

뭐든지 강한 거부감이 있을 때 억지로 하는 건 탈이 나기 쉽다. 남동생 집에 갔더니 3살 된 조카가 수족구병에 걸려서 온몸에 열꽃이 피어 며칠째 힘들어하고 있었다. 동생은 어쩔 줄 몰라 했다.

어린 조카는 처음 먹는 약이 너무 무서웠는지 안 먹겠다고 강력하게 거부했다. 아기는 "내가 먹을 거야, 내가 먹을 거야" 하며 목청 터지라 울며불며 약을 삼키지 않고 절반 이상을 뱉어버렸다. 예쁜 아기 얼굴이 붉어지고 눈물 콧물 범벅인 채로 한참 분을 못 이겨 큰 소리로 울어댔다.

"아이가 심하게 발버둥 치니까 너는 다리 잡아. 내가 코를 잡고 머리를 젖힌 다음에 약을 먹여볼게."

"아무리 울어도 우리 한 번에 끝내는 거다!!"

그렇게 어른 둘이 달려들어 약을 먹이는 해프닝이 벌어졌다. 아기한테 약 하나 먹이면서 이런 사투를 벌이나 싶어 우습기도 했다. 유튜브에서 약 먹이는 영상이 있나 찾아봤다. 약 먹기 전에 발버둥 치는 조카 모습을 흉내 내며 약을 잘 먹는 또래 아이의 영상을 보여주었다. 약 먹는게 무서운 일이 아닌 재미난 일인 듯 역할 놀이를 하자 어린 조카도 관심을 보이기 시작했다. 조금 있다가 부드러운 목소리로 "우리 아기 약 먹어볼까?" 하고 달랬더니 스스로 먹겠다며 시럽 병을 입에 가져갔다. 뒹굴뒹굴 거실 바닥에서 놀다가 한 입, 옷장에 들어가 숨어서 조금씩 한 입. 약 먹는 걸 지켜보는 사람들이 숨넘어간다. 그래도 목청 높여 고함 지르고 발버둥 치지 않아서 그나마 다행이다. 옆에서 "아이고 잘 먹네" 칭찬하며 기다려 주었다.

어린 조카가 약을 안 먹으려고 떼를 쓰는 모습을 보고 있자니 아침에 일어날 때마다 더 자고 싶어서 강하게 거부하는 나와 비슷하다는 생각이 들었다. 오랫동안 들여놓았던 잠자는 습관을 바꾸는 것은 실로 어렵고 힘든 일이다. 아침마다 엄청난 저항에 부딪힌다. 새벽 기상에 어느 정도 성공하고 나서도 가끔 더 자고 싶은 마음이 들 때는 내 몸에 휴식이 더 필요함을 인정하고 달래주기로 했다. 한 시간쯤 푹 자고 침대에서 긴 스트레칭을 하기도 한다. 방바닥에 매트 깔고 고관절 스트레칭을 하며 몸을 풀어주며 이완한다. 그러면 '아 졸려. 더 잘 거야' 하는 어린애 같은 마음이 조금 누그러진다.

내가 일어나겠다는 의지가 있으니 기운 내서 일어나 조금 더 빠르게 움직여본다. 오래전부터 내 안에 잠재되어 있던 강력한 껌딱지 '더 자고 싶다'와 만났을 때 나는 이렇게 부드럽게 몸을 풀어주기로 했다. 늦게 아침을 열어도 잠깐이라도 스트레칭을 해주면 성공한 거로 인정!! 억지로 하면 뭐든 오래 못 한다. 너무 오래된 습관을 미워하기보다는 알아주고 달래주며 내 몸의 상태를 먼저 점검해본다. 뭐든지 무리하면 오히려 몸에 독이 되니까.

엉겨버린 하루 풀어내기
◇◇◇◇◇

가끔 당황스럽고 심장이 쿵 내려앉는 일이 생긴다. 7월의 어느 날이었다. 몹시 무덥고 비가 약간 내려 습도가 높았던 일요일 저녁, 모처럼 대전역에서 친구들과 만나 수다를 떨고 헤어졌다. 휴가철이라 플랫폼에는 사람들이 유난히 붐볐다. 여유 있게 기다리다 9시 10분 정확히 도착한 열차에 올랐다.

"여기 제자리인 것 같은데요. 9호차 2번 A 맞는데….."

내 자리에는 이미 연인이 손잡고 앉아 있었다. 직감적으로 뭔가 잘못되었구나 싶었다. 표를 다시 확인해보니 10분 지연되어 도착한 기차를 탄 것이다. 창밖을 보니 KTX는 대전역을 슬며시 출발하고 있었다.

'아, 기차 잘못 탄 거야.'

하필 천안아산역에 서지 않고 서울로 직행하는 기차였다. 밖은 어두컴컴한데 내 마음도 다 새까매졌다. 광명역까지 갔다가 다시 돌아올 생각을 하니 까마득했다. 한숨 푹푹 내쉬고 있는데, 승무원이 지나가다 친절하게 환승하는 법을 안내해 주었다. 답답한 마음이 조금 내려앉았다. 긴 호흡을 하며 나를 자책하는 마음을 가라앉혔다. 30분이면 될 것을 밤 11시가 되어 겨우 천안아산역에 도착했다.

밤늦은 시간이라 부리나케 주차장으로 뛰어갔는데 자동차 키가 안 보인다. 아무리 가방과 옷 주머니를 뒤져도 없다.

'어떻게 된 거지? 나 맛이 간 거야?'

건망증에라도 걸린 사람처럼 도대체 어디서 잃어버렸는지 생각도 안 난다. 차 키 지갑 속에 신용카드도 있는데….

'나이 탓인 거야? 어찌 이런 일이 생기지. 이런 정신머리로 앞으로 직장은 잘 다닐 수 있을까?'

이런저런 두려움과 자책에 마음이 또 쪼그라든다. 연타로 실수하니 잠시 멘붕이 왔다. 한참을 의기소침해 있는데 저 멀리서 급하게 부른 남편이 스페어 키를 갖고 나타났다.

"차 키 새로 만들려면 얼마나 귀찮은데. 좀 꼼꼼히 챙겨라."

울어버리고 싶은 심정이었다. 그런데 신기하게도 집에 도착하니 마음이 놓였다. 내일은 내일의 태양이 떠오르겠지 생각하고 10분 명상을 한 후 무더운 날씨임에도 두 팔 벌리고 푹 잤다. 자고 일어나니 놀랍게도 스트레스가 싹 사라졌다. 출근길 차에 시동을 걸자마자 카드사에서 전화가 왔다.

"고객님, 분실하신 카드는 대전역 유실물센터에 보관 중입니다."

가끔은 실수와 실패, 상실이 삶을 더 만족스럽게 사는 방법을 발견하는 데 중요한 역할을 해준다. 상황을 바꿀 수 없다면 그 상황을 바라보는 나의 시각을 바꾸기로 했다. 가능하면 빨리, 긍정적으로 말이다. 어두운 마음은 너무 오래 갖지 말고 빨리 햇살을 만나게 해주자. 힘든 상황이 닥쳐도 너무 자책하지 말고 나를 다독여주자고 결심해 본다. 자책이 디 무서운 지옥이니 빨리 벗어니는 게 상책이리고 생각한다. 가끔 당황해서 은행 창구에 오시는 고객들에게 좀 더 친절하게 업무를 처리해주자는 마음도 저절로 들었다.

아침 기상에도 1년 중 사계절이 있듯이 휴식과 이완, 전진의 시기가 있다. 계속 못 일어나면 어쩌지 하는 걱정과 불안이 있지만 무리하지 말고 충전의 시기라고 다독였다. 계속 성공만 하는 인생은 재미없으니까! 나는 왜 새벽 기상을 그토록 열망했을까? 이 질문을 다시 하며 휴식의 중요함을 일깨우고 실패해도 관대해지기로 했다. 늦게 일어났다고 나를 채근하고 탓하는 마음이 사라지니 더 편안하게 아침을 맞이할 수 있었다. 이제는 혼자서도 1B dance의 2분짜리 Aitana의 〈En El

Coche〉줌바 한 곡을 추고 아침을 시작해도 실룩실룩 기분이 좋다.

조 디스펜자(Joe Dispenza)의《당신도 초자연적이 될 수 있다》에서 사람은 에너지가 변하지 않는 한 절대로 변하지 않는다고 한다. 오래되고 익숙한 습관에서 벗어나고 내가 처한 환경에서 더 성장하기 위해서는 몸에 기억된 습관보다 내가 더 커져야 한다고 조 디스펜자 박사는 말했다.

한 달 가까이 쉬고 다시 일찍 일어나고 싶어졌을 때 단톡방에 내일은 꼭 참석하겠다고 선언하고 마음을 잡아나갔다. 일어나자마자 옷을 갈아입고 다시 자고 싶지 않게 음악을 들으며 몸을 움직인다. 오늘은 샤이니의 〈Ring Ding Dong〉 노래가 나오고 새롭게 시작하는 기분이 노랫말 가사처럼 '쏘 판타스틱 쏘 엘라스틱' 된다. 이제 몸을 활발하게 움직일 준비가 끝났다. 이렇게 시작된 아침은 어제와 똑같은 아침이 아니다. 새 몸, 새 환경, 새 하루. 오늘 하루는 이전의 날과 다른 하루다.

성장하는 삶으로 인생을 여행하기

넌 몇 살까지 살래?

하와이의 럭셔리 로우 거리를 거닐다 보니 공원 옆으로 웅장한 반얀 나무를 많이 볼 수 있다. 와이키키 해변의 수천 년 고목을 보며 비현실적 세계에 온 듯 나무 옆에서 한동안 발을 뗄 수가 없었다. 하와이는 신이 선물한 땅이라고 하는데 지나가는 아이들의 얼굴에 미소가 가득하다.

함께 산책하며 걷던 친구 애니가 말했다.

"미영아, 나 굵고 길게 150살까지 사는 게 목표야. (웃음) 자꾸 발전하고 신기하고 좋아지는 세상 누리고 가고 싶어."

"뭐? 150살. 헐! 100살도 긴 것 같은데."

애니가 150살까지 살고 싶다고 해서 깜짝 놀랐다. 금방 수긍이 가지 않고 반감도 들었다. 내 상식으론 100살까지 살면 잘 사는 것 아닌가 싶었다. 그러다 문득 나는 몇 살까지 살 수 있을까 생각해 본 적이 없다는 사실을 알게 되었다. 왜냐하면 우리의 생명은 자연으로부터 받았기에 자연의 축복이 없으면 불가능하다고 믿었고, 시간이 나한테 주어진다고 생각했지 내 의지로 수명을 늘릴 수 있다는 생각은 오만이라 여겼기 때문이다. 그럼에도 불구하고 내가 생각했던 것보다 더 긴 인생을 살수도 있겠다는 생각이 처음으로 들었다.

우리 사회는 나이 드는 것에 대해 부정적인 시각이 있다. 이승헌의 《나는 120살까지 살기로 했다》에서는 만약 우리가 평생 나이 듦에 대해 부정적인 태도를 보인다면 그것은 정신·육체·인지 건강에 해로운 효과를 남길 수 있다고 했다. 그만큼 우리의 생각이 몸과 마음에 강하게 영향을 미친다. 생각이 중요하기에 기왕 나이 들어가는 거 어찌 될지 알수 없으니 좀 더 긍정적인 시선으로 바라보자고 마음먹었다. 나도 120살이나 산다고 조심스럽게 어림잡아 봤다. 지금까지는 100세 시대라고 해서 '나 인생 절반 살았잖아'라고 생각하고 살았는데 '나 절반 살려면 10년이나 남았네.'라고 생각이 바뀌니 갑자기 늘어난 20년에 흥분되기 시작했다.

나이는 상대적이고 주관적이기에 육체의 시듦은 자연스러우나 마음의 늙음이 진짜 늙음이란 생각이 드니 마음의 나이를 더 젊게 하자는 기특한 생각이 샘솟았다. '아직 절반도 안 살았으니 엄청 젊고 팔팔한걸' 하고 마음을 바꾸니 정년까지 남은 10년이 지금까지와는 다르게 느껴졌다. 시어머님도 80세가 넘으셨는데 친구분들이 "내가 이 나이까지 살지 어떻게 알았겠어"라는 말씀을 자주 하신다고 한다. 갑자기 이런 비유가 떠오른다. 하프 마라톤 경기에 참여해서 결승전에 가까운 지점까지 달려왔는데 갑자기 내가 참여한 경기가 하프 마라톤이 아니라 풀코스 마라톤이라는 사실을 알게 된다면 기분이 어떻겠는가?

노년학을 전공한 마이클 로이젠(Michael Roizen)은《새로 만든 내 몸 사용 설명서》에서 이렇게 말한다.

'어떻게 생각하고 생활하느냐에 따라 건강 상태가 달라지는 것을 실제 나이 효과라고 한다. 즉 얼마나 건강하게 오래 사느냐는 70퍼센트가 당신에게 책임이 있다는 것이다. 50세가 되면 생활방식이 어떻게 늙어가는가의 80퍼센트를 결정하고, 유전이나 체질은 겨우 20퍼센트 정도밖에 영향을 주지 못한다.'

진인사대천명(盡人事待天命)이라는 말이 있듯 우리의 생명은 하늘의 뜻에 속해 있지만 나의 심신 관리는 나에게 달려있다. 그래서 내가 무엇에 더 집중해야 할지 더욱 명확해지고 건강관리와 생활습관을 기르는 게 더 절실해졌다.

언제까지 살고 싶은지 내 기대수명을 설정해 보는 건 신선한 경험이었다. 좋은 아이디어가 떠오른 작가가 된 듯 초등학생 때 소풍 가기 전날의 설렘으로 다가왔다. 150살을 목표로 하는 친구는 저녁을 소식하고 아름다운 몸을 유지하려고 꾸준히 노력하고 있다.

그날 밤 시원한 와이키키 해변을 걸으며 나의 긴 인생을 생각하는 시간을 가지게 되었다. 이제부터는 적어도 '이 나이에 뭘 한다고?' 나이 때문에 도전 못 해'라는 말이 줄어들 것 같다. 늘어난 수명에 젊어진 느낌! 청춘이란 인생의 어떤 시기가 아니라 마음가짐을 뜻한다는 것이 이런 기분 아닐까 싶다.

새벽을 즐기는 것은 나를 사랑하는 방법이었네

오랜만에 고등학교 친구와 골프를 쳤다. 라운딩이 끝나고 보니 친구 스코어는 76타! 내가 친구보다 10년은 먼저 친 것 같은데 설렁설렁 치는 나와 실력 차이가 났다.

"멋지다 친구야. 도대체 오늘 몇 타 치는 걸 목표로 온 거야?"

친구는 환하게 웃으며 말했다.

"난 몇 타를 친다고 목표를 세우진 않아. 대신 한 샷 한 샷 목표지점으로 보내려 집중하는 편이지. 오늘 싱글 칠 거야 하고 생각하면 몸에 힘이 잔뜩 들어가게 되더라. 내가 선수도 아니고 스트레스 받아서 힘들어. 동반자가 좋아서 싱글한 거야."

친구는 늦은 나이에 결혼해 직장 다니고 아이들 키우며 연습할 시간도 얼마 없었을 텐데, 골프를 대하는 태도가 남다르다. 그 말을 들으니 골프를 왜 인생과 비교하는지 알게 되었다. 너무 멀리 바라보며 살지 말고 선물 같은 오늘 하루를 온전히 느끼며 나아가면 될 것이다.

지난 3월에 출판사와 공저 출판계약을 하고 나서 내가 과연 책을 쓸 수 있을까 두려움과 걱정이 앞섰다. 초고를 쓰기까지 정신이 없었다. 평소 집에서 자주 염색하는 편인데, 그만 염색 시간을 초과해 머리카락이 녹아버리는 사건도 있었다. 남인숙 작가의 글쓰기 강의를 몇 번씩 듣고, 퇴근하면 도서관을 다니고 책을 보며 집중의 시간 100여 일을 보냈다. 그렇게 겨우겨우 초고를 썼으나, 헤밍웨이의 말처럼 초고는 정말 쓰레기였다. 과감히 버리고 다시 쓰고 퇴고하기를 여러 번 반복했다. 써 놓은 글을 수도 없이 고치고 수정했다.

그동안은 살아가면서 재능이 제일 중요한 줄 알았다. 우리 인생도 재능이 어느 정도 필요하지만 결국은 노력과 집중의 시간이 나를 변화시킨다는 사실을 새삼 깨달았다. 글쓰기는 고난의 과정이었지만 완성의 열매가 익어가서 기쁘다. 아침에 춤을 추고, 온전히 글과 씨름하며 보낸 시간은 헛되지 않고 엄청난 내적 성장을 가져오게 해주었다.

프랑스의 소설가 폴 부르제는 "생각하는 대로 살아야 한다. 그렇지 않으면 머지않아 사는 대로 생각하게 될 것이다."라고 말했다. 긴 시간이든 짧은 시간이든 내 생각대로 살지 않으면 시간은 그냥 흘러가 버린다. 오십이 되도록 변하지 않던 나의 오래된 아침 습관을 바꾸어 체력이 좋아졌다. 아침 운동은 뇌를 최적화하여 나를 실행하는 사람으로 바꿔

게 했다.

또한 아침에 하루를 준비하며 차분히 나에게 집중하는 시간은 내 몸과 친하게 만들어 주었다. 잠깐의 새벽 춤은 몸으로 하는 최고의 놀이가 되었다. 이를 통해 나를 표현하고자 하는 마음도 더 생겨나고, 나를 더 알아가며 영글어 갈 수 있었다.

나를 사랑하는 방법은 생각 속에 머물지 않고 꾸준히 새벽을 즐기는 행동과 실천이었다. 아침햇살을 안고 미소 머금으며 찍은 한 컷의 사진은 나를 가치 있는 사람으로 받아들이게 해준다.

매일 아침 기분 좋게 일어나서 "새벽을 온전히 즐기고, 성장하며 행복을 누리는 사람"으로!! 진정한 자유는 삶에 대한 사랑과 경외감을 느끼는 것이라고 하는데, 아침에 위대한 자연의 힘을 반복적으로 느끼면서 내 안의 자유로움이 더 풍성해졌다. 가을의 황금 들판처럼.

새벽은 내 삶을 다시 타오르게 해주는 사랑의 불꽃이었다. 나와 타인에 대한 배려도 결국은 체력에서 나온다. 여유 있게 쌓아 놓은 에너지로 내 옆에 있는 사람들에게 더 미소를 짓게 해준다. 운동복으로 갈아입고 집 밖을 나선다. 누렇게 익은 들판을 바라보며 달리는 것만으로도 큰부자가 된 듯 마음이 풍요롭다. 여물어 가는 한줄기 가을 햇살과 황금 바람을 선물로 받아들이며 내 하루하루가 축제로 다가온다. 봄과 여름이 지나고 가을 같은 내 삶에 어떤 열매가 주렁주렁 맺힐지 꿈꿔본다. 거창하게 훌륭한 사람을 꿈꾸지 않아도 사랑하는 사람들과 함께 나누며 자유롭게 한 걸음 한 걸음 나아가리라.

3장

100번 쓰기의 기적,
쓰면 이루어진다

◇◇◇◇◇

곽현이

◇◇◇◇◇

덕분에 나도 꿈이 생겼다

층간소음에는 늘 이유가 있다

여름이면 아파트 연식만큼 키를 키운 배롱나무가 베란다를 넘어와 조그맣고 예쁜 꽃으로 인사한다. 베란다는 창문을 열고 꽃향기를 맡으며 휴일을 즐기기엔 가장 좋은 장소다. 남편에게 이곳에서 차를 마실 수 있도록 테이블과 의자를 놓고 예쁜 공간을 만들어 달라고 부탁했다. 창문을 열어 놓으면 창을 넘는 산 공기가 얼마나 좋은지 숲세권을 자랑할 만한 곳이다.

휴일에 모처럼 대청소를 시작했다. 이불을 털고 청소기를 돌리고 쌓인 먼지를 닦았다. 조금만 움직여도 땀이 비 오듯 하는 계절에 대청소했으니 누가 건들기라도 하면 짜증이 났을 터이다. 청소를 끝내고 세탁기에서 빨래를 꺼내 널었다. 창을 넘는 바람에 빨래가 잘 마를 거라는 생각에 기분마저 상쾌했다. 모든 청소를 마치고 나만의 시간을 보내려는

데 큰딸이 거실로 나왔다.

"엄마 어디서 이상한 냄새가 나는데?"

분명 깔끔하게 대청소를 마친 뒤여서 그럴 리가 없는데 이상하다. 산 공기도 꽃향기도 아니다. 창밖에서 들어오는 냄새였다. 그런데 바람을 타고 방충망으로 떨어지는 물의 정체는 과연 무엇이란 말인가? 청소를 마치고 쉬고 싶었던 나의 달콤한 휴식은 생선 냄새로 인해 날아가 버렸다. 당장 방충망을 타고 내려오는 물의 정체를 알아야 했다.

아파트 밖으로 나가보니 헉!! 베란다 난간에 대롱대롱 매달려 있는 저것은 고등어다. 바로 위층에서 고등어를 햇살 좋은 베란다 난간에 걸어서 말리고 있었다. 그리고 그 생선의 몸을 타고 미끄러져 내려온 물은 바람을 타고 아래층 우리 집 방충망으로 떨어지고 있었던 것이다.

위층 할아버지는 자주 손빨래를 하신다. 집마다 크고 튼튼한 빨래 건조대가 있다. 그런데도 그것을 굳이 베란다 난간에 널어 두신다. 바람도 그것이 싫었는지 가끔 빨래를 떨어뜨리며 심술을 부리고 지나간다.

이번에는 빨래가 아니고 생선이다. 그동안 베란다에 떨어졌던 빨래 때문에 경비실에도 도움을 청하고 공손하게 손편지를 써서 위층 현관 문에도 붙여 놨건만 아무 소용이 없었다. 관리사무실에 전화했더니 위층 분과 얘기하겠다는 원론적인 답변만 돌아왔다. 20년 동안 살면서 위층 주민은 세 번 바뀌었다. 살면서 위층과 불미스러운 일이 없었기 때문에 결혼 후 첫 보금자리를 만들고 아이 둘을 키우는 동안 내 집에 대한 모든 것이 만족스러웠다.

내가 유일하게 쉬는 날은 휴일이다. 두 딸의 엄마이자 한 남자의 아내이고 장손 집안의 맏며느리로 24년을 살았다. 학교를 졸업하고 곧바로 사회생활을 시작했으니 근속 기간을 모두 합하면 내 인생의 절반은 일했다. 지나온 삶을 "나 다시 돌아갈래"라는 영화 〈박하사탕〉 대사처럼 마음대로 되돌릴 수 없는 것이 인생이다.

분유와 기저귀를 챙기고 갓난아기를 등에 업고 한 손에는 큰아이의 손을 잡고, 다른 손은 기저귀 가방을 들었다. 아침마다 출근 시간에 쫓겨 뛰어야 했다. 온종일 일하고 아이들을 데리러 가면 아무도 없는 어린이집에는 늘 우리 집 아이들만 엄마를 기다리고 있었다. 퇴근하면 다시 불 꺼진 집으로 출근하며 육아를 시작해야 했다. 장손 집안에 시집와서 일 년에 제사를 6번 지내도 결혼생활이라는 것이 다 그런 줄로만 알았다. 직장과 육아와 가정을 책임지면서 오직 앞만 보고 살았다. 친구를 만나고 분위기 좋은 카페 창가에 앉아 보는 건 나에겐 사치였다.

돌이켜 보면 살아온 모든 시간과 지나온 모든 날이 나를 더욱 지혜롭고 강하게 만들었다. 나에게 시간은 더 빠르게 흘렀고 늘 부족했다. 그러는 동안 딸들은 쑥쑥 자랐고 반듯하게 커 주었다. 부모의 뒷모습을 보고 자란 아이들은 성실했다. 책임감도 강해서 늘 학급 반장을 하며 단단하게 커 갔다. 딸이 임원이 됐는데 정작 엄마는 바빠서 학교 일을 도와줄 수 없었다. 자모회에서는 내가 직접 참석을 못 하니 돈으로 대신 마음을 보태라고 했다. 아이에게 보내질 시선들이 마음에 걸렸지만 다른 방법이 없었다. 빠르게 지나온 나의 모든 날은 소중한 추억이고 지금의 나를 만든 축복의 시간이었다.

　근무가 없는 휴일이면 아무것도 하지 않고 오로지 나만의 시간을 보내고 싶을 때가 많다. 가끔 나에게 이런 기회가 있으면 멍하니 천장만 바라보고 있어도 좋다. 밀린 빨래와 청소 따위는 잠시 미뤄두고 금쪽같은 시간을 즐기고 싶다. 우유를 전자레인지에 돌리고 책 한 권을 집어들었다. 창을 넘는 햇살은 왜 이리도 눈부신지 보고만 있어도 입가에 미소가 지어진다. "아~ 그래! 이거지~~" 따뜻하게 데워진 우유를 한 모금 마시고 햇살이 비치는 소파에 앉았다.

　이 시간이 영원히 지속되었으면 좋겠다고 생각할 무렵 "윙~~이잉 윙~~잉" 드릴 소리가 들린다. 위층 할아버지의 공사가 시작되었다. 자체 인테리어 공사라도 하는 듯 아주 긴 시간 소음은 계속된다. 도대체 며칠째 무엇을 하길래 이렇게도 시끄럽단 말인가! 경비실, 관리사무소에 이제 할아버지 이야기를 하기도 미안할 정도이다. 목소리만 들어도 '2층 아주머니구나!' 할 정도로 민원을 넣었으니 나의 참을성에도 한계가 왔다.

이사를 가야 할까?

튼튼하게 잘 견디던 20년 된 아파트가, 나이가 들면 여기저기 아프듯이 며칠 전부터 베란다 수도가 고장이 났다. 물이 멈추지 않고 계속 흘렀다. 세숫대야로는 어림도 없었다. 계속 흐르는 물은 수도 값을 걱정할 정도로 많아졌다. 집에 수도가 터지면 부자 된다는 속설은 그저 옆집 할머니의 위로일 뿐이다. 내 통장에 잔고가 이렇게 흘러넘치면 얼마나 좋을까마는 현실은 내 복장만 터진다.

기다리던 관리사무소 직원이 방문했다. 내 전화를 받고 자제를 구입하느라 늦었다고 했다. 수리를 하면서 대화는 계속 이어졌다. 윗집 할아버지 때문에 신경 쓰여서 요즘 스트레스가 많다고 하소연했다. 내 말을 듣자마자 3층 할아버지가 치매 판정을 받고 치매 병동에 입원하셨는데 무단 외출을 해서 자녀들도 어쩔 수 없는 상황이라고 하셨다. 치매가 있으셔서 설득한다 해도 금방 다시 잊어버린다고 하셨다. 그리고 3층 할아버지 댁은 이미 분양받으셔서 이곳에 계속 사실 거니까 계속 부딪히고 사느니 다른 집으로 이사를 하는 것이 나을 거란다. 한 번도 이사를 생각해보지 않았는데 이사라니.

겨울이 지나고 봄이 오는 길목에는 매년 도롱뇽이 찾아온다. 봄이 왔으니 행복한 준비를 하라며 울어준다. 산수유나무에 노란 꽃이 피면 목련이 순서를 기다렸다가 수줍게 피어난다. 화려한 벚꽃들이 피고 나면 아파트는 낮이고 밤이고 꽃 빛으로 환하다. 봄꽃들이 차례대로 지고 나면 배롱나무에 아기자기한 꽃들이 주렁주렁 열린다. 한번 핀 배롱나무 꽃은 여름이 지날 때까지 아파트를 빛내준다. 가을이면 단풍나무의 아름다움에 반해서 매일 산책하러 나가곤 했었다. 아파트의 안락함도 좋지만 주위 자연의 풍경과 경치에 마음의 안정을 찾고 위안받고 만족하며 살았다.

'이사를 가라'는 관리사무소 직원의 말이 자꾸 귓가에 맴돌았다. 이사가 그리 쉬운 일인가? 아이들 학원비에 관리비와 공과금을 제하면 가계부를 적어도 생활비는 늘 부족했다. 여윳돈이라고는 찾아볼 수 없는 빠듯한 형편에 이사는 가당치도 않은 말이었다. 가진 것도 없고 준비도 안 됐는데 가고 싶은 마음만 있다고 이사를 할 수 있을까? 무심코 던진 직원의 말 한마디가 마음속에 깊숙이 박혀 버렸다.

남편에게 이사 얘기만 하면 "우리 형편에 무슨 이사냐! 돈은 어떻게 마련할 건데? 다시는 그런 말도 안 되는 소리 하지 마!"라며 호통치고 집 밖으로 나가버렸다. '그래, 우리 형편에 무슨 이사야.' 하루가 다르게 상승하고 있는 부동산값만 봐도 엄두가 나지 않는다. 이사는 남의 집 이야기가 맞다. 미국 연준 금리가 오른다는 뉴스가 연일 나오고 대출금리가 인상될 거라는 불안한 소식은 이사하고 싶은 내 꿈에 흠집을 내기에 충분했다.

기적의 100일

처음 가보는 길

"퇴근하고 나 데리러 올 수 있어?"

"어딘데?"

"중마 사거리에서 모퉁이 돌면 '명성 카센터'라고 있는데 모르면 내비 찍고 와~!"

나는 한 번 가본 길도 다시 찾아가려고 하면 헤매는 길치 중의 길치다. 이런 나에게 남편은 처음 가보는 길을 혼자 찾아서 오라고 했다. '그래, 요즘은 스마트하게 기계가 잘 알려주니까 찾아갈 수 있겠다' 싶었다. 퇴근 후 자동차에 올라타서 내비게이션을 찍으니 같은 길이라도 뭐가 이렇게 많은 추천 경로가 있는지!

'최소 시간, 무료 도로, 최단 거리, 고속도로 우선, 편한 길 우선, 이륜차 통행 가능.'

한 장소를 가는데도 너무 다양한 옵션이 있어 무엇을 선택할지 순간

막막했다. 한국 아줌마의 절약정신을 발휘해서 무료 도로를 눌렀다. 카랑카랑한 길잡이의 친절한 설명을 들으며 야간 운전이 시작되었다.

눈을 크게 뜨고 귀를 쫑긋 세우고 낯선 길을 가는데 뭔가 움직이는 물체가 도로를 휙 지나갔다. 갑자기 속도를 줄이자 핸들이 흔들렸다. 심장이 쿵쾅거리고 온몸이 부들부들 떨려서 목적지에 닿기도 전에 심정지가 올 것 같았다. 자세히 보니 새끼 노루였다. 도로 한복판을 가로지르는 노루라니! 속도를 냈었더라면 자칫 큰 사고가 날 뻔했다.

우여곡절 끝에 목적지에 도착했다. 남편은 왜 이렇게 늦었냐며 핀잔을 주었다. 모르는 길인 데다 도로에 갑자기 뛰어든 노루도 있었다고 얘기했다. 남편의 첫마디는 "그래서, 차는 괜찮아?"였다. 마누라는 안중에도 없고 차를 살피는 그의 행동에 섭섭하고 화가 났다. 차를 삥 돌아가며 꼼꼼히 살핀 남편이 "도대체 어디로 왔길래 노루를 만났냐?"라고 물었다. 내비가 알려준 대로 왔다고, 하필 무료 도로를 선택해서 그랬다고 있는 그대로 얘기했다. 목적지로 가는 너무 다양한 길을 알려준 내비게이션은 나에게 새로운 경험을 하게 했다.

잘 알지 못하는 길을 갈 때는 그 길을 먼저 가본 사람에게 물어보는 것이 현명하다. 낯선 길을 찾아가는 것도 그러한데 인생의 갈림길에서 중요한 선택을 할 때는 더욱 신중해야 한다. 달리기를 잘하고 싶으면 선수나 코치에게 물어보면 전문적인 의견을 들을 수 있고, 부동산을 살 때는 중개소에 가서 시세를 직접 알아보고 발품도 팔아보고 전문가가 쓴 책이나 유튜브 방송도 시청하며 공부해야 한다.

새로운 목표에 도전하거나 새로운 분야를 공부할 때는 최고라고 인정받는 사람의 의견을 듣고 내가 정한 방향이 목적에 부합한지를 따져 보아야 한다. 성공한 사람들의 의견을 들을 때도 내가 가고자 하는 꿈의 방향과 가장 맞는 사람을 찾아야 한다. 인생은 속도가 아니라 방향이다. 나와 가장 잘 맞는 조력자를 찾아 그의 경험을 듣다 보면 다양한 선택지에서 가장 현명한 결정을 할 수 있다.

1조 자산가는 어떻게 꿈을 이루었을까?

《생각의 비밀》을 쓴 김승호 회장은 간절히 이루고 싶은 꿈이 생길 때마다 종이에 적어 가장 잘 보이는 곳에 붙여두고 그 꿈을 100번씩 쓴다고 한다. 100번 쓰기라는 목표가 정말 자신이 원하는 것인지 그렇지 않은지를 아는 가장 좋은 방법이라고 말한다.

그는 대학을 중퇴한 후 가족들과 함께 미국으로 건너갔다. 식료품점을 운영하면서 많은 실패를 거듭했지만, 현재는 글로벌 외식그룹 스노우폭스 CEO이자 미국에서 가장 성공한 한국인으로 손꼽힌다. 매년 이루고자 하는 목표를 종이에 적어서 수첩에 넣고 다니며 그 목표를 매일 생각하고 목표가 이루어지는 상상을 했다. 그 결과 부채가 전혀 없는 1

조 자산가가 되었다.

간절히 이루고 싶은 꿈을 종이에 적고 7번이나 목표를 성취한 1조 자산가의 방법을 내 꿈에도 한번 적용해 보고 싶었다. 성공한 사람들 중에서도 나와 별반 다르지 않은 처지에서 성공한 사람들의 방법을 연구하고 따라 해 보기로 했다. 내 인생을 바꿔 줄 목표를 문장으로 적고 그 것을 인생의 내비게이션에 장착하는 거라면 도전해 볼 만했다. 딱 100일 동안 이 내비를 보면서 내 삶을 운전해 보기로 했다. 가는 동안 예기치 않는 돌발 상황이 생기고 야간에 노루가 도로 한복판을 가로질러서 심장 떨리는 일들도 만날 테지만, 분명 문제가 있으면 답도 있을 거라고 생각했다.

그러나 시작한 지 며칠도 안 되어 나는 의지가 꺾였다. 되는 이유보다 안 되는 이유만 나열하며 부정적인 생각에 빠져들었다.

'꿈을 종이에 쓴다고 진짜 이루어질까?'

'쓴다고 이루어지면 누구나 다 부자로 살겠네!'

'허황한 일 하느라 시간만 낭비하는 것 아닐까?'

'김승호 회장님은 운이 좋았겠지!'

이렇게 제대로 해보지도 않고 포기할 궁리만 하고 있으니 주위 사람들에게 내가 100번 쓰기를 시작했다는 얘기를 꺼낼 수 없었다. "내가 해보니까 효과가 있더라."라고 얘기해도 '과연 그럴까?' 하며 의심의 눈

길을 보낼 텐데, 확신 없이 말하는 내 말을 듣고 누가 격려해 주겠는가. 그래서 가까운 사람들에게는 말하지 않고 혼자서 조용히 해 보기로 다짐했다.

고수의 성공 비법

우연히 SNS에서 '김승호 회장님 따라하기 프로젝트' 모집 공고를 보았다. 100일 동안 부자의 습관과 삶의 지혜와 경제 마인드를 배우고 실천하자는 취지의 모임이었다. 평소에 돈에 대한 철학이나 자신의 성공 노하우를 아낌없이 전하는 모습을 SNS에서 드물지 않게 봐 왔다. 새로운 사람을 만나거나 낯선 모임에 함께 해본 적 없는 나였지만, 백만장자 따라하기 프로젝트에 참여하기로 결정하는 데 그다지 오랜 시간이 걸리지 않았다.

내 꿈을 한 문장으로 적어서 매일 하루도 빠짐없이 100번씩 100일 동안 고수의 성공 비법을 따라 해 보기로 했다. 알고 있으나 행동으로 실천하지 못하면 처음부터 모르는 것이나 다를 바 없다. 곧바로 행동으로 옮겨 보기로 했다. 그리고 나에게는 생소한 경제 공부에도 관심을 가지기 시작했다. 돈을 대하는 태도를 바꾸기 위해 긍정 확언을 필사하고, 검소한 부자의 마인드와 생활 습관을 따라 했다.

내가 간절히 이루고 싶은 꿈을 매일 100번씩 100일 동안 쓰고 인증하는 프로젝트를 시작했다. 100일은 3개월하고도 10일이다. 짧지 않은 시간이다. 하지만 당장이라도 이사하고 싶은 나의 간절한 꿈을 실현하기 위해서 뭐라도 하고 싶었다. '과연 쓴다고 이루어질까?' 이런 의문을 뒤로하고 이미 성공한 사람들이 검증한 방법에 나도 한번 도전해 보고 싶었다.

'그도 했고, 그녀도 했는데, 왜 나라고 못 해!'

그렇게 나의 '백만장자 따라하기 프로젝트'는 시작되었다. 흔쾌히 해보겠다고 결정했지만, 내면에는 여전히 많은 생각이 충돌하고 있었다.

'100일이라니. 내가 과연 하루도 빠짐없이 100일 동안 해낼 수 있을까?'

'중간에 예기치 못한 상황들이 생기면 어떻게 하지?'

단군신화에 나오는 곰은 100일 동안 쑥 한 줌과 마늘 스무 개를 먹으면서 해를 보지 않고 버틴 결과 인간이 되었다. 100일이 지나면 나도 지금과 다른 사람이 될 수 있을까?

쓰기만 해도 꿈이 이루어진다고?

백만장자 따라하기 프로젝트

〈백만장자 따라하기 프로젝트〉 참가자들은 한 문장으로 된 자신의 꿈을 매일 100번 쓴다. 그리고 그날 작성한 미션들은 단톡방에 인증하거나 각자 SNS에 인증했다. 다 같이 인증하고 함께하다 보면 서로 격려하고 힘을 얻어서 오래 할 수 있었다. 인증은 함께하는 멤버와 약속이자 숙제와도 같다. 인증을 하면 자신과의 약속이기도 하지만 시작과 동시에 모두와 하는 약속이 되어버렸다.

삶의 방향이 다르듯 각자의 목표가 다르다. 자신이 써야 하는 문장의 길이 또한 들쑥날쑥이다. 꿈을 한 문장으로 만들어 쓰기 때문에 문장의 길이에 따라 각자 쓰는 시간과 속도가 차이가 난다. 이 때문에 자신의 꿈을 명료하고 간결하게 줄이는 방법도 중요하다. 그리고 원하는 목표를 수치화해서 언제까지 이루겠다는 데드라인도 설정해야 한다. 이렇게 명확하게 설정된 목표를 한 문장으로 만들어야 한다. 이런 과정을 거치지 않고 막연한 꿈과 정확하지 않은 비전을 상상하면 목적지가 없는 내비게 이션이 되어 꿈을 향한 방향을 잡지 못하고 시간만 낭비하고 만다.

내 꿈 한 문장을 100번씩 쓰는데 30분 정도의 시간이 걸렸다. 30분 분량의 목표를 매일 쓰다 보면 손목 관절에 무리가 오는 일도 있다. 그래서 쓰는 동안 매일 건강과 근육관리에도 신경을 써야 한다. 평소에 관절이 좋지 않은 나는 손목에 무리가 갈 것 같아서 늘 불안했다. 한번 아프기 시작하면 이 프로젝트는 성공하기 힘들겠다는 생각이 들었다. 최대한 손목 관절과 건강에 신경을 썼다. 그리고 시간 낭비일 거라는 주위의 의심 어린 시선에도 아랑곳하지 않을 정신력과 목표를 반드시 이루고 말겠다는 강한 신념이 필요하다.

'쓰기만 해도 꿈이 이루어진다니 한번 써보자!' 하는 열정 가득한 마음으로 호기롭게 시작했다. 그런데 20일쯤 지나면서 '이렇게 쓴다고 정말 이루어질까?' 하는 의문이 생겼다. 손목도 아프고 쓰는 시간이 아깝다는 생각도 들었다. 마음속에 불신이 스멀스멀 올라왔다. 100번 쓰기에 대한 확신이 생기지 않았기 때문이다. 하지만 이미 이 방법으로 꿈을 이룬 사람이 있고, 남들이 따라가지 못할 정도의 성공을 이룬 사람들의 방법이기 때문에 그대로 믿고 끈기 있게 따라 했다.

50일쯤 지나자 쓰는 속도가 빨라졌다. 내가 50일이나 쓰다니 스스로 대견하다는 생각이 들었다. 매일 쓰면서 꿈이 이루어진 모습을 아주 구체적으로 생생하게 상상했다. 내가 이사하고 싶은 집과 원하는 거실의 색깔, 따뜻한 온도와 포근한 습도까지도 상상했다. 누구와 있는지 무슨 옷을 입고 있는지 구체적으로 생각했다. 아이들과 함께 화기애애하게 지내는 모습과 햇살이 창을 넘는 따스한 거실을 상상했다. 12시가 되면 해가 지는 저층 입주민의 비애를 않고 사는 나에겐 햇빛이 절실했다. 층간소음과 치매 할아버지와의 불화에서 누구도 상처받지 않는 곳으로 이사하고 싶은 절박함이 50일을 거뜬히 넘기게 했다.

70일쯤 지나자 '어! 이러다 100일 거뜬히 쓸 수 있을 것 같은데?'라는 자신감이 붙었다. 자신감은 자신이 말한 것에서 나오는 것이 아니라 자신이 경험한 것에서 나온다. 70일이 넘어서자 꾸준히 잘 따라오던 멤버들 중에서 하나둘 낙오자가 생기기 시작했다. 집안에 예기치 못한 일이 생기거나 갑작스러운 건강 악화로 인해 어쩔 수 없이 포기하는 사람들도 생겨났다. 이렇듯 100번 쓰기는 누구나 시작해도 아무나 끝낼 수 없는 힘겨운 프로젝트였다. 매일 한 문장을 100번씩 100일을 쓴다는 건 쉬운 일이 아니다. 목표를 달성하기 위해 시간 관리와 일의 우선순위를 잘 정해야 가능하다.

프로젝트를 하는 동안 나의 건강 상태도 좋아야 하고 생활 습관이나 가족관계에서 발생하는 불미스러운 일들도 없어야 한다. 쓰기를 하면서 나의 정신적인 건강과 육체적인 건강, 가족과 이웃 간의 관계까지 모든 것이 나를 중심으로 완벽하게 돌아가야 한다는 뜻이기도 하다. 이들 중 하나라도 어긋나면 이 프로젝트는 처음 1일부터 다시 해야 하거나 중도에 포기하게 된다.

실제로 함께 〈백만장자 따라하기 프로젝트〉에 참가했던 사람들도 중도에 낙오자가 많았다. 100번 쓰기는 이 꿈을 이루고자 하는 열망이 얼마나 강한지 테스트하는 것 같았다. 쓰다 보면 이 꿈이 나에게 얼마나 중요하고 간절하게 생각하는지 깨닫게 된다. 그리고 꿈이 이루어진 모습을 상상하면서 쓰다 보면 행복이 두 배가 된다. 목표에 가까워질수록 꿈에 대한 확신도 함께 커진다. 근거 없는 자신감이랄까! 어둡게만 느껴지던 꿈에 대한 길이 어디선가 열릴 것 같은 희망이 생기기 시작한다.

'와~~ 드디어 기다리던 100일 달성!'
내가 하루에 100번씩 100일을 쓰다니! 내가 100일을 해냈다는 것에 감격하는 순간이다.
매일 나의 꿈을 쓰고 나면 뭔가 엄청 뿌듯하고 해냈다는 자신감과 성취감도 생긴다. 〈백만장자 따라하기 프로젝트〉에 성공하여 함께 참여한 사람들의 격려와 축하를 받았다. 이 프로젝트를 완주하려면 쉽게 단념하지 않고 끝까지 해내고야 말겠다는 끈기와 꿈에 대한 강한 열망이 있어야 가능하다.

'혼자 가면 빨리 가지만 함께 가면 멀리 간다'는 아프리카 속담처럼 조력자들과 함께했기에 완주할 수 있었다고 해도 과언이 아닐 정도로 많은 도움이 되었다. 매일 30분씩 꿈을 쓰는 동안 오직 목표에 대한 선택과 집중을 하게 만든다. 매일 꿈을 상상하면서 글로 쓴 행동은 자연스럽게 나의 꿈을 무의식에 저장하게 했다. 무의식에 저장된 목표는 언제 어디서든 꿈을 향한 아이디어를 끌어다 주었다.

종이 한 장에 쓴 목표의 힘

하버드 경영대학원 학생들을 대상으로 종이에 쓴 목표의 힘을 실험한 결과를 읽은 적이 있다. 학생들의 80%는 뚜렷한 목표가 없었다. 그중 15%는 자신의 목표를 생각만 하고 있었으며, 나머지 5%만 자신의 목표를 글로 적어 언제까지 이루겠다는 뚜렷한 목표가 있었다. 하버드 MBA과정을 마친 후 자신의 목표를 글로 적어 데드라인을 정한 5%는 나머지 95%를 합친 것보다 훨씬 큰 성과를 이루었다. 이렇듯 자신이 종이에 쓴 목표의 힘은 강한 에너지를 발휘한다. 중요한 것은 글로 적은 내 꿈과 목표가 가장 완벽한 모습으로 반드시 이루어진다고 믿어야 한다는 것이다. 그리고 하루에 100번을 쓰면서 그 시간만큼 내 꿈이 이루어진 모습을 생생하게 상상해야 한다. 꿈이 반드시 이루어진다는 작은 믿음이 언젠가 큰 꿈을 이루게 하는 씨앗이 된다.

100번 쓰기는 단순히 쓰기를 위한 테스트가 아니다. 종이에 적으면서 꿈에 대해 간절함과 열망을 무의식에 깊이 새기는 작업이다. 잠재의식에 새긴 꿈은 가장 좋은 곳으로 안내해 줄 것이라고 믿었다. 뇌과학자들은 우리가 매일 생각하는 의식의 힘보다 잠재의식의 힘이 3만 배가 강하다고 말한다. 종이에 쓰면서 상상하면 그만큼 뇌를 더 자극할 수 있다. 의식 속에 있는 생각은 환경에 따라 바뀔 수 있지만 무의식 속에 있는 신념은 쉽게 바뀌지 않는다.

쓰기는 무의식에 목표에 대한 열망을 집어넣는 행동이다. 할 수 있다는 신념을 가지고 끈기 있게 목표를 향해 한 발자국이라도 행동하고 반복하는 것이 중요하다. 어떻게 이루어질지 아무도 모른다. 중요한 것은 간절히 원하기만 하고 아무것도 하지 않으면 아무 일도 일어나지 않는다는 것이다.

꿈을 이루기엔 지금이 가장 빠르다. 지금 당장 내 꿈에 적용해 보자.

뭐든 일단 움직여봐!

작은 호기심이 나를 살렸다

◇◇◇◇◇

《백만 불짜리 습관》의 저자 브라이언 트레이시는 "매일 반복해서 글로 적는, 긍정적이고 직접적이며 현재 시제인 목표는 무의식과 잠재의식을 활성화하고, 잠재력의 가속페달을 힘껏 밟게 해주고 목표 달성을 향해 더 빨리 움직이게 한다."라고 말한다. 이 말을 증명이라도 하듯 100번 쓰기를 마치고 온통 머릿속에는 이사 가고 싶은 열망이 더해 갔다.

길을 걸어도 내 눈엔 아파트만 보였다. 건물을 보아도 모델하우스 분양 광고와 전단지만 보였다.

'미래가치가 있는 하이엔드 대단지 아파트'
'우수한 교육 환경과 주변 편의 시설의 조화, 편리한 교통 여건'
'숲세권, 역세권, 학세권, 팍세권, 몰세권, 백세권, 초품아'

시대에 맞게 선호하는 아파트도 다양했다. 매번 새로 나오는 신축 분양 아파트가 눈에 띄었다. 가까운 지역에 분양 소식이 있으면 모델하우스를 둘러보면서 시행사와 건설사를 유심히 살펴보았다. 아파트별 타입과 입지, 세대수를 감안하고 시세를 따져보았다. 사무실 컴퓨터를 켜면 분양 소식을 바로 볼 수 있도록 변경해 두었다. 아예 모든 인터넷 비밀번호를 '3억 APT'로 바꾸어 버렸다.

하지만 나에게는 이사 갈 만한 충분한 돈이 없었다. 어디로 갈 건지, 내 자산이 얼마나 있는지 묻지도 따지지도 않고 이사만 가고 싶어 하는 내 모습을 보고 남편은 답답했을 것이다. 진짜 믿는 구석이라도 있어서가 아니라 이사를 하고 싶은 간절한 마음이 나를 움직이게 했다. 브라이언 트레이시 말처럼 무의식과 잠재의식이 나를 움직이게 만든 건지도 모른다.

휴일 아침에 아이들과 뒷산에 올랐다. 산책길이 잘 조성되어 있어서 아이들과 가볍게 다녀오기 좋은 죽도봉 공원이다. 공원에 올라 아침 햇살을 받으며 걷고 있는데 갑자기 며칠 전 눈에 띈 아파트 모델하우스가 생각이 났다. '구경이라도 해볼까?' 하는 호기심이 생겼다.

"아영아! 우리 아파트 모델하우스 한번 구경 가볼래?"

"거기가 어딘데요?"

"새로 지을 아파트를 구경하는 곳인데 현영이랑 얼른 갔다 오자!"

"아빠는요?"

"아빠한테는 말하지 말고 우리끼리 그냥 가자."

우주가 나에게 준 선물

◇◇◇◇◇

공원에서 내려오자마자 곧바로 아이들을 차에 태우고 모델하우스로 갔다. 입구에는 단정하게 정장을 차려입은 직원이 손님을 기다리고 있었다.

"누구와 예약하고 오셨나요?"

"그냥 구경 온 거라서 따로 예약하지 않았는데요."

사무실 직원은 전담 상담제여서 안내해 주실 분을 배정해 줄 테니 매니저가 올 때까지 기다리라고 했다. 담당 안내 직원의 발길을 따라 3층으로 바로 올라갔다.

계약하러 온 것이 아니어서 모델하우스가 있는 장소로 곧바로 안내가 된 것이다. A 타입과 B 타입, C 타입을 모두 돌아보고 구조와 자재, 인테리어 색상을 봤다. 보면 볼수록 맘에 들었다. 이사를 해야겠다는 다짐을 하고부터 신축 아파트를 수없이 봐왔지만 내 눈에 쏙 들어온 집은 처음이었다.

외곽이라는 지리적 조건이 걸리긴 했지만 지금 살고 있는 집과 불과 15분 거리이고, 직장과 10분 정도 더 멀어지는 거리는 그리 큰 문제가 아니었다. 세대수가 많아 사람들이 북적거리고, 층간소음으로 고생하고, 늦은 시간에 귀가하면 주차 공간 부족으로 애를 먹느니 조용하고 아늑하며 경치 좋은 곳이 노후에 더 여유롭게 살기 좋을 수도 있겠다는 생각이 들었다. 초등학교와 가까워서 아이들이 걸어서 등교할 수 있고 공원이 양쪽으로 있으니 운동이나 산책하기도 좋아 보였다.

모델하우스를 돌아보고 마음을 정한 나는 계약조건을 확인했다. 이미 분양 시기는 끝났다. 분양 당첨이 되고도 포기한 세대의 잔여 물량이 있어서 연휴가 끝나는 날까지만 오픈하고 마감한다고 했다. 청약통장을 사용하지 않고도 분양을 받을 수 있는 절호의 기회가 온 것이다. 우연히 모델하우스를 와 본 것이 나에게 행운을 가져다주었다. 기적은 행동하는 자에게 찾아온다는 말이 정말 맞았다. 이런 기회는 우주가 나에게 준 선물 같았다. 들뜬 마음을 가라앉히며 설명을 듣고 나니 남편을 설득해야 하는 큰일이 남아 있었다.

집으로 오는 내내 '과연 애들 아빠가 허락해줄까?', '반대하면 어떡하지?' 이런저런 오만 가지 생각이 들었다. '이왕 이렇게 된 거 말이라도 해보자!'라고 마음먹고 남편에게 아침에 산책하러 나갔다가 아이들이랑 모델하우스를 다녀온 이야기를 했다. 남편은 다짜고짜 "돈은 어떻게 마련할 건데?"라고 물었다.

"1차 계약금은 1,000만 원이면 되고, 2차는 2,000만 원만 있으면 된

대. 그 정도는 내가 어떻게든 만들 수 있어."

무슨 용기로 쥐뿔도 없는 내가 그런 말을 했는지 모르겠다. 이 말을 들은 남편은 더는 묻지도 따지지도 않고 따라나섰다. 모델하우스를 본 남편은 신형 자동차를 본 것처럼 마음에 들어 했다. 그리고 일은 일사천리로 진행되었다. 그 자리에서 비상금을 탈탈 털어서 1차 계약금을 냈다. 사실 2차 계약금을 내야 하는 날이 다가오자 어떻게 잔금을 만들지 고민했다.

계약금 10%만으로 꿈이 이루어지다
◇◇◇◇◇

'잠재의식에 꿈의 목적지를 반복적으로 새기면 그것은 반드시 현실이 된다'는 나폴레온 힐의 말처럼 내 꿈이 이뤄지기 위해 오래전부터 준비되어 온 것마냥 모든 일이 술술 풀려나가기 시작했다. 못할 것 같은 일도 일단 시작하면 꼬여 있던 실타래가 풀리듯 하나씩 이루어졌다. 꿈을 새긴 무의식은 계속 꿈을 향해 한 발자국씩 움직이고 있었다. 나는 꿈을 위해 계속 행동했다.

아이들이 대학교에 가면 학자금 부족으로 학업을 중단하는 일은 없어야 한다고 생각하고 대학 학자금을 모아둔 통장이 떠올랐다. 하루 벌어 하루 사는 빠듯한 살림에 두 살 터울인 딸들의 대학 등록금을 한꺼번에 만들기는 힘들겠다고 판단해서 미리 저축해둔 학자금 통장이었다. 하지만 아영이와 현영이는 대학생활 3년이 지나도록 이 돈을 사용하는 일은 일어나지 않았다. 대학교 입학하고 첫 등록금부터 지금까지 장학생으로 학교에 다니고 있기 때문이다. 남은 학기도 최선을 다한다면 이 돈은 더 큰 일에 사용해도 문제가 없었다.

이렇게 계약금 10%는 은행 대출 없이도 자연스럽게 해결되었다. 중도금 60%는 시행사에서 제시한 무이자 대출로 금융부담을 덜었다. 이제 남은 30%만 해결하면 나의 꿈에 다가갈 수 있는 길이 열린 것이다. 이제 모든 소비와 지출을 통제하고 선택과 집중을 할 때가 왔다. 내가 든 저축과 보험, 연금이 과연 투자인지 지출인지에 대해 고민했다. 내가 가진 자산을 체크하고 분산투자와 인플레이션에 관해 공부했다. 살아오면서 재테크에 처음 눈을 뜨기 시작했다.

짠테크로 돈 마련하기

최선의 액션 플랜

무슨 일이든 행동하지 않으면 아무 일도 일어나지 않는다. 100번 쓰기를 할 만큼 간절한 꿈에 다가가기 위해 사소한 것부터 행동했다. 지금 당장 할 수 있는 아주 작은 것부터 실천으로 옮겼다. 이사를 하기 위한 종잣돈을 마련하려면 내가 할 수 있는 최선의 액션 플랜이 필요했다. 아파트를 계약한 후부터 가족에게 부탁했다. 우리가 이사하기 위해선 가족 모두의 도움이 필요하다고. 나 혼자만 절약한다고 되는 문제가 아니었기 때문이다.

새해 첫날 떡국을 먹고 가족에게 도움을 청했다.

"그동안 검소하게 쓰고 절약해 줘서 정말 고마워. 지금보다 더는 아낄 수 없는 상황인 거 아는데, 이사를 하기 위해서는 너희들의 도움이 필요해. 앞으로 2년 동안 더 절약하고 검소하게 살아야 하니까 협조를

구하는 거야."

남들처럼 용돈을 넉넉하게 준 적도 없었고, 브랜드 있는 옷을 사 입히지도 못했다. 취학 전까지는 언니들에게 물려받은 옷으로 아이들을 키웠다. 가족여행을 버킷리스트에 올릴 정도로 여행은 꿈도 못 꾸고 살았다. 부모 역할이 서툴던 시절, 사려 깊지 못한 말로 아이들에게 상처를 주고 아이들의 언어를 이해하지 못하고 윽박지르고 아프게 했었다. 하지만 우리 가족은 어려울 때도 행복할 때도 늘 함께했다. 절약과 검소한 생활이 몸에 밴 가족에게 미안하고 무리한 부탁인 줄 알지만 지금은 이렇게라도 해야 하는 상황이었다.

"엄마, 나도 돈을 벌어 보고 싶어!"

어느 날 둘째가 학교를 다녀오더니 아르바이트를 해보고 싶다고 했다. 학생이 학업에 충실해도 시간이 부족할 텐데 아르바이트를 하겠다니. 그 말을 듣는 순간 부모로서 마땅히 해야 할 기본적인 욕구를 채워주지 못하고 있는 건 아닌지 되돌아보게 되었다. 딸 주위에는 이미 아르바이트하는 친구들이 있었다. 하지만 열심히 공부할 나이에 돈을 벌고 싶다는 이야기를 하다니 내가 너무 허리띠를 졸라맸나 하는 자책감이 들었다. 미안하기도 하고 기특하기도 했다. 지금은 공부에 집중해야 하는데 굳이 아르바이트를 해야 하는 이유를 물었다.

둘째 딸 현영이는 "공부를 잘해야 하는 이유도 결국 직업을 가지고 돈을 벌어 인간답게 살아가기 위함이니까 방학 동안에 직접 돈을 한번 벌어 보고 싶어"라고 대답했다. 많은 경험이 결국 성공으로 가는 지름길이라는 것을 알기에 아르바이트하면서 돈을 번다는 것이 얼마나 고되고 힘든지 경험해 보는 것도 그리 나쁘지 않겠다는 결론을 내렸다.

"미성년자가 아르바이트하려면 부모님 동의서가 있어야 한대."

딸은 이미 아르바이트를 하는 친구에게 정보를 듣고 동의서를 출력해서 가져왔다. 방학 기간에 한 번만 하기로 약속하고 부모님 동의서를 적어 주었다. 세상에 태어난 자식에게 좋은 것만 주고, 좋은 것만 경험하게 해주고 싶은 것이 세상 모든 부모의 마음일진대 동의서를 쓰고 있는 내가 싫었다. 하지만 스스로 돈을 벌면서 돈의 소중함을 배울 것이고 노동의 무게를 느낄 것이라고 생각했다. 이 경험이 언젠가는 고난을 이겨내는 힘이 되고 자산이 된다는 걸 알기에 딸의 선택을 존중해 주었다. 그렇게 딸들은 자기 위치에서 최선을 다했고 서서히 철들어 갔다.

가족 모두 각자 자신이 할 수 있는 범위 내에서 노력하고 있는데 내가 할 수 있는 절약은 어떤 것이 있을까? 곰곰이 생각해보았다. 전 세계적으로 퍼진 코로나바이러스로 인해 사회적 거리두기가 2년여 시행되었고 그동안 품위유지비 지출을 전혀 하지 않았다. 온종일 마스크를 써야 했기에 자연스레 화장품값도 들지 않았다. 한 잔에 약 5,000원 하는 커피는 입에 대지 않았다. 모임을 할 수가 없어서 외식비도 줄었다. 각종 모임에 회비는 냈지만 만날 수가 없어서 모인 회비를 1년에 한 번씩 목돈으로 되돌려 받을 수 있었다. 이렇게 다양한 방법으로 절약한 돈은 목돈이 되어 다시 수입으로 되돌아왔다.

가장 먼저 할 일은 자기 점검이다

절약하는 습관이 몸에 밸 때쯤 현재 지출하는 돈과 보험들을 정리해 보았다. 자본의 재배치를 통해 잃지 않는 투자를 하기 위해서였다. 가계부에 월마다 적고 있는 금융상품에는 주식, 펀드, 예·적금, 보험이 있었다. 이것이 내가 아는 유일한 재테크였다. 내가 투자하는 금융상품은 만기 때까지 유지한다면 원금은 되돌려 받을 수 있지만 10년 또는 30년 후 돈의 가치는 한참 못 미치게 된다는 것을 알았다. 인플레이션에도 미치지 못하는 수익을 돌려주는 금융상품들을 모두 정리했다.

코로나 팬데믹으로 원자재 공장이 문을 닫고 수출과 수입이 자유롭지 않고 물량도 없으니 모든 물가가 오르고 있었다. 물가는 늘 내 월급보다 빠르게 올랐다. 실제로 2년 전 3억이면 분양이 가능했던 신축 아파트가 올해는 분양가 6억이 되어 있는 현실이다. 내 월급과 우리 아이 성적 빼고는 다 오른다는 말을 증명이라도 하듯 금리도 빠르게 오르고 있었다. 물가는 빠르게 오르는데 은행에 자금을 그대로 넣어 둔다면 인플레이션으로 인해 돈의 가치가 줄어들고 있는 셈이다. 은행에 잠자고 있는 돈을 일하게 해야 했다. 돈이 통장에서 썩지 않고 일하게 하는 방법은 투자하는 방법밖에 없었다.

너나위는 《월급쟁이 부자로 은퇴하라》에서 저금리 시대에 은행에 잠들어 있는 돈은 더 이상 생산 자산이 아니라 소비 자산이라고 말한다. 생필품이나 사치품은 구입과 동시에 가격이 내려가지만 부동산은 시간이 흘러도 가격이 오르는 신기한 자산이다. 목돈이 없는 직장인이라고 실망할 필요는 없다. 자신의 소비 습관을 알아차리고 돈을 안 쓰면 된다. 이것만 잘 실천한다면 지금보다 훨씬 나은 생산자산을 늘릴 수 있다.

나는 살고 있는 임대 아파트를 분양 전환하고 전세를 내주기로 계획했다. 그렇게 생긴 전세자금으로 새 아파트를 분양받는다면 은행에서 많은 돈을 빌리지 않고도 입주가 가능하다는 결론이 나왔다. 분양 전환을 하고 9개월 후 부동산에 전세금을 알아보니 분양가보다 40% 가까이 올라 있었다. 부동산은 시금치값과 같이 오른다고 했는데 그렇다면 현장의 물가가 그만큼 오른 셈이다. 예정대로 진행한다면 연초에 입주해야 했기 때문에 먼저 세입자를 구하는 것이 시급했다.

연말은 이사 시즌이 아니어서 좋은 세입자를 찾을 수 있을지 막막했다. 한시라도 빨리 부동산 중개소에 등록하고 기다리는 수밖에 없었다. 내 집을 깨끗하게 사용하고 가족이 적은 세입자가 들어오면 좋겠다고 생각했다. 얼마 지나지 않아 부동산에서 연락받고 세입자를 만나게 되었다.

세입자를 만나러 가기 직전까지도 사랑이 많은 따뜻한 세입자와 계약서를 쓰고 도장을 찍는 시각화를 하고 마음의 준비를 했다. 약속한 시각에 도착하기 위해 서둘러 집을 나섰다. 간절하게 상상하면 현실이 된다는 말을 증명이라도 하듯 집을 보러 온 사람은 결혼을 3개월 앞둔 신혼부부였다.

'대박~~ 내가 상상한 그대로 이루어지다니!!'

아파트 전세 계약은 일사천리로 이루어졌고 다음 해에 새 아파트로 입주하는 날까지 비워주기로 하고 계약서를 썼다. 내 생애 처음으로 세입자를 받았다. 세입자는 신혼부부 전세자금 대출을 받게 해달라고 했고, 세대주로 등록시켜 달라고 요청했다. 세입자의 요구를 들어주기 위해서 아주 낮은 금리로 받은 아파트 담보대출을 완벽하게 상환해 주었다.

세입자가 원하는 조건을 모두 만족시켜 주면서 서로 윈-윈 하는 비즈니스 협상을 했다. 이로써 새 아파트로 이사 가기 위한 자금도 모두 충당이 되었다. 간절했던 꿈은 100번 쓰기를 하면서 상상한 그대로 아주 완벽한 모습으로 이루어졌다. 이 모든 꿈이 이루어진 시간은 딱 3년이었다.

《웰씽킹》의 저자 켈리 최 회장은 '내가 무엇을 생각하든 생각한 대로 되고, 무엇을 느끼든 그것을 끌어당길 것이고, 무엇을 원하든 원하는 대로 될 것'이라고 말한다. 꿈을 이루기 위해 매일 100번씩 쓰는 것도 내가 간절히 원하는 것이 무엇인지 알고 꿈에 가까이 가기 위해 생각하고 행동으로 옮기는 것이다. 목표를 세우고 그 꿈을 잠재의식에 새기기 위해 100번씩 쓰면서 구체적으로 상상하고, 매일 한 걸음씩 행동으로 옮겼더니 어느 순간 그 꿈은 내 곁에 성큼 다가와 있었다.

2층 아줌마의 새벽 루틴

오늘 계획은 뭐니?

새벽에 눈을 뜨고 시계를 보니 4시 36분이다. 분명 어제 컨디션이 좋지 않아 새벽 기상을 못 할 것 같았다. 그런데 기상 시간을 몸이 기억하고 있다니! 매일매일 내가 만들어 놓은 습관이 이제는 나를 만들어 가고 있다.

나는 이렇게 일찍 일어나는 사람이 아니었다. 농업과 목축업을 함께 하시며 과수원 일을 하신 아버지는 매일 새벽 4시에 일어나셨다. 아침 식사 전에 이미 과수원을 한 바퀴 돌고 들어오시는 아버지에게 늘 풀 냄새가 났다. 새벽에 일어나 아침 일을 다 마치고 오신 아버지가 깨워야 나는 겨우 일어나서 학교에 갔다.

결혼 후에도 잠을 이기지 못해 성실한 남편이 늘 깨워야 일어나는 잠꾸러기였다. 늦잠이 익숙해진 나는 아침에 일어나 매일 무언가를 한다는 것은 상상해 본 적도 없었다. 출근 시간이 빠듯해질 때까지 침대에 누워 게으름의 진수를 보여주었다. 이런 잠꾸러기가 어떻게 미라클 모닝을 매일 하고, 새벽에 일어나 아침 운동을 하며, 명상과 100번 쓰기를 하는 아침형 인간이 되었을까.

결혼 후 내 시간은 거의 없었다. 왜 나만을 위한 시간은 없는 걸까? 하루 24시간은 누구나 똑같이 주어지는데 나에게는 하루가 20시간처럼 짧게 느껴졌다. 서둘러 출근하고 파김치가 되어 퇴근하면 육아와 밀린 집안일을 하느라 다시 집으로 출근하는 기분이었다. 집안 제사라도 있는 날이면 근무를 마치고 시댁으로 바로 퇴근해서 밤 12시가 넘어서야 아이 둘을 업고 지친 몸으로 귀가했다. 이런 날이면 쪽잠을 자고 일어나 아이들을 챙기고 겨우 출근 준비를 했다. 내 일상은 늘 여유라고는 찾아보기 힘들었다.

매일 바쁘다는 말을 입에 달고 살아도 하루는 24시간이다.
'오늘은 뭐 할 건데?'
'하루 스케줄이 어떻게 되니?'
아이들을 챙기느라 정신없이 바쁜 하루를 시작하고 출근하면 책상 앞에 앉아 맨 먼저 하는 일이 있다. 오늘 해야 하는 일을 메모지에 적어 가장 잘 보이는 것에 붙여둔다. 그리고 일의 우선순위를 정하고 가장 중요한 일부터 한다. 일을 끝내고 나면 메모지에 적힌 일들을 하나씩 지워나간다.

이 방법은 반드시 해야 하는 일과 중요한 일들을 잊어버리지 않고 시간을 절약하기 위한 나만의 전략이기도 하다. 누구나 공평하게 같은 시간을 쓰는데 어떤 사람은 시간을 분 단위로 쪼개 쓰는 사람이 있는 반면 오전엔 옆집 아줌마와 커피 마시고 오후엔 은행 다녀오면 하루 일과가 끝나버리는 사람도 있다.

22개 도시에 지사를 두고 새벽부터 일어나 해외 출장을 다니며 지사를 직접 관리하는 대기업 회장의 하루도 24시간이다. 최고의 일잘러들은 열정적으로 일하면서도 시간이 없다거나 바쁘다는 얘기를 전혀 하지 않는다. 오히려 일을 즐기고 매사에 활기차며 바쁘게 움직이면서 에너지를 만들어낸다. 그들의 파워풀한 에너지는 주위 사람들에게까지 선한 영향력을 미친다. 이처럼 시간은 부와 권력에 상관없이 누구에게나 공평하지만 자신이 어떻게 일의 우선순위를 정하고 전략적으로 사용하느냐에 따라 하루가 24시간이 되기도 하고 더 짧아지기도 한다.

나를 만든 건 생활이 습관이다

2020년, 전 세계적으로 전례 없는 코로나 팬데믹이 시작되었다. 엄마의 버킷리스트를 이뤄주기 위해 한국을 방문한 켈리델리 켈리 최 회장님은 자신이 1,000여 명의 부자들에게 배우고 직접 삶에 적용해서 영국 부자 서열에 이름을 올릴 정도의 부를 이룬 자신만의 성공 비밀을 SNS에 올렸다. 최고들의 성공 습관이 늘 궁금하던 나에게 켈리 최 회장님의 피드는 책으로만 보던 부자 습관들을 하나씩 내 것으로 만들고 적용하기에 좋은 내용들이었다. 성공한 부자 마인드와 성공 습관들을 따라 해 보고 싶은 호기심이 생겼다.

켈리 최 회장님과 함께하는 끈기프로젝트는 그렇게 시작되었다. 100일 동안 하루도 빠짐없이 미션을 수행하고 SNS에 인증하면서 다 함께하는 프로젝트였다. "혼자 가면 빨리 가고 함께 가면 멀리 간다"라는 슬로건으로 전 세계 켈리스들과 함께했다.

맨 처음 시작한 프로젝트는 독서였다. 나는 100일 동안 매일 책을 읽고 인증했다. 프로젝트에 성공하지 못하게 하는 크고 작은 고비가 찾아왔다. 그러나 명절에도 독서한 것을 인증했고, 시댁 제사가 있는 날에도 제사가 끝나고 인증을 했다. 워킹맘에게 100일 동안 꾸준히 나만을 위해 시간을 내는 것은 여간 어려운 게 아니었다.

'힘든데 오늘은 그만하고 내일 할까!'

'잘 시간도 부족한데 책 읽을 시간이 있겠어!'

'집안 꼴은 엉망인데 책 읽고 있을 여유가 어딨니!'

퇴근하고 집에 오면 왜 이렇게 할 일은 많고 몸은 쉬고 싶어 하는지. 하지만 여러 가지 뜻하지 않은 상황에서도 끈기프로젝트 독서 편을 성공적으로 마무리했다. 어려움을 극복하고 이룬 성과여서 기쁨은 두 배가 되었다. 해냈다는 성취감은 어느새 자신감으로 변했다. 평소 독서를 해왔지만 하루도 빠짐없이 매일 책 읽기는 처음이었다.

끈기프로젝트의 두 번째 과제는 운동이었다. 100일 동안 매일 10분 이상 운동하고 인증해야 했다. 내 모습을 공개적으로 보여주기 민망해서 소극적이지만 매일 참여했다. 100일 동안 매일 하다 보니 운동이 익숙해지고 몸에 근육이 붙기 시작했다. 가랑비에 옷 젖듯이 나는 아주 천천히 건강해지고 있었다. 근육이 붙고 체력이 점점 좋아지는 것을 몸이 먼저 알았다.

건강해지고 있다는 것을 체험하자 운동 프로젝트가 끝난 후에도 스스로 매일 운동을 했다. 매일 꾸준한 운동 덕분에 50이 넘은 지금까지도 11자 복근을 유지할 수 있었다.

켈리 최 회장님의 미션은 계속되었다. 끈기프로젝트의 세 번째 미션은 새벽 기상이었다. 6시에 시작하는 명언 모닝콜을 듣고 SNS에 인증했다.

그 후로도 회장님의 미션들은 이어졌고, 100일 프로젝트에 참가해 모두 성공했다. 끈기프로젝트는 서로 격려하고 응원해주는 사람들을 끈끈하게 연결하고 사랑하게 만들었으며, 안정감과 소속감을 주었다. 몸이 건강해지자 좋은 습관들도 수월하게 이어갈 수 있었다.

'처음에는 우리가 습관을 만들지만, 그다음에는 습관이 우리를 만든다'라고 했던 존 드라이든의 말처럼 시작할 때는 내가 습관을 만들었지만 3년 동안 매일 하루도 빠짐없이 끈기프로젝트를 한 덕분에 최고들의 성공 습관을 내 것으로 만들 수 있었다. 끈기프로젝트와 최고 부자들의 성공 마인드, 검소한 생활 습관들은 지금의 나를 자기계발 전문가로 만드는 데 큰 도움이 되었다.

　아침마다 일어나기 싫어 이불과 씨름하던 잠꾸러기는 이제 온데간데 없다. 아침마다 "해가 중천에 떴는데 아직도 일어나지 않고 뭐 하냐!"라고 야단치시던 아버지께서 새벽 기상 후 운동하고 100번 쓰기를 하고도 시간 부자가 되어 여유를 부리고 있는 나를 본다면 대견하다고 허허 웃어주실 것만 같다. 새벽형 인간으로 시간을 효율적으로 관리하고부터는 시간이 부족하다는 말을 해본 적이 없다.

　매일 하루도 빠짐없이 꾸준히 한 행동들이 모여 잠꾸러기를 아침형 인간으로 만들었다. 현재는 나의 과거가 모여 만들어졌고 나의 미래는 하루하루가 모여 만들어지는 결정체이다. 스스로 행동하는 잘 길들여진 습관 하나가 보람찬 하루를 만든다. 어려서부터 잘못 길들여진 습관도 노력을 통해 변화하고 성장시킬 수 있다. 무엇이든 변할 수 있다는 믿음을 가지고 행동한다면 지금보다 생산적이고 긍정적인 사람으로 변할 수 있다. 내가 변했듯이 누구든지 가능하다.

새벽, 그 짧은 시간에 뭘 할 수 있니

　새벽 5시에 일어나는 것이 나의 루틴이 되었다. 하루 중 새벽 시간은 나를 만나는 즐거운 시간이고, 누구에게도 방해받지 않는 나만을 위한 독립적인 시간이다. 출근 전 두 시간을 오직 나를 성장시키기 위한 시간으로 사용하기로 했다.

　매일 새벽에 일어나 독서와 명상, 운동을 하고 감사일기를 쓴다. 감사로 시작하는 습관은 자연스럽게 나 자신을 사랑하게 했다. 있는 그대로의 나를 사랑하고 존중하다 보니 자존감이 높아지고 저절로 삶을 긍정적으로 바라보게 되었다. 나만의 아침 루틴은 지루하고 단순하던 생활에 활력을 불어넣어 주었다.

　눈을 뜨자마자 씻고 출근하기 바빠 아침을 거르는 것이 나의 일상이었다. 그러나 지금은 챙겨야 할 물건을 빠뜨리며 정신없이 하루를 시작하지 않는다. 새벽 기상을 하고부터 삶의 여유를 찾기 시작했다. 새벽에 일어나 명상하고 아침 운동을 다녀오고 나서도 시간이 넉넉하다.

여유롭게 아침 식사를 하고 부를 끌어당기는 긍정 확언과 꿈 100번 쓰기를 한다. 아침 루틴을 다 하고 천천히 출근 준비를 할 정도로 내 시간을 확보할 수 있다. 음악을 들으며 남편과 대화도 하고 하루 스케줄을 정리하고 느긋하게 시작한다. 아침 일찍 일어난 것뿐인데 삶의 질이 달라졌다.

아침을 여유롭게 시작하는 아침형 인간은 우울증 위험이 낮고 더 행복하다는 영국 엑서터 대학 제시카 오로리 박사님의 연구결과도 있다. 일상에서 활기를 찾은 나는 얼굴에 생기가 돌았다. 나는 모든 면에서 점점 더 좋아지고 있었다. 건강을 잃고 중환자실에서 사경을 헤매던 나는 이제 온데간데없다. 뼈를 깎는 고통에 몸부림치며 '내가 죽으면 이 고통이 사라질까?' 이런 극단적인 생각을 할 때도 있었다. 이런 내가 매일 가치 있는 일에 집중하고 1%씩 성장하기로 마음먹은 후부터 인생이 달라지기 시작했다. 새벽 기상이 제2의 인생을 열어 주었다.

매일 1%씩 성장하기

전국에 흩어져 사는 언니들과 오랜만에 뭉쳤다. 딸 넷 중에 막내인

나는 언니들과 나이 차이가 크다. 맏언니와는 띠동갑이다. 서로 반갑게 인사를 나누는데 언니들이 "현이야~ 얼굴이 생기 있고 젊어 보인다"라고 했다.

"그래? 진짜로 그렇게 보여?"

언니들에게 칭찬을 들으니 기분이 좋았다.

나는 그 비결이 하루도 빠짐없이 새벽마다 운동한 덕분이라고 말해 주었다. 2년 전 '끈기프로젝트 운동 편' 1기를 하고부터 100일 동안 매일 실내에서 근력운동을 했다. 면역이 약한 나는 늘 체력에 한계를 느꼈다. 한번 체력이 무너지면 이겨내기 힘들 거라는 두려움에 스스로 몸을 아꼈다. 그러던 내가 1기를 마치고 2기부터는 매일 밖으로 나가 걷거나 뛰기 시작했다. 운동프로젝트가 끝난 후 자신감이 용기로 바뀐 것이다.

나를 밖으로 나가게 만든 건《길 위에서 자라는 아이들》의 저자 박도은 님의 조력이 컸다. 나에게 맞는 운동 방법과 운동량을 체크해 주었다. 그의 에너지에 힘입어 새벽마다 나는 밖으로 나가 뛰게 되었다.

아카시아꽃이 만발하던 5월 어느 날, 새벽 맑은 공기를 마시며 아카시아 향기 가득한 길을 달렸다. 달리기의 맛은 뛰어보지 않은 사람은 알지 못한다. 심장이 밖으로 튀어나올 정도로 뛰고 나면 숨이 턱까지 차오른다. 이렇게 숨이 차오르는 것을 얼마 만에 느껴봤을까? 아무리 생각해봐도 내 기억 속엔 없는 새로운 특별함이다. 새벽 운동은 일찍 일어나 시간을 확보한 나에게 운동의 맛을 알게 하는 데 충분했다.

매일 나는 주어진 루틴을 하며 1%의 힘을 믿었다. 노력은 배신하지 않는다는 걸 몸은 그대로 보여주었다. 1년 전 언니들과 만났을 때 내가 하던 아주 간단한 실내 운동을 알려주고 꾸준히 하라고 했지만 언니들은 아무도 실천하지 않았다. 1년 후 우리는 다시 만났다. 나는 매일 1%씩 변하고 있었지만 언니들은 그대로 있거나 나이의 무게를 견디지 못해 건강을 잃어가고 있었다. 다시 만난 언니들에게 또다시 내가 운동하는 방법들을 시연하며 매일 10분씩만 자신에게 투자하라고 했다. 매일 10분만 운동해도 돈으로 살 수 없는 건강을 얻을 수 있다. 인생은 좋은 습관으로 바뀐다. 1년 후 언니들을 다시 만나면 과연 어떤 모습으로 변해 있을까.

부를 끌어당기는 긍정 확언

출근 전 나는 꿈 100번 쓰기와 부를 끌어당기는 긍정 확언을 쓴다. 부끌 확언은 켈리 최 회장님의 성공 확언이기도 하다. 아침마다 부를 끌어당기는 긍정 확언을 함께 쓰는 멤버들과 카톡으로 인증했다. 부끌 확언은 과거에 돈에 대한 안 좋은 기억을 지우고, 부자 마인드로 바뀌게 하는 가장 좋은 방법이다.

멤버들은 긍정 확언을 쓰면서 자신들만의 사진으로 시각화를 한다. 청과 도매상을 하는 멤버는 과일 경매시장이 열리기 전 새벽 2시에 부끌 확언을 인증했다. 멤버들은 호주 시드니에서 인증을 하고 캐나다의 아름다운 풍경과 함께 인증하기도 한다. 아침마다 포항 앞바다를 달리며 떠오르는 일출을 찍어서 부끌 확언과 함께 인증하기도 한다. 가장 행복했던 순간의 사진을 함께 인증하며 행복을 다시 확인하기도 했다. 다른 사람들보다 두 배의 시간이 필요한 네 아들 맘은 매일 인증을 하며 잠재의식에 부를 인지시키고 새벽 시간을 알차게 보낸다. 자신을 우선 순위에 두고 하루를 시작하는 멤버들이 멋지게 보인다.

부끌 확언 100일 피드만 봐도 저절로 부와 행운이 들어오는 느낌이다. 30일이 지나고 자신을 되돌아보며 시작하기 전 모습과 현재 모습에 어떤 변화가 있는지 궁금했다. 글씨나 내용에 구애받지 말고 자연스러운 자신의 이야기를 생각나는 대로 적어 보게 했다.

"매일 읽어보던 내용인데 필사를 하고 인증하고 나니 좋은 에너지가 두 배가 된 기분이다."

"여러 명과 함께하니 깨어있는 느낌이고 서로의 시각화로 시너지를 얻을 수 있다."

"쓰고 말하면서 긍정적이고 행복한 에너지가 두 배가 된다."

"어릴 적 좋아하던 자전거를 부끌 확언을 쓰고 난 후 다시 타고 싶어져 자전거 안장 위에 올라갔다." (이분은 두려움을 용기로 바꾸고 다시 자전거를 타고 있는 모습으로 부끌 인증을 하셨다.)

"무엇보다 삶의 태도가 달라졌고 감사의 소중함을 깨닫게 되었다."

"컨디션 난조로 모닝 루틴을 하지 못했는데 모닝 루틴 이후 생애 한 번뿐인 하루를 감사로 시작하게 되었다."

"부끌 확언 방에서 긍정 기운을 받으니 용기가 생겼다."

"매일 아침 남산을 조깅하면서 부끌 확언을 듣는데 올라가기 힘든 구간에서 부(富)가 차오르는 느낌이 들어 큰 도움이 되었다."

"부끌 확언을 쓰면 쓸수록 마치 내가 그런 사람이 되어 있는 것 같아 행복하다."

"자신을 믿어주지 못하고 숨게 되는 마음을 부끌 확언을 통해 조금씩 끄집어내고 있다."

이렇듯 자신들이 몰랐던 작은 변화들이 30일이 지나면서 꾸준히 나타나게 되었다. 실제로 생활에 긍정과 감사가 가득하고 현재 하는 일들도 부끌 확언처럼 잘 되는 멤버들도 있었다. 꿈을 현실로 만드는 데는 10%의 의식과 90%의 잠재의식이 작용한다고 한다. 중요한 사실은 의식보다 잠재의식이 삶에 더 영향을 미친다는 것이다. 매일 쓰는 긍정 확언은 잠재의식에 새겨지고 어느 순간 꿈을 이루기 위해 잠재의식이 자동으로 일하게 된다.

부를 끌어당기는 긍정 확언

부를 끌어당기는 긍정 확언 34문장은 다음과 같다.

1. 오늘도 기대되는 하루가 시작된다.

2. 나는 삶의 모든 면에서 풍요롭고 자유롭다.

3. 나는 부유하고 자유롭고 특별하다.

4. 나는 매우 똑똑하고 아주 건강하고 충분히 용기가 있다.

5. 나는 명확한 꿈과 목표를 가지고 있고 그것이 정확히 언제 어떻게 실현될지를 잘 알고 있다.

6. 돈은 내가 원하는 모든 선한 꿈을 이루도록 돕는다.

7. 나는 부를 통해 내가 원하는 최고의 것을 누릴 것이다.

8. 나는 부를 통해 내가 사랑하는 최고의 것을 누릴 것이다.

9. 나의 번영이 다른 이들을 더욱더 풍요롭게 할 것이다.

10. 나는 나에게 오는 어마어마한 돈과 풍요를 얼마든지 받아들일 것이다.

11. 나는 이 모든 것을 충분히 받을 만큼 가치 있는 사람이다.

12. 나는 지금 당장 엄청난 행운과 좋은 기회들을 받아들일 준비가 되어 있다.

13. 나는 돈을 모으고 관리하고 사용하고 유지하는 능력이 있으며 그것들을 잘 실행하고 있다.

14. 내가 저축하는 모든 돈은 더 큰 부와 풍요를 가져다주고 있다.

15. 내가 지출하는 모든 돈은 더 큰 부와 풍요를 가져다주고 내게 다시 돌아온다.

16. 돈을 버는 것은 쉽다.

17. 돈을 버는 것은 즐겁다.

18. 나는 돈과 부자를 축복한다.

19. 나는 돈과 부자들에게 감사하다.

20. 오늘도 부자들의 좋은 습관들로 하루를 채워감에 감사하다.

21. 다양한 방법을 통해서 수입이 점점 늘어남에 행복하고 감사하다.

22. 나의 순자산이 복리로 성장하고 기하급수적으로 늘어나고 있음에 감사하다.

23. 나는 돈도 있고 시간도 있는 시간 부자가 되었다.

24. 나는 정신적, 신체적으로 모두 건강한 건강 부자이다.

25. 나는 성장이 행복한 행복 부자이다.

26. 나는 나를 사랑할 줄 알고 사랑받는 사랑 부자이다.

27. 나는 인류를 사랑하며 선한 나눔을 하는 부자이다.

28. 내가 평생 쓰고도 남을 충분한 재력이 있음에 감사하다.

29. 내 주변에는 나와 함께하는 지혜로운 멘토들이 있음에 감사하다.

30. 소중한 사람들과 원하는 장소에서 내가 원하는 모든 것들을 할 수 있음에 감사하다.

31. 매일 기적 같은 하루가 감사하다.

32. 모든 것이 감사하다.

33. 모든 것이 고맙다.

34. 나는 이 모든 확언 그대로의 삶을 살고 있다.

(켈리 최 회장님의 부끌 확언 유튜브 참조)

이렇게 나는 매일 부를 끌어당기는 긍정 확언을 잠재의식에 심어주었다. 강한 긍정의 단어를 매일 쓰고 읽으면서 스스로 그렇게 될 수 있다는 믿음을 자라게 했다.

부자들은 자신이 부자가 되리라는 믿음이 있고, 자신이 성공하리라는 확신이 있다. 세계 최고 1%들은 확고한 신념이 원하는 것을 끌어당기고 그것이 이루어질 것임을 이미 알고 있어서 자신의 의식을 억지로 사용하지 않는다.

나는 내면의 힘을 잘 사용하기 위해 매일 읽고 쓰고 노력했다. 내가 원하는 상황이 이미 일어난 것처럼 주문을 외웠다. 무엇을 상상하든 생각하는 대로 믿는 만큼 이루어진다.

나를 찾는 시간

대학생인 아영이는 교양과목 교수님이 철학책을 읽어보라고 책 한 권을 권한 뒤부터 철학에 관심이 커졌다.

"엄마는 언제 가장 행복하세요?"

"엄마에게 행복의 조건은 뭔가요?"

나만의 루틴을 이어가던 어느 날, 아영이가 갑자기 물었다. 딸의 뜻밖의 질문은 나에게 지금 행복하냐고 묻는 것 같았다.

한참 끈기프로젝트로 나만의 시간을 보내며 무언가에 열정적으로 몰입하고 있는 엄마의 변화하는 모습을 아이들은 자라오면서 처음 보는 일이었다. 아이들 눈에 비친 엄마는 한 남자의 아내였고, 시댁의 맏며느리였고, 두 아이의 엄마였고, 성실한 직장인이었다. 이런 삶이 아이들에게는 익숙한 엄마의 모습이었다. 아이들이 태어나면서부터 나 자신은 없어지고 누구누구의 엄마라는 또 다른 이름으로 살아왔다. 물론 값으로도 매길 수 없고 무엇과도 바꿀 수 없는 엄마로 불리는 것도 소중하고 가치 있는 일이다. 아이들이 자라면서 몇 번의 위기와 사춘기를 넘기고 아이들이 각자의 정체성을 찾아갈 나이가 되는 사이 나는 어느덧 50이 되어 있었다.

해가 거듭될수록 체력은 바닥이 나고 아픈 곳이 생기기 시작하면서 오랜 친구처럼 긴 시간을 함께해야 할 질병이 찾아왔다. 그냥 이렇게 약해져만 가는 모습이 싫었다. 뭔가 나에게도 변화가 필요했다. 새벽 기상으로 시간을 벌어 놓고 운동을 시작했다. 새벽이면 매일 하루도 빠짐없이 이불을 박차고 나갔다. 아침 태양이 뜨기도 전에 맑은 공기를 마시며 매일 끈기프로젝트를 이어 나갔다.

5월 어느 날, 담장 너머로 빨간 장미 넝쿨이 달리고 있는 나의 발목을 잡았다. 꽃이 피고 지는 과정 중에 5월은 장미꽃이 가장 화려하고 예쁠 때이다.

'나는 과연 내 인생에서 언제가 가장 나답고 화려했을까?'

'내가 좋아하는 일을 하면서 나에게 집중하는 시간은 언제였을까?'

'나의 있는 그대로의 모습을 사랑하고 자신을 돌보는 여유를 가진 적이 있었던가?'

아무리 생각해봐도 지금 이 순간이 가장 나답고 가장 행복하고 가장 활기차다. '나'라는 꽃이 시들고 질 때까지 매 순간 가장 아름다운 모습으로 살아야지!

매일 아침 운동은 작은 성공으로 하루를 시작하며 생활의 활기를 찾을 수 있어서 감사함을 선물해 주었다. 기쁨과 감사가 흐르는 기적 같은 하루는 나에게 늘 축복이다. 긍정 확언 쓰기를 하는 것도 기적이고, 매일 운동을 할 수 있는 것도 기적이다. 매일 출근해서 일할 수 있는 것도, SNS 공간에서 소통하고 행복한 만남으로 이어지는 것도 감사하다. 나에겐 모든 순간, 모든 시간이 감사이고 성장이다.

오십은 새로운 것을 시작하기에는 가장 애매한 나이라고 하지만 가만히 그대로 멈춰 있기엔 아직 젊은 나이다. 시작하기 늦은 나이는 과연 몇 살일까?

'나'는 없고 오직 가족을 위해 살아온 시간 앞에서 이제 누군가를 위한 삶이 아닌 나를 위한 삶을 찾고 싶었다. 내 인생의 핵심 가치가 무엇이고 우선순위가 무엇인지 생각해봤다. 흔들리는 아이의 눈동자에 비친 엄마의 모습은 더 나은 나를 위한 열정이 아니라 위태로움으로 보였을지도 모른다. 어느 유명한 유튜버가 영상을 분석한 결과 자기 자신을 의심하는 나이대가 대부분 50이었다고 한다. '이 나이에 제가 무언가를 시작할 수 있을까요?' 아이들 키우느라 시간은 흐르고 시대에 뒤처져서 세상을 따라가지 못할 거라는 불안함이 50대의 발목을 잡는다.

하지만 역설적으로 새롭게 시작하기 가장 좋은 나이가 50대이다. 삶의 우선순위를 어디에 두고 살아야 하는지 아는 나이라면 시간을 좀 더 여유롭게 사용하는 능력도 생겼을 것이다. 아이들도 클 만큼 커서 자유 시간이 많아지는 나이다. 그 시간에 진정한 나를 되돌아보며 내가 좋아 하는 것을 시작하면 된다.

나는 50이 가까워서야 SNS를 배우고 전 세계 사람들과 소통을 시작 했다. 내가 가장 좋아하는 것을 찾고, 잘하는 것을 표현하면서 지금도 매일 자기계발에 관한 피드와 책 서평을 SNS에 올리고 있다. 새벽 시간 을 이용해 매일 긍정 확언을 필사하고, 매일 운동하며 정신적인 건강과 육체적인 건강을 위해 노력하고 있다. 나뿐만 아니라 주위에서도 더 늦 은 나이에 새로운 도전에 성공한 사람들을 얼마든지 찾아볼 수 있다.

마음의 준비만 하는 것은 이제 그만!

60이 가까워진 나이에 독학으로 셔플댄스를 배워 1만 팔로워의 사랑 을 받는 지인분이 계신다. 매일 근무를 마치고 하루도 빠짐없이 한 시간 씩 연습해서 지금은 셔플댄스 강사 부럽지 않은 실력으로 많은 사람들 의 응원과 사랑을 받고 있다. 추운 겨울 큰 연습실에서 혼자 난방을 틀 기 미안해서 추위를 견디며 연습하고 매일 셔플댄스를 하는 영상을 찍 어서 SNS에 올렸다.

집과 직장만 알던 사람이 자신이 좋아하는 일을 찾고 용기를 가지고 새롭게 시작한 것은 자신의 만족을 넘어 사람들에게 '나도 할 수 있다'는 동기부여를 주고 있다. 자신에게 집중하는 시간이 가장 행복한 시간이라고 한다. 시작하기 늦은 나이란 없다. 50이란 나이는 머뭇거리기엔 시간이 부족한 나이지만 시작하기엔 가장 좋은 나이다.

동물원에서 쇠사슬에 묶여 길들어진 코끼리는 자연으로 데리고 나와 자유를 주어도 발목이 묶어져 있다고 생각하고 도망가지 않는다고 한다. 나 스스로 변하지 않으면 아무것도 변하지 않는다. 전자제품 설명서를 읽어도 이해를 잘 못해서 남편에게 핀잔을 듣던 기계치인 나도 SNS를 시작했다.

실패를 두려워하지 않는다면 실패 속에서 충분히 배울 수 있다. 삶은 타고난 대로 사는 것이 아니라 마음먹은 대로 사는 것이다. 아무리 작은 것이라도 원하는 것이 있다면 생각만 하지 말고 도전하고 행동으로 옮겨 보아야 한다. 마음의 준비만 하는 것은 이제 그만! 진짜 인생은 50부터이다.

나의 작은 목표는 올해 안에 종이책과 전자책을 출간하고 작가가 되는 것이다. 아침 자투리 시간을 이용해 나를 위한 시간을 확보하고 매일 독서하고, 운동하고, 긍정 확언을 쓰고, 이젠 책을 쓰고 있다. 나의 작은 행동들이 쌓여 습관이 되었고, 이젠 습관이 인생을 바꾸고 있다. 100번 쓰기로 꿈을 이룬 이야기가 많은 사람에게 누구나 꿈을 이룰 수 있다는 희망을 주고, 지금도 꿈을 찾아 나아가고 있는 이들에게 인생의 내비게 이션 같은 역할을 했으면 한다. 그리고 많은 사람에게 동기부여가 되고 사랑받는 베스트셀러가 되면 좋겠다.

인스타그램을 시작하고 처음으로 공동구매를 제안받은 날을 잊을 수 없다. 부산에서 청과물 도매업을 크게 하시는 인친분이셨다. 공동구매를 어떻게 시작하는지 어떤 시스템으로 진행되는지 아무것도 몰랐다. 하지만 주저함 없이 해보고 싶다고 하고 곧바로 행동으로 옮겨 보기로 했다.

이렇게 새로운 것을 시작하는데 1초의 고민도 하지 않았던 것은《당신은 도전자입니까》의 저자 이동진 님의 코칭이 컸다. 그분은 세상에 어떤 일도 시작 없이는 존재하지 않으니 그것이 뭐가 되었든 당신이 불가능해 보이는 것에 도전하라고 한다. 공동구매를 시작하고 나니 신기하게도 여러 곳에서 도움의 손길이 나타났다.

공동구매 품목은 키위였다. 내가 판매할 수 있는 기간은 딱 4일이었다. 수입 과일인 데다 키위는 식탁에 자주 오르는 과일이 아니다. 사실 나는 키위를 내 돈으로 사 본 적이 없다. 왜냐하면 큰딸이 키위 알레르기가 있기 때문이다. 그런데도 나에게 제안해준 첫 기회를 잡고 싶었고 도전의 기회로 삼았다.

추석 명절을 1주일 앞둔 상황이어서 내가 먹는 과일이 아닌 선물하기 좋은 과일로 전략을 세우고 광고했다. 나의 마케팅은 성공적이었다. 공동구매가 시작되고 3시간 만에 업체 사장님으로부터 문자가 왔다.

"현이 님, 실속형 주문이 많이 들어와서 품절해야 할 거 같은데 통화 요청합니다."

추석 명절 상품으로 자체 제작한 상품보다 실속형 주문이 너무 많이 들어와서 품절해야겠다는 것이었다. 인스타그램으로 이미 첫 공동구매 광고를 피드에 올렸기 때문에 다시 번복하기가 난감한 상황이었다. 나는 첫날이라 주문이 많은 거라고 예상했다. 약속한 4일이 지나고 업체 사장님으로부터 또 전화가 왔다. 공동구매 발주서를 보고 깜짝 놀라셨다고 한다. 발주서에 찍힌 총개수는 72박스, 4일간 수입은 568,800원. 나의 첫 공동구매는 대성공이었다.

누구나 새로운 것에 도전하기를 두려워한다. 그러나 진짜 두려워해야 할 것은 행동하지 않는 것이 아닐까. 한 번도 해보지 않은 일을 해보면 두려움은 행동하지 않아서 생기는 실체 없는 허상이라는 것을 알 수 있다. 기회가 찾아왔을 때 잡을 수 있어야 성장한다. 세상에 나를 도와주는 사람들은 정말 많다. 그러니 미리 두려워하지 말자. 다른 사람들의 판단에 나를 가두지 말고 그냥 도전해도 괜찮다.

많은 사람들은 새로운 매체에 이미 적응했다. 사람들은 변화의 물결 속에서 움직이고 있다. 변화하는 세상의 파도에 몸을 실으려면 거친 파도를 두려워하기보다는 부딪치고 이겨내는 용기가 필요하다. 젊은이들과 소통하고 그들의 문화를 배우고 즐길 줄도 알아야 한다. 세상의 파도를 즐기며 새로운 파도를 기다릴 줄 아는 여유도 중요하다. 우리는 이 순간에도 나이 들고 있지만 목표를 이루기에 늦은 나이란 없다. 시작하기 가장 좋은 때는 지금이고, 오늘이 시작하기 가장 젊은 날이다.

내 안에서 나를 만드는 것들

내 인생에 가장 행복한 시간

◇◇◇◇◇◇

딸에게 처음으로 책 선물을 받았다. 러셀 로버츠가 쓴 《내 안에서 나를 만드는 것들》이라는 책이다. 생일이나 결혼기념일 같은 특별한 날에 아영이와 현영이는 용돈을 모아서 꽃이나 향수를 사고 손편지를 써서 마음을 표현하곤 했었다. 하지만 책 선물은 처음이고 특별했다. 행복을 얻기 위해 돈을 따르는 인생이 얼마나 부질없는지를 애덤 스미스의 《도덕감정론》을 통해 설득력 있게 말해주는 책이었다.

'나는 언제 가장 행복한가?'
'가장 나다운 시간은 언제인가?'
'무엇이 나를 행복하게 하는가?'

내 인생에 가장 행복한 시간은 지금이다. 일과 가정의 균형을 이루고 나에게 집중하는 시간이 가장 행복하다. 새벽 기상은 자연스레 내 안에서 나를 만드는 시간을 확보해 주었고, 그 시간을 통해 나를 있는 그대로 사랑하게 되었다. 미라클 모닝은 가족을 위한 삶을 사느라 정작 나를 돌보지 못한 시간을 되돌아보고, 삶과 죽음의 기로에 설 만큼 잃어버렸던 건강을 되찾게 해주었다. 출근 전 2시간을 잘 활용하여 활기찬 인생 2막을 시작할 수 있었다. 매일 행복하진 않지만 매일 행복한 일은 얼마든지 있다.

인생에서 두려움을 만났을 때는 삶이 행복하지도 감사하지도 않았다. 건강을 잃고 나서 '가족을 다시 못 볼 수도 있겠구나!' 하는 절박함은 나를 변하게 했다. 절벽 끝에 서 있는 심정으로 나 자신을 되돌아보게 했다. 삶이 감사하지 않을 때 그럼에도 불구하고 감사를 찾게 했다. 아주 작은 것에 감사하고 행복을 찾기 시작했다. 오늘도 아침 해를 볼 수 있어서 감사하고, 직장에 출근하여 일할 수 있어서 감사했다. 물 한 잔에도 감사하고 맑은 공기를 마실 수 있음에 감사했다. 나에게 딸들이 있고 가족이 있어서 감사했다.

아주 사소하고 작은 것부터 감사하다 보니 작은 감사가 모여 큰 행복으로 다가왔다. 나보다 앞서가는 사람을 보며 부러워하거나 나 자신을 초라하게 생각하지 않았다. 매일 어제의 나보다 조금 더 성장한 나를 바라보며 자신감을 찾았다. 오직 나를 위해 집중하면서 나의 내면은 더 나다워지고, 나도 모르는 사이에 더 단단해졌다.

아이에게 가장 좋은 선물

《인간관계 착취》에서 저자 홍페이윈은 '아이는 당신이 성장의 비밀과 어떻게 대면하는지, 과거의 상처를 어떻게 극복하는지, 열등감은 어떻게 극복하는지, 자존감은 어떻게 끌어올리는지를 지켜보면서 하나하나 거울삼아 배우게 된다'고 한다. 딸들이 자라면서 내가 했던 말보다 내가 했던 행동들을 보면서 더 큰 영향을 받는다는 것을 알게 되었다. 딸들은 태어나면서 지금까지 워킹맘이었던 엄마의 모습을 보면서 성실함과 부지런함으로 일과 가정을 균형 있게 이루는 방법을 배웠을 것이다. 아이들에게는 엄마의 행동이나 언어가 가장 큰 교육이다. 아이에게 가장 좋은 선물은 엄마의 성장이다. 엄마의 성장이야말로 아이들에게 좋은 모범사례이다.

딸들은 일과 가정의 균형을 유지하면서 새벽 시간을 활용해 자기계발을 하고 건강을 지키는 엄마의 모습을 보았다. 그런 자녀들은 일의 우선순위와 인생의 핵심가치를 찾고 자신을 위한 노력을 게을리하지 않을 것이라 믿는다. 아이들은 부모의 그림자를 보며 자란다. 엄마에게 가장 중요한 것은 지금 이 순간 나를 일으키고 어제보다 더 나은 내가 되기 위한 행동이다.

행복이란 결과에 있는 것이 아니다. 내가 원하는 결과를 얻으려고 수고했던 시간과 과정이 행복하지 않다면 아무리 좋은 결과라도 지나온 과거를 보상해 줄 수는 없다.

찬란한 미래의 행복에는 매 순간의 행복이 동반되어야 한다. 아이들이 자라는 시간은 순식간에 지나가고 엄마가 미래를 준비하는 시간은 그만큼 짧아진다. 화려하고 아름다운 미래로 가는 길 위에 작은 행복들은 늘 찾아왔다. 찰나의 행복을 놓치면 영원히 행복을 놓치는 것과 같다. 지금 이 순간 행복하면 인생의 모든 순간이 행복할 수 있다. 있는 그대로의 나 자신을 사랑하고 더 용기 있는 삶을 위해 지금 곧바로 행동해야 한다. 성공의 비밀은 자기 일상에 있고 일상을 바꾸지 않으면 삶은 변하지 않는다. 매 순간 감사하고 아주 작은 성공 습관으로 매일 성장하는 사람이야말로 진정한 행복을 누릴 줄 아는 사람이다.

넌 지금 행복하니?

◇◇◇◇◇

남편과 단둘이 차를 타고 가면서 이렇게 질문했다.

"만약 딸이 남자친구를 만난다면 현재 당신의 모습과 똑 닮은 사람을 만나도 괜찮아?"

애석하게도 남편은 이 질문에 머뭇거렸다. 이 질문에 '예스'라고 답하지 못한다면 지금 당장 변해야 한다고 말했다. 지금의 나와 모든 면이 닮은 사람을 딸이 만나도 될 만큼 멋진 사람이 되도록 말이다! 매일 독서와 운동을 하고 자기를 위한 시간을 확보하고 자기계발을 하고 몸과 마음이 건강한 자녀로 키우고 싶다면 부모가 먼저 그런 사람이 되어야 한다.

자녀가 행복하게 살기를 바란다면 부모가 먼저 행복해야 한다. 가족에게 감사하고 긍정적인 단어로 사랑을 표현하는 것은 자녀에게 그대로 대물림된다. 자녀가 학교에서 친구들과 사이좋게 지내고 직장에서 인정받으며 일하기를 바란다면 부모가 평소에 화목하고 서로 의견을 존중하고 아이 앞에서 이해하고 양보하는 모습을 보여주어야 한다. 이것이 가장 좋은 가정교육이다.

자녀가 부자가 되기를 바란다면 부모가 먼저 절약하고 투자를 몸소 실천해서 아이에게 스며들게 하는 것이 좋다. 어린 시절 보고 듣고 느낀 모든 것들이 무의식에 그대로 저장되어 성인이 되어서도 그대로 학습이 되기 때문이다.

자녀는 부모의 소유물이 아니라 인격적으로 존중받아야 하는 귀한 존재다. 자녀에 대한 사랑이 너무 과해 과거 자신이 채우지 못한 욕심을 채우려 해서는 안 된다. 이 때문에 아이가 상처받고 힘들어하는 사례를 너무 많이 봤다.

공부하고, 직업을 가지고 돈을 벌고, 부를 창출하는 모든 과정이 행복을 위한 여정이라면 미래의 행복을 위해 현재를 너무 희생하지 않도록 해야 한다. 행복은 멀리 있지 않고 가장 가깝고 아주 작고 사소한 것에 있다.

매일 아침 출근길 차 안에서 나를 위한 긍정 확언을 외친다.

"나는 운이 좋다. 나는 운이 정말 좋다."
"나는 날마다 좋아지고 있다. 나는 날마다 점점 더 좋아지고 있다."
"오늘 나에게 좋은 일이 일어난다. 엄청나게 좋은 일이 일어난다."
"나에게 일어나는 모든 일은 나를 성장시킨다. 현이 파이팅!!"

혼자 있는 차 안이라 아랫배에 힘을 꽉 주고 큰 소리로 외쳐도 전혀 부끄럽지 않다. 마스크를 쓰고 외치기 때문에 누구도 처다보지 않는다. 단, 블랙박스 안에는 나의 행동이 고스란히 저장되어 있겠지만 뭐 어때! 오늘같이 하늘이 예쁜 날에도 나는 어김없이 출근길 차 안에서 큰 소리로 긍정 확언을 외치고 파이팅을 외치며 하루를 시작한다.

과거의 무의식에 남아 있는 부정적인 생각들을 바꾸기 위해 긍정 확언을 외치며 나의 있는 모습 그대로를 사랑할 수 있도록 매일 노력했다. 매일 반복하는 루틴은 몸과 마음을 건강하게 만든다. 내면이 건강해지면 얼굴빛부터 달라진다. 나에게 일어나는 모든 일은 나를 성장시킨다는 마음으로 살면 무슨 일이든 이해되고 용서된다. 매 순간 최선을 다하지 않은 날이 없다. 오늘도 나는 최선을 다할 것이다. 더 빛날 나의 미래를 위해.

4장

하루를 설레게 만드는
모닝 루틴

◇◇◇◇◇

장윤주

◇◇◇◇◇

아빠는 효심이 지극하고 가족을 알뜰살뜰 잘 챙기셨다. 아빠의 DNA
가 그대로 대물림되었는지 나 역시도 첫째 딸로서 늘 가족이 우선이었다.

예쁘고 꿈 많던 스무 살의 어느 날이었다. 뭐가 그토록 재미있었는지
학교 친구들과 깔깔거리고 있었는데 막냇동생으로부터 한 통의 전화를
받았다.

"언니……."

동생은 다급하게 불러놓고 아무 말이 없었다. 잠깐의 침묵이 나를 더
긴장시켰다.

"얘기를 해야지. 왜? 무슨 일 있어?"

겁에 질린 듯한 동생이 떨리는 목소리로 말을 꺼냈다.

"언니, 학교 끝나고 집에 왔는데 빨간딱지가 집 안 여기저기에 붙어
있어. 빨리 집으로 와. 너무 무서워."

"엄마는? 집에 엄마 없어?"

"응. 집에 아무도 없어."

어린 동생은 빨간딱지가 뭔지, 왜 집 안에 붙어있는지 영문도 모른 채 두려움에 떨고 있었다. 무서우니까 빨리 집으로 오라는 말만 반복했다. '빨간딱지'라는 말을 막냇동생에게 듣는 순간 드라마에서 사업 망한 집에 붙어있던 빨간딱지가 곧바로 연상되었다. 집에 있는 모든 물건에 압류딱지가 붙었다고? 나 역시도 청천벽력 같은 소식을 듣고 정신이 들락날락 혼미했다.

아빠의 사업이 잘되어 나는 어려서부터 경제적으로 부족함 없이 자랐다. 아빠가 사업을 확장하신다는 말씀을 얼핏 들은 것 같긴 한데 무슨 일이 갑자기 일어난 건지 도무지 감이 오지 않았다.

나중에 알게 된 사실은 아빠 사업에 투자하신 분들이 다른 사업에도 무리하게 투자하면서 부도가 났고 아빠가 운영하는 사업체도 자금줄이 막혀 연쇄 부도가 진행 중이었다. 우리 집에 빨간딱지가 붙었을 때는 이미 집 두 채는 경매로 넘어갔고 우리 가족이 살던 집도 경매로 넘어가기 바로 직전의 상황이었다.

집에서 살림만 하시던 착하디착한 엄마는 아빠 사업이 힘들게 돌아간다는 얘기를 듣고는 걱정을 하셨지만 한 번도 자식들에게 내색한 적이 없으셨다. 그러나 막상 부도 소식을 전해 듣고 엄마는 한순간에 정신을 잃었다.

아빠는 몰려오는 채무자들을 피해 잠시 집을 떠나 계셨다. 아빠에게 급히 전화했더니 두려움에 떠는 나를 안심시키려고 애써 차분한 목소리로 말씀하셨다. 지금 생각해보면 이젠 탈출구가 없음을 기정사실로 받아들이고 모든 것을 내려놓은 체념 섞인 목소리였던 것 같다.

"윤주야, 아빠가 미안해. 엄마랑 동생들 잘 챙기고 있어. 아빠가 곧 갈게."

아빠와 통화를 한 후에 마음이 더 복잡했다. 멍하니 정신을 잃고 울음을 억지로 참는 엄마와 겁에 질려 벌벌 떠는 동생들. 세상 물정 모르는 나도 두렵기는 마찬가지였다. 마른하늘에 날벼락이 따로 없었지만 엄마와 동생들을 안심시키는 게 급선무였다. 도저히 이해할 수 없는 현실을 받아들이고 괜찮아질 거라고 가족을 다독일 만큼 성숙하지는 못했는데 '나는 첫째 딸이니까'라는 생각 때문인지 조금은 의연한 태도를 보였던 것 같다. 누군가 시키지도 않았는데 마치 늘 해온 일을 아무렇지 않게 하는 것처럼 정신이 혼미한 엄마와 겁에 질린 어린 동생들을 돌보기 시작했다. 나를 살필 겨를도 없이.

그날 밤, 엄마의 눈물과 두려움으로 가득 찬 동생들의 눈빛을 아직도 잊을 수 없다. 잠이 오지 않아 뒤척이며 밤새 연신 눈물을 닦았다. '괜찮다. 이 또한 지나갈 것이다'라는 말을 수없이 되뇌었다. 그러나 불안한 마음이 떠나가지 않았다.

세상은 없는 자에게는 너무나 냉정했다. 경제적으로 무너지는 경험을 해보니 없는 자의 비애감이 무엇인지 절실히 알게 되었다. 어쩌면 나는 어느 날 갑자기 찾아온 가난이라는 불청객이 불편했다기보다는 현실적으로 늘어난 생계형 의무감이 나를 더 고달프게 했는지도 모른다. 한 달에 한두 번 새벽에 원인을 모르는 하반신 근육통에 시달리면서도 누구에게도 털어놓지 못했고 독한 진통제 두세 알을 먹으면서 버텼다. 스트레스가 유독 심한 날에는 서러움과 함께 오한과 몸살까지 더해지기 일쑤였다. 그렇게 갑작스럽게 찾아온 가난 속에서 첫째 딸이니까 당연히 감당해야 한다며 하루하루를 버겁게 살았다. 삶의 방향을 잃었지만 한편으로는 서로 기댈 수 있는 가족이 있다는 것만으로도 감사했다. 첫째 딸로서 가족을 살피는 일은 얼마든지 감당할 수 있었다. 가족을 지킬 수만 있다면.

옥탑방의 꿈

◇◇◇◇◇

아빠는 재산이 많았던 것 같은데 부도를 맞으니 한순간에 아무것도 남아 있는 게 없었다. 우리 가족은 세 가정으로 뿔뿔이 흩어져 살아야만 했다. 태어나서 처음으로 부모님 곁을 떠나 허름한 집의 옥탑방으로 거처를 옮겼다. 동생과 함께.

옥탑방은 두 평 남짓한 공간이었다. 그곳엔 삐그덕거리는 창문이 하나 있었는데 초라한 모습으로 하늘을 올려다보았다. 동이 틀 무렵이면 겨우 몸을 누이는 비좁은 방에 어둠이 서서히 걷히기 시작했다. 나는 그 시간을 사랑했다. 짙은 어둠 속에서 나에게 희망을 품으라고 속삭여 주고 용기를 주었다.

20대 초반에 내 어깨에는 무거운 짐이 얹어져 있었다. 끝날 것 같지 않은 깊은 어둠에서 헤매었다. 어둠을 밀어내고 서서히 스며들어 오는 햇빛이 반가웠다. 나에게 어떡하든 건뎌내라고 말하는 것 같았다.

이진이의 《어른인 척》에 나오는 문장처럼, 슬프지 않은 척, 아프면서 아프지 않은 척, 힘들면서 힘들지 않은 척, 다 괜찮은 척하며 하루하루를 보냈다.

하루의 시작을 느긋하게 할 수 없는 형편이었다. 나는 다니던 대학에 서둘러 등교해야 했다. 교실을 청소하는 아르바이트를 하기 위해서. 수업을 듣고 또 다른 아르바이트를 전전했다.

한번은 등록금을 겨우 내고 나니 지갑에 현금이 100원도 없었다. 걱정과 근심을 가득 안고 아르바이트를 마쳤다. 퇴근하려고 사장님께 인사했더니 새우깡 한 봉지를 건네주셨다. 그것을 들고 자정이 되어서야 옥탑방으로 귀가했다. 허기가 져서 새우깡을 몇 개 집어먹는데 왈칵 눈물이 쏟아졌다. 파김치가 된 몸으로 간단히 양치질만 하고 불을 켠 채 잠이 들었다. 잘 때만큼은 누구의 간섭도, 내가 해야 할 일의 의무도 다 내려놓을 수 있었다.

비록 옥탑방에서 살았지만 척박한 현실에서 슬픈 감정을 굳이 꺼내

놓고 싶지는 않았다. 삐그덕거리는 낡은 창문으로 환하게 들어오는 아침 햇빛을 느끼면서 꿈을 꾸고 그 꿈이 자라서 열매 맺기를 간절히 원했다.

그때 그 시절 춥고 배고프고 몸은 고됐지만 슬프지는 않았던 것 같다. 조금 더 솔직하게 표현하자면 슬퍼할 시간조차도 내게 허락되지 않았다. 무슨 일이든 닥치는 대로 해서 먹고살기 바빴다. 그러면서도 한편으로는 10년, 20년 뒤 더욱더 빛나고 멋지게 비상하여 행복할 거라는 꿈을 놓지 않았다. 그 꿈이 열망이 되고 그 열망이 불타는 간절함으로 바뀌어 바라는 대로 내게 선물처럼 안겨주었다. 여름에는 가장 덥고, 겨울에는 가장 추웠던 옥탑방. 그러나 꿈 하나만큼은 어느 부자 부럽지 않았다. 그 시절은 나에게 가장 힘들었지만 한편으로는 가장 아름다웠던 시간이었다.

아르바이트의 여왕

"어서 오세요. 미스터 피자입니다~~"

아르바이트의 첫 시작은 피자집 홀 서빙이었다. 당장 학비를 벌기 위해서 아르바이트 자리를 구해야 했는데 피자를 너무나 좋아하는 나는 어차피 해야 할 알바라면 좋아하는 음식이 있는 곳에서 하자는 생각에 기쁘게 얻은 일자리였다.

하얀 유니폼을 입고 머리를 단정히 묶고 모자를 깔끔하게 썼다. 빨간

앞치마를 두르고 끈으로 단단히 리본을 맸다. 그리고 세상에서 가장 행복한 것처럼 미소를 지었다. 그 당시는 절대로 웃을 수 없는 상황이었지만 나는 억지웃음이라도 지으면서 웃어야 했다. 덕분에 피자집에서 일하는 시간만큼은 많이 웃을 수 있었다.

공병각이 《청춘포차 상담소》에서 말했듯, 그 어떤 일도 나에게 도움이 되지 않는 경험은 없는 것 같다. 피자집에서 사람 대하는 방법 등 인생의 중요한 부분을 배울 수 있었다. 그만큼 경험이란 참 대단한 것이다.

피자집에서 일할 때 사장님은 저녁 식사로 내가 가장 좋아하는 피자를 주셨다. 밥 사 먹을 돈이 없던 나에게 치즈와 신선한 야채들이 입 안 가득 뛰어놀고 육즙 팡팡 터지는 고기 토핑들과 신선한 해산물들의 조합은 최고의 만찬이었다. 그때의 피자 맛은 시간이 오래 지났는데도 잊을 수가 없다. 지금 생각해도 군침이 돈다. 사장님은 그날 매출이 높으면 피자 도우 끝부분에 고구마나 치즈 무스를 둘러주셨는데 그날은 그야말로 운수 좋은 날이었다.

그렇게 기분 좋게 첫 번째 아르바이트가 끝나면 밤 10시였다. 나는 두 번째 아르바이트 장소로 향했다. 새벽 2시까지 서빙할 수 있는 호프집이었다. 3시간밖에 안 되지만 야간 수당으로 피자집 아르바이트보다 조금 더 높은 시급을 받았다. 밖은 캄캄한데 이곳은 환하고 생기가 돌고 음악 소리가 컸다. 나에게 익숙하지 않고 좋아하지 않는 분위기였지만 든든한 동생과 같이 알바를 하는 것만으로도 힘이 나고 위안으로 삼았다. 우리 두 사람은 녹초가 되어 옥탑방으로 돌아왔다. 서로 말없이 애잔하게 바라보면서 힘든 내색을 하지 않았다. 그저 주어진 하루하루를 서로 기대어 묵묵히 성실히 보냈다.

그때 꿈을 많이 꾸었다. 부모님과 함께 사는 집에서 늦잠을 실컷 자고, 엄마의 잔소리를 들으며 식탁에 앉아 반찬 투정을 하고, 좋은 옷과 구두, 가방을 사달라고 어린아이처럼 조르는 모습이 꿈에서 보였다. 친구들이 나를 너무 부러워했었는데 이제는 평범한 가정에서 부모님과 함께 사는 친구들이 부러웠다.

아르바이트를 하나둘 더 늘려가면서 다행히 학비를 마련했다. 간혹 1, 2만 원이라도 남게 되면 구제 가게에 가서 한 학기 동안 입을 옷과 운동화를 샀다. 특히 1,000원짜리 물건이 가득한 구제숍은 내게 백화점과 같은 곳이었다.

나는 그야말로 아르바이트의 여왕(?)이었다. 세상은 절대 만만하지 않았다. 그럼에도 불구하고 냉혹한 현실에서 살아남으려 애썼다. 주말에는 다섯 학생에게 영어 과외를 하고, 블로그에 댓글을 달고, 박스를 접기도 했다.

백정미는 《미치도록 아프거든 사랑으로 치유하라》에서 '세상이 내 마음을 이해해주지도 않고 오히려 내 마음과는 정반대로 일이 꼬여가는 경우가 많은데, 그래도 포기할 수 없는 것은 진정 우리 삶이 소중하기 때문'이라고 했다. 내가 그 힘든 시절을 견디고 버틸 수 있었던 것은 내 삶이 소중했기 때문이다. 그 시절은 나에게 가난의 고통만 안겨준 것이 아니라 그것을 극복할 수 있는 인내와 사랑도 안겨주었다.

김기훈은 《나는 나의 의지대로 된다》에서 꿈을 꾼다는 것은 일종의 성인 인증이라고 말한다.

'진짜 꿈은 자기 자신을 깊이 들여다봐야 한다. 내가 어떤 삶을 살고 싶은지 스스로 깨닫는 것이다. 그래서 성인 인증이라고 말하는 것이다.'

나는 어릴 적에 지구촌 곳곳을 다니며 사업을 하고 싶었다. 세계를 무대로 사업을 하려면 반드시 외국어를 공부해야겠다고 마음먹었다.

초등학교 6학년 때 엄마는 나를 영어학원에 처음 보내주었다. 외국어를 배운다는 호기심 반, 어떤 아이들과 함께 공부할까 하는 기대 반으로 영어학원에 첫발을 내디뎠다. 선생님이 친절하고 환한 웃음으로 맞이해 주셨다. 교실을 둘러보니 나보다 어린 학생들도 보였다.

'내가 영어를 너무 늦게 배우러 왔나?'

수업이 시작되었다. 아이들은 선생님이 내준 암기 숙제를 한 사람씩 돌아가며 말했다. 몇몇 아이는 숙제를 안 했는지 꿀 먹은 벙어리 꼴로 눈만 말똥거렸다. 나는 힐끔힐끔 선생님 눈치를 살피다가 질문했다.

"선생님, 영어를 어떻게 하면 잘할 수 있나요?"

"영어 잘하는 방법은 따로 없어. 그냥 무조건 외우렴."

Oh, My God! 나의 첫 영어 수업은 잘 외우는 것으로 시작되었다.

시간이 흘러 영어 전공으로 대학교에 입학했다. 첫 여름방학을 어떻게 보낼까 궁리하던 중에 필리핀으로 어학연수에 갈 사람들을 모집한다는 이야기가 내 귀에도 들려왔다. 아르바이트를 전전하며 학비를 벌어야 하는 상황이었는데도 그동안 배운 영어를 해외에서 실전으로 말할 기회를 놓치고 싶지 않았다. 나는 주제 파악을 하면서도 한편으로는 내 열정에 기름을 부어줄 도구를 찾는 보통의 존재였다. 마음속으로 이 말을 되뇌었다.

'간절히 열망하면 이루어진다는데…….'

어학연수가 너무 가고 싶어서 다니던 교회 목사님에게 말씀드리고 몇 날 며칠을 기도했다. 감사하게도 어학연수 비용을 후원해 주시겠다는 분이 나타났다. 이 일을 어떻게 설명해야 할지 지금도 얼떨떨하다. 그토록 간절히 바라던 일이 현실이 되었는데 그 기회를 덥석 잡지 못하고 주춤했다. 용기를 내어 목사님에게 말씀드렸다.

"제가 이 큰돈을 받아도 될까요?"

"누군가에게 도움을 받았으니 나중에 누군가에게 더 크게 도움을 주렴."

목사님의 얘기를 듣자마자 나는 눈물이 멈추질 않았다. 사업 부도로 힘들어하시는 부모님께 도움을 청할 수도 없고 하루하루 먹고사는 것도 빠듯한 처지에 모르는 분의 후원은 나의 마음을 훈훈하게 했다. 집에 돌아와 선한 영향력에 관해 생각했다. 나도 받은 사랑을 수십 배로 돌려주고 사람들에게 베풀며 살겠다고 다짐했다.

박현정은 《자기돌봄 안내서》에서 진정으로 원하는 삶을 살기 위해서는 '핵심 가치'에 대해 생각해보아야 한다고 말한다. 나는 이번 일로 내 핵심가치에 '공헌, 선한 영향력'을 끼워 넣었다. 이것은 나를 후원해주신 이름도 얼굴도 모르는 분과의 약속이고 내 삶의 지향점이 되었다. 핵심 가치를 세우니 삶의 기준이 더욱 분명해지고 그 기준이 단단해지는 것을 느꼈다.

필리핀 어학연수

이렇게 신의 선물처럼 생애 처음 필리핀으로 어학연수를 가게 되었다. 심장이 고장 난 듯 계속 두근거렸다. 여권을 만들기 위해 가장 예쁜 옷을 꺼내 입고 아끼던 파란 구두를 신고 첫 여권 사진을 찍었다. 신발은 사진에 나오지도 않는데 신경을 쓰는 내가 우스워서 속으로 한참 웃었다. 난생처음 비행기표를 끊고 모든 준비를 마친 뒤 세상을 다 가진 듯한 모습으로 비행기에 올랐다. 남들은 비행기의 좌석 공간이 비좁고 답답하다고 말했지만 나는 마치 산소방에 앉아 있는 것처럼 상쾌하고 쾌적했다.

큰 기대를 품고 도착한 필리핀은 숨이 막힐 정도로 무덥고 습도가 높았다. 꽃다운 스무 살에 인생의 한고비를 넘으면서 배운 것이 있어 이 정도 환경은 문제도 아니었다.

어학연수를 준비하면서 영어를 꽤 공부했는데 현지인 선생님들이 내 말을 알아듣지 못해 난감했다. 내가 구사하는 영어는 콩글리시였고 가장 기본적인 단어들조차도 소통이 안 되었다. 이런 상황에 놓이자 너무나 당황스러웠다.

나는 남들이 자는 새벽 시간에 일어나 영어 공부를 하기 시작했다. 내 실력으로는 남들보다 두세 배 더 노력해야 수업을 따라갈 수 있었기에 잠을 줄여서라도 공부했다. 특히 단어들을 정확하게 읽는 연습에 주안점을 두었다. 나는 제대로 발음하고 있다고 생각했는데 왜 못 알아들었는지 이해가 안 돼서 필리핀 학생들의 파닉스 책을 빌려서 보았다. 그 순간 나는 무릎을 쳤다. 소리 표기는 같은데 혀의 위치에 따라서 다른 음가를 내는 것이었다. 예를 들면, 우리의 한글 ㄹ은 R, L이 2개의 알파벳으로 표기가 되는데 나는 한국식 ㄹ을 소리내기 바빴고 현지인들은 그것이 R인지 L인지 구분이 안 되어 알아들을 수 없는 표정을 지은 것이다. R은 혀를 동글게 말아야 하고 L은 앞니 뒤에 사선처럼 붙여 소리를 내야 한다. 완전히 다른 위치에서 소리가 난다는 것을 공부하면서 깨달았다.

파닉스만 정확히 알고 가도 정말 의미 있고 보람찬 어학연수가 될 거라고 생각했다. 그 후로는 수업 시간에 현지인 선생님들이 하는 말을 녹음해서 다시 들어보고 따라 했다. TV에 나오는 필리핀 광고들을 쉬지 않고 따라 하면서 계속 말하기를 연습했다. 모르는 것이 있으면 어학연수를 나보다 먼저 온 선배들에게 물어보고 또 연습했다. 그렇게 나는 한 달 동안 연습벌레로 살았다. 마침내 현지인 선생님이 내가 말하는 영어를 알아듣기 시작했고 간단한 소통을 할 수 있었다.

연수에 충실하기 위해서 필리핀 여행은 고사하고 흔하디흔한 망고 하나 마음껏 먹어보지 못했다. 이렇게 공부하는 것이 나를 사랑으로 후원해주신 분에게 최소한의 도리라고 생각했다. 이 연수 기간은 내가 영어 선생님을 13년 할 수 있게 해준 멋진 초석의 시간이자 가장 멋진 투자였다.

그리고 나에게 도움을 준 그분에게 받은 어학 연수비를 정확하게 돌려드리고 싶었다. 매달 10만 원씩 1년을 넘게 모았다. 목사님을 통해 그분이 누구인지 알았고 돈을 돌려드리면서 진심으로 감사하다고 인사를 드렸다. 그분을 만난 건 내 인생에서 잊지 못할 행운이었다. 그분 덕분에 내가 가진 그릇이 넓어질 수 있었다.

아오야마 하나코가 쓴 《스물아홉, 벼랑 끝에서 행복을 찾다》에는 인연에 관한 글이 나온다.

'사람은 같은 높이의 산을 넘는 이와 만나게 되어 있단다. 산에는 가치관과 에너지가 비슷한 이들이 모이는 법이지. 네가 발산하는 에너지가 바뀌면 자연스레 만나는 사람도, 다가오는 것도 모두 변하게 돼. 너를 가장 빛나게 해줄 에너지를 찾아보렴.'

나는 이 글을 읽고 내가 발산하는 에너지가 좋은 인연을 불러들인다는 것을 실감했다. 그래서 나를 빛나게 해줄 에너지를 찾는 일에 눈을 떴다.

나는 네트워크 사업을 한 지 4년 차가 되어가고 있다. 글로벌 사업이라 해외 여러 나라의 회원들과 한 팀으로 사업을 전개한다. 그러던 중 지도에서만 봤던 인도네시아에 가게 되는 기회가 생겼다.

인터넷으로 인도네시아에 관한 기본 정보를 훑어보고 네트워크 사업을 함께하는 분과 출국했다. 그런데 공항에 마중을 나오기로 한 사장님이 보이지 않았다. 무슨 영문인지 전화해도 받지 않으셨다. 어린아이처럼 발만 동동 구르며 연락이 오기만을 기다렸다. 그러나 한 시간이 넘도록 전화가 걸려 오지 않았다. 우리는 하는 수 없이 예약한 호텔로 가서 연락을 기다리기로 했다.

호텔 방에 짐을 풀고 사장님에게 다시 전화했지만 여전히 받지 않았다. '뭐 이런 경우가 다 있지?' 화가 좀 났다. 인도네시아에 와서 길을 잃은 미아가 된 기분이었다. 저녁에 호텔 로비로 내려와 서성이고 있는데 한국 사람이 말을 건네왔다. 외국에 나가면 한국 사람을 더 조심하라는 말을 들은 적이 있는데, 낯선 한국 사람이 다가와 말을 건네니 당연히 경계심을 품었다.

"한국에서 오신 분들 같은데, 반갑습니다. 저는 한국에 가고 싶지만 갈 수 없는 형편이어서 한국 사람들만 뵈면 너무 반가워요~"

60대 중반쯤 되어 보이는 그분과 잠깐 인사를 나눴는데 친절하고 매너가 있었다. 그런데도 마음속으로는 '나쁜 사람들도 많은데 이렇게 호의를 베푼다고 덥석 받아들이는 것은 위험해' 하며 경계심을 늦추지 않았다. 우리가 자초지종을 얘기하니 "출출하실 텐데 일단 식사부터 하시죠! 식사하고 있으면 연락이 오겠죠." 하시며 식당으로 안내해주려고 했다. 처음 본 사람과 식사를 한다고? 우리의 마음을 읽으셨는지 그분은 "저도 이런 상황에서 누군가에게 도움을 받은 적이 있고 지금은 두 분에게 도움을 드려야 할 때인 것 같습니다"라고 말씀하셨다. 화기애애한 분위기에서 식사를 마치고 그분의 연락처를 휴대전화에 저장했다. 영화에서나 있을 법한 일을 경험하고 인도네시아에서 첫날밤을 보냈다.

다음 날 연락이 안 돼서 속을 끓이게 했던 사장님에게서 전화가 걸려왔다. 피치 못할 사정이 있었다며 몇 번이나 죄송하다고 말씀하셨다. 사장님을 만나 일정대로 해야 할 일들을 진행했다. 그리고 인도네시아에서 출국하는 날 호텔에서 친절을 베푸신 분에게 연락을 드렸다.

"저희에게 베풀어주신 호의에 감사드립니다."

인도네시아 뉴스를 방송에서 볼 때마다 그분이 생각난다. 지구촌 어느 곳에든 사랑과 섬김의 정신으로 아름답게 사는 사람들이 있다. 인도네시아는 그분의 선한 베풂 덕분에 나에게는 다시 꼭 가고 싶은 나라가 되었다. 나는 인도네시아를 사랑 가득한 나라로 오래오래 기억하고 있다.

나는 새해를 맞이하거나 명절 때 그분과 안부 인사를 주고받는다. 사람의 인연이 이렇게 소중하고 귀하다. 나도 도움이 필요한 사람들에게 계산하지 않고 사랑하고 섬기는 따뜻한 사람으로 성장하고 있다.

인연은 내 마음의 집으로 누군가를 초대하는 것이 아닐까. 화가이자 에세이스트인 우지현은《혼자 있기 좋은 방》에서 말한다.

'초대란 울타리를 개방해 누군가 들어올 공간을 마련하는 일, 두 팔 벌려 어떤 존재를 환영하는 일이다. 나를 둘러싼 담장을 허물어 상대를 기꺼이 받아들이는 태도이며, 타인을 너그럽게 포용해 아낌없이 선의를 베푸는 행위다.'

길거리에서 흔하게 볼 수 있는 베트남 쌀국수 가게를 자주 가는 편이다. 깊은 맛이 진하게 우러나는 따뜻한 육수에 미끄러지듯 들어간

면발, 신선해 보이는 숙주와 든든히 배를 채워 주는 고기들은 식감이 뛰어나다.

나는 하고 있는 사업 덕분에 좋아하는 베트남 쌀국수를 현지에서 직접 먹어볼 기회가 생겼다. 베트남은 사회주의 공화국이지만 1980년대 이후 사회주의 경제 정책에서 자본주의로 방향을 바꾸었고, 높은 경제 성장률로 일자리가 많아지고 문화생활의 폭도 넓어졌다. 여자들의 옷, 화장품, 액세서리도 날개 돋친 듯 팔려나가고 있다. 특히 베트남 여자들은 화장품을 한국에서 수입해서 많이 쓰는데, 그 정보를 들은 나는 직접 현지에서 한국 화장품을 체험하게 해주고 싶었다.

처음 가보는 베트남이었다. 인도네시아를 기적적으로 다녀온 경험 때문인지 두려움보다는 설렘이 앞섰다. 든든하게 쌀국수와 분짜, 생선 튀김을 먹으며 "K-뷰티 문화를 끝장나게 보여주자!!" 하며 호기롭게 행사에 나섰다.

첫 번째로 온 베트남 여자에게 딥 클렌징으로 얼굴을 정성껏 마사지해주고, 폼 클렌저로 거품을 풍성히 내서 씻겨내고, 필링젤로 묵은 각질들을 벗겨내고, 필 오프팩으로 모공을 힘껏 조여 주었다. 그리고 선크림, 비비크림 순서대로 발라주고 마지막으로 마스카라와 빨간 립스틱을 발라주었다. 그녀의 모습은 정말 내가 봐도 다른 사람이 앉아 있는 것 같았다. 한국의 제품력이 베트남 여인의 얼굴에서 빛을 발하는 순간이었다. 얼굴이 반짝반짝 빛이 나고 촉촉하고 뽀얘졌다.

그것을 조용히 지켜본 베트남 여자가 나에게 얼굴을 지그시 내밀었다. 말은 통하지 않았지만, 세계 공용어인 몸짓, 발짓으로 아름다워지고 싶은 욕구를 표현했다. 마사지를 시작으로 마지막에 립스틱을 발라주고 나니 2명의 여자가 순서를 기다리고 있었다. 옆에서 통역해주시는 베트남 사장님이 "예뻐지게 해준다는 이야기를 듣고 왔는데, 친구들도 오라고 해도 되는지 물어보네요"라고 말했다.

"네, 모두 오시라고 하세요."

정성껏 마사지와 화장을 해주다 보니 어느새 반나절이 후딱 지나갔다. 배가 너무 고파서 베트남 전통 반미를 허겁지겁 먹었다. 반미는 베트남식 바게트를 반으로 가르고 채소 등의 속재료를 넣어 만든 베트남식 샌드위치다. 간단히 요기를 하고 쉴 새 없이 계속 마사지를 했다. 어느덧 해가 지기 시작하더니 밤이 되었는데 아직도 대기하는 줄이 줄어들지 않았다. 밤늦도록 계속 일할 수밖에 없었다. 쓰러지기 일보 직전. 얼마나 많은 분들이 다녀갔는지 세어보니 총 85명이었다. 내 얼굴은 하얗게 떠 있고, 배는 등가죽에 붙어있고, 손은 후들후들 떨렸다. 육체적으로 너무 힘들고 고단한데 어쩐 일인지 나는 환하게 웃고 있었다.

나에게 마사지를 받고 화장을 했던 베트남 여인들이 고맙다고 선물을 주었다. 베트남 양념 소금, 구운 땅콩, 나뭇잎으로 싼 햄, 땅콩 과자 등등. 내게는 다 신기하고 맛있는 음식들이었다. 힘들었던 시간을 보상받는 것 같아 뿌듯했다.

《존 맥스웰의 행동리더십》에 보면, 잠재력은 남을 위해 사용할 때 발

견되는 보물 같은 존재라고 정의해놓았는데 내 안에 있는 보물 같은 잠
재력을 발견한 기분이었다. 사람들을 즐겁고 행복하게 해주는 힘이 내
게도 있는 것 같아서 너무나 감사했다. 무보수로 제품값도 안 받고 그저
제품력 하나 알리겠다고 베트남에 왔는데, 이 일로 열정만 있으면 얼마
든지 나의 한계를 깨버릴 수 있다는 것을 깨달았다.

마흔 준비

왜 달리는가?

   여자 나이 마흔. 인생의 중반에 이르는 마흔을 앞두고 어떻게 하면 삶을 균형 있게 잘 보낼 수 있을지 고민했다.

   정교영의 《여자 마흔, 버려야 할 것과 시작해야 할 것》을 읽다가 마흔 이란 나이가 인생의 기회를 만들어 갈 수 있는 중요한 시간임을 느꼈다.

   '삶이 단순해질 때 마음은 훨씬 여유로워진다. 그 새로운 자극 속에 내가 경험하고 있는 것이 무엇인지 관찰해보자. 일부러 자극을 찾아다 닐 필요는 없다. 하루에 한 가지, 안 해보던 짓을 해도 좋고, 반대로 해 야만 한다고 여겼던 늘 하던 짓을 안 해보는 일도 괜찮다.'

   나는 안 해보던 짓을 해보기로 했다. 그것은 독서 모임이었다. 여느 때와 같이 일정대로 줌 미팅에서 독서 모임을 한참 하고 있었다. 낯선 강사 한 분이 화면으로 들어왔다. 운동복 차림의 화장기 없는 얼굴, 노 랗고 긴 파마머리를 한 여자가 환하게 웃고 있었다. 박도은 님이었다.

225

그날 강의 주제는 달리기였다.

독서 모임에서 웬 달리기? 이 주제는 나에게 전혀 흥미를 불러일으키지 않았다. 사실 달리기는 학교 다닐 때 체육 시간에 억지로 한 것 말고는 그 이후로 한 번도 해본 적이 없었기 때문이다. 힘들게 왜 뛰어? 단한 번도 달리기의 필요성을 느껴보지 못해서 시큰둥했다.

'어떡하지? 전혀 관심 없는 분야의 강의인데, 양해를 구하고 먼저 나갈까?'

시간 낭비를 끔찍이 싫어하는 나는 끝까지 강의를 듣고 있을 자신이 없었다. 줌에서 나갈 타이밍을 보고 있을 때 도은 님의 말이 귀에 쏙 들어왔다.

"교육적, 과학적으로 너무나 좋은 게 달리기예요. 무언가 하고 싶다면 체력부터 길러보세요~"

교육적? 과학적? 체력? 달리기가 과학적, 교육적으로 좋은 운동이라면 나도 한번 들어보고 싶다는 호기심이 갑자기 몰려왔다. 한번 들어나 보자. 그런 마음으로 들썩이는 엉덩이를 의자에 꾹 붙이고 앉았다. 어느덧 1시간이 훌쩍 지나갈 때쯤 나는 '어떻게 하면 뛸 수 있을까?' '마흔이 되기 전에 나도 달리기를 해보고 싶어!' 하며 혼잣말을 하고 있었다.

다음 날 아침 5시. 알람 소리를 듣고 일단 눈이 떠지기는 했으나 밖은 깜깜했다.

'나갈까 말까. 너무 깜깜하잖아.'

나는 밖으로 나가기 싫어서 핑계를 대기 시작했다.

'왜 군이 뛰어야 하는 거야?'

이런저런 핑계가 나의 발목을 덥석 잡고 놓아주질 않았다. 한 번도 해보지 않은 생소한 달리기. '역전할 것인가, 여전할 것인가?' 마음속에서 '역전'과 '여전'이 다투고 있었다. 결론은 '일단 한 번 해보자!'였다. 이유를 따지기 전에 행동하기로 결정하니 나의 몸이 즉각적인 반응을 보였다.

적당히 두께감 있는 가벼운 패딩을 찾아 입고, 장갑을 단단히 끼고, 패딩 모자를 꾹 눌러 쓰고, 운동화 끈을 꽉 묶었다. 깊게 숨을 한 번 깊게 들이마시고, 제일 넘어가기 힘들다는 문지방을 넘었다.

그날은 하필 기온이 영하로 내려가 제법 추웠다. 밖으로 나오니 입김도 거세게 나오고 몸은 오들오들 떨리기 시작했다. 춥다는 핑계를 대고 다시 집으로 들어갈까. 그래도 이왕 나온 거 스스로 용기를 내보기로 했다.

'그냥 10분만 해보자!! 딱 10분만. 그리고 집에 얼른 들어가자!!'

그러고는 첫발을 떼고 하나둘, 하나둘 리듬에 맞추어 뛰기 시작했다. 얼마쯤 뛰었을까? 마스크 사이로 들어오는 찬 바람이 살랑살랑 부는 봄바람처럼 기분 좋게 느껴졌다. 뛰고 있는 내내 내가 신기하고 기특했다. 무엇보다 10분이나 달리고 있는 그 상황이 너무나 행복했다. 나의 입꼬리는 실룩실룩 내려갈 기미를 보이지 않았다.

20분이 지나자 심장이 쿵쾅쿵쾅 미친 듯이 뛰기 시작했다. 심장이 마구 뛸수록 내가 살아있다는 존재감이 뿜어져 나왔다.

'세상에!! 나도 뛸 수 있는 사람이었어! 모든 세포들이 지금 이 순간에 나와 함께 뛰고 있어!!'

소설가 오정연은 '달리고 있다는 감각을 놓지 않는 이상 언제든 다시 달릴 수 있다'고 했는데, 정말 나도 그럴 수 있을 것 같았다.

러너가 된다는 것

그러나 매일 달리는 것이 수월했던 것은 아니다. 어느 날은 몸이 천근만근이어서 일어나기조차 싫었다. 이때 읽은 《어느새 운동할 나이가 되었네요》가 허물어져 가는 의지를 바로잡는 데 도움이 되었다. 가쿠다 미쓰요는 이 책에서 이렇게 말한다.

'즐거워서 달리는 게 아니다. 마지못해 달린다. 어째서 마지못해 달리는가 하면, 한 번 쉬면 다음 주도 쉬고 싶어질 게 분명하고 다음 주도 빼먹으면 그다음부터는 틀림없이 내내 빼먹을 것이기 때문이다.'

이 글을 읽고 한 번 쉰다는 것이 이런저런 핑계를 만들어내고 계속 쉬게 만들 수도 있겠다고 생각하게 했다. 그래서 몸이 힘들더라도 일찍 일어나 새벽 시간에 달렸다. 이제는 매일 6~10km를 뛰고 있는 여자로 당당히 나를 소개해도 될 것 같다.

사실 내가 이렇게 달리기의 매력에 푹 빠질 줄은 몰랐다. 달리기를 하고 나면 기분이 최고조로 좋아지고 잘 웃게 된다. 긍정적인 생각으로 머리를 가득 채우고 부정적인 생각은 땀과 함께 흘려보낸다. 무엇보다 기초대사량이 좋아지고 체력이 눈에 띄게 향상된다. 그래서 몸이 피곤하여 소파에 앉아 있거나 침대에 누워있는 시간이 줄어들었다. 체력이 좋아지니 일할 때 집중력도 높아졌다. 그저 매일 달렸을 뿐인데 나에게는 많은 것이 달라졌다.

아침에 뛰기 시작한 지 한 달쯤 지났을 때 엄마가 전화했다.

"매일 아침에 뛴다는 소문이 여기까지 났다. 운동도 좋지만 음식도 잘 챙겨 먹어."

엄마가 뭘 걱정하시는지는 대충 알고 있었다. 나도 내 딸이 먹는 것도 시원찮은데 운동하겠다고 매일 아침에 뛴다고 하면 응원보다 걱정이 앞섰을 것이다.

나는 엄마의 걱정을 살짝 모른 척하고 100일 동안 달리는 것을 목표로 잡았다. 100일 달리기는 쉬운 일이 아니었다. 사실 달리기 2주차 들어섰을 때 갈비뼈에 살짝 금이 갔던 적이 있었다. 솔직히 그때는 아무리 의지가 강했어도 잠깐 고민이 되었다. 처음 겪는 일이라 더 크게 다치지 않으려고 노심초사했다. 나는 복대 2개를 칭칭 감고 그냥 뛰던 대로 뛰기로 했다. 나를 기다리고 있는 바람과 햇빛, 공기들을 만나기 위해서.

또 코로나 팬데믹으로 거리두기가 강화될 때는 집에 있는 러닝머신 위에서 매일 5km를 달렸다.

지금 생각해보니 그때는 아무래도 달리기에 미쳐있었던 것 같다. 그리고 보면 인생이 참 재밌다. 내가 달리기에 미쳤다는 소릴 들을 줄이야!

지금은 새벽에 같이 뛰는 사람들이 많아졌다. '워너비 러너'에서는 멤버들이 매일 달리기에 도전한다. 나도 하루 시작을 달리기로 하면서 그 단톡방에 인증하고 있다. 함께 뛰는 분들을 볼 때마다 우리나라가 들썩거리는 느낌을 받는다.

달리기 100일째 되는 날, 나는 제주도에 가서 그토록 뛰고 싶었던 해안가 10km를 달렸다. 발에 물집이 잡혀서 터지고 무릎은 욱신욱신 고통을 호소했지만 넓게 펼쳐진 바다, 따사로운 햇살, 시원한 바람, 맑은 하늘, 상쾌한 공기가 나의 달리기 100일을 축하해주었다. 그동안 열심히 달린 나에게 "잘했어!" 하며 칭찬과 위로를 해주었다. 달리면서 더 달리고 싶었고, 달릴 수 있음에 감사했다.

뛸 수 없는 수많은 이유를 내려놓고, 오직 뛰는 이유를 찾아 달렸기에 더 애틋했다. 뛰는 그 시간만큼은 엄마, 아내, 며느리, 딸이 아니라 온전히 나를 아껴주고 사랑해주고 보살펴주는 시간이었다.

머리 아픈 일, 고민되는 일, 화나는 일, 억울한 일, 마음이 아픈 일이 있을 때도 일단 운동복을 입고 문지방을 넘어 달리기 시작하면 행복했다. 그랬더니 문제로 보였던 일들이 더는 문제로 보이지 않았다.

소설가 오정연은 말한다. '나는 이미 알고 있었다. 몸과 마음이 앞서거니 뒤서거니 무턱대고 주저앉더라도, 한참 뛰고 나면 어떻게든 일상을 굴려볼 힘을 얻을 수 있다는걸. 그런데 그때까지는 미처 몰랐던 달리기의 장점이 하나 더 있었다. 일상의 기어를 바꿔 넣어야 할 때, 하지만 기어를 바꾸는 것이 가당키나 한 것인지 자신할 수 없을 때 달리기는 꽤 영험한 효능을 발휘했다.'

내 인생이 아름다움 가득한 인생이라고 생각을 전환하게 도와준 달리기가 고맙고 소중하다. 하프 마라톤 21km를 언젠가 뛸 수 있을 거란 기대와 소망으로 나는 오늘도 달린다.

밀가루 단식

◇◇◇◇◇

"뭐 먹을까?"

"탕수육이나 튀김 어때?"

한 입 베어 물었을 때 바삭하고 입 안 가득 퍼지는 풍미. 나는 튀김, 빵, 과자를 너무나 좋아했다. 밥은 안 먹어도 밀가루로 만든 것들로 한 끼를 충분히 해결했다.

그런데 어느 날부턴가 손가락이 팅팅 붓는 일이 빈번하게 일어났다. 잠을 충분히 잤는데도 아침에 일어나면 늘 피곤하고 정신이 맑지 않았다. 롤러코스터처럼 기분이 오르락내리락하여 스스로 감당이 안 되었다. 그때 인터넷에서 한 문구가 나의 시선을 붙잡았다.

'밀가루 중독 VS 밀가루 단식.'

제목 아래의 긴 글을 읽어보니 나는 밀가루 중독이었다. 사진으로 밀가루 중독 부작용 사례를 보니 더 끔찍했다.

주변에 마흔이 넘은 언니들은 한목소리로 말했다.

"윤주야, 너도 마흔만 넘어보렴. 소화도 잘 안되고, 먹으면 곧바로 살이 찌고, 몸이 얼마나 잘 붓는데. 나이 들면 살 빼는 거 마음먹은 대로 안 돼."

몸이 붓기 시작하면서 밀가루 단식을 해야겠다고 결심하게 되었다. 그런데 밀가루 단식을 어떻게 해야 하는지 그 기준도 방법도 몰랐다. 일단, 밀가루 단식에 성공한 사람들의 유튜브, 블로그, 인스타그램을 둘러보면서 그들의 기록과 의지, 경험을 살펴보기 시작했다. 최선녀의 《-10kg 밀가루 단식》 책을 보니 하루라도 빨리 밀가루 단식을 해야 할 것 같았다. 책의 서지정보에는 이렇게 쓰여 있었다.

'건강 관련 매체와 전문가들은 우리를 늙게 하고 병들게 하는 주요 요인으로 밀가루의 과다 섭취를 꼽아왔다. 밀가루는 고탄수화물 식품으로, 섭취 시 혈당을 순간적으로 빠르게 높이고 체내에도 더 빠르게 흡수된다. 그렇다 보니 먹어도 계속해서 밀가루 음식이 당기는데, 결과적으로 비만에 이르게 만든다. 살이 찌는 데서 그치는 게 아니다. 높아진 혈당으로 체내 인슐린 분비도 정상치보다 과하게 늘어나는데 이게 온갖 말썽을 부린다. 대부분의 건강 문제는 여기에서 출발한다.'

나는 이 책을 보자마자 그동안의 식습관을 대신할 음식들을 파악하고 장을 봐서 냉장고에 채워놓았다. 장을 보면서 낯선 음식들이 많아서 놀랐는데 어떡해서든 익숙해져야 했다. 그러면서 밀가루 단식으로 필요 이상의 에너지는 쓰지 않으려고 노력했다. 그것이 집착이 되면 안 되고 가장 자연스럽게 행복하게 밀가루 단식을 하고 싶었기 때문이다.

지금은 365일 중 100일을 밀가루 단식을 하고 있다. 벌써 2년 차를 마치고 3년째 하고 있는데, 이제는 밀가루 없는 식습관이 자리를 잡아서 몸을 해독시키고 더 건강한 삶을 지향하게 되었다.

물론 처음에는 밀가루 금단현상이 나타났다. 사람은 하지 말라고 하면 더 하고 싶은 청개구리 심리가 폭발적으로 작용해서 밀가루 단식을 할 때는 바삭한 소리가 귀에 더 선명하게 들리고 입 안 가득 퍼지는 튀김의 맛을 더 상상하게 된다. 그러고 나면 갑자기 우울해졌다. 그럴 때마다 나는 왜 밀가루 단식을 하는지 나만의 이유를 거듭 상기시켰다. 단식 7일째 되는 날이 제일 힘들었던 것 같다. 그런데 신기한 것은 그 이후부터는 몸이 어느 정도 받아들였는지 오히려 희열을 느꼈다. 이것이 절제하는 매력인 것 같다.

밀가루 대신 먹고 싶은 음식을 실컷 먹자고 생각하면서 건강한 식재료들을 찾아 먹으니 식습관이 바뀌기 시작했다. 난생처음 아스파라거스를 사보기도 했고, 단호박을 매일 쪄놓는 습관이 생기고, 식용유 대신 아보카도유로 기름을 바꾸고, 바삭한 누룽지로 채워지지 않는 밀가루 식감을 대신했다. 견과류를 중간중간 먹으며 요거트도 직접 만들어 먹었다.

밀가루 단식 후 가장 좋아진 것은 일단 몸이 붓지 않는 것이었다. 내 손가락, 발가락이 이토록 여리여리했다는 사실을 단식하면서 새롭게 발견했다. 그리고 음식을 먹고 소화하는 것이 편안해졌다. 밀가루 음식을 먹고 나면 더부룩하고 배에서 부글부글 소리 나는 증상이 있었는데 그렇지 않으니 살 것 같았다. 그리고 팔뚝과 등이 슬림해지는 효과까지 봐서 금상첨화였다.

9월에서 12월까지 3개월 동안 밀가루 단식이 쉽지는 않았다. 그러나 이때 최상의 컨디션을 만들어 놓으니 다가오는 새해를 최고의 해로 맞이할 수 있었다.

많은 음식 중에서 밀가루를 끊어내고 맛있는 음식을 찾아 먹으면 더 좋은 컨디션으로 살아갈 수 있다. 밀가루 단식을 하면서 한 가지 분명해진 것은 내 몸이 좋아하는 음식보다 나의 컨디션을 좋게 해주는 음식을 선택하는 것으로 바뀐 것이다.

밀가루 단식 2년 차에는 챌린지처럼 인스타 친구분들이 동참했다. "중간에 밀가루의 유혹을 뿌리치지 못했다." "허벅지를 꼬집으면서 밀가루를 참았다." "유혹을 이겨낸 내가 자랑스럽다." 등 밀가루 단식을 하면서 있었던 일을 공유하고 의지를 다지면서 기쁘고 재밌게 100일을 끈기 있게 보냈다. 함께한 분들이 건강 상태가 좋아졌다는 말을 듣고 내가 보너스를 받은 것처럼 기뻤다. 100일간 밀가루 단식을 하면서 나는 끈기가 더 좋아진 것 같다. 매일 아침 습관적으로 먹었던 바삭하고 오도독 씹히는 밀가루 음식 대신 따뜻한 차를 마시며 최상의 컨디션으로 하루를 시작하고 있다.

매일 새벽 복근 만들기

◇◇◇◇◇

재택근무가 많아지면서 앉아 있는 자세가 구부러지는 것을 보니 코어의 힘이 약해지고 있다는 걸 알게 되었다. 강화해주지 않으면 약해지는 코어의 힘. 복근의 힘을 길러야겠다는 바람이 생겼다.

그러던 중 최근에 MZ세대를 중심으로 '바디프로필' 촬영이 유행이라는 뉴스를 보았다.

'트레이너나 보디빌더들이 포트폴리오 개념으로 찍던 사진을 일반인들이 도전한다고?'

'고강도 운동과 식이요법으로 근육질 몸매를 만들어야 하는데 과연 내가 할 수 있을까?'

나는 고개를 절레절레 흔들었다.

어느 날, 켈리 최 회장님의 바디프로필을 보면서 내 눈을 의심했다. 50세가 넘은 나이에도 몸의 근육을 만들어냈고, 복근이 선명한 바디프로필을 찍으셨다. 마음먹은 것을 해내는 여성의 모습이 멋있고 존경스러웠다.

인스타그램에서 인플루언서들의 바디프로필 사진을 보다가 한 분이 눈에 띄었다. 큰 키에 검은 긴 머리, 날씬한 몸매인데 마치 복근이 나를 보고 환하게 웃는 것 같았다. 원래부터 마른 체형이었을 거라고 생각했는데 운동 후 14kg을 감량하고 게다가 5남매를 키우는 48세 중년이라는 사실을 알고 큰 충격을 받았다.

그분과 인연이 되려고 했었는지 한 식당에서 우연히 마주쳤다.

"인스타 친구를 여기서 만나다니 너무 신기하네요."

"그러네요. 저도 바디프로필을 찍고 나서 다시 살찌지 않으려고 운동하고 있는데 함께 해보실래요?"

우연히 만난 자리에서 그분이 다이어트 유지터로 복근운동을 다시 시작한다는 소식을 전해 들었다. 함께하기로 한 시간이 새벽 시간이어서 더더욱 귀에 솔깃했다. 오래전 어느 잡지에서 '친구와 함께 헬스클럽에 간 여자가 혼자 간 여자보다 체중을 30% 더 감량했다'는 내용을 읽은 적이 있는데, 그것이 머릿속에 떠올랐다.

'함께 운동하면서 의지할 사람들이 있다면 더 추진력이 생길 수도 있겠지.'

나에겐 좋은 기회였다. 매일 줌을 통해 30분 동안 스트레칭, 복근운동, 폼롤러의 순서대로 2주 동안 운동했다. 함께하니 지루할 틈이 없었다. 함께 운동하는 커뮤니티에서 모두 쌩얼에 배가 보이는 운동복을 입고 서로 보면서 운동하는 모습이 여간 재미있는 게 아니었다. 약 1주일 정도는 배가 당기고 온몸이 쑤시는 듯 아팠지만 갈수록 몸이 너무 시원하고 개운했다.

더군다나 꾸준히 참석하는 사람들이 점점 날씬해지고, 잃어버린 자신감을 찾아가고, 식습관이 바뀌기 시작했다. 여자로서 살이 예쁘게 빠지니 자존감도 높아지고 행복해졌다. 변신해 가는 과정이 너무 신기했다.

호주에 사시는 60대 여성분은 "살이 쪄서 몸에 안 맞는 옷을 다 버리려고 쌓아 놓았는데, 운동한 덕분에 다시 입게 되어 너무 행복해요. 딸이 입는 옷까지 맞아서 너무 기뻐요."라고 말씀하셨고, 경기도에서 미용실을 운영하시는 분은 "거울을 보기 싫었는데 요즘은 배에 복근이 생겨서 거울 보는 맛에 살아요." 하며 웃으셨다. 운동 기간이 명절에 맞물려 있었는데도 식단 조절을 하려고 애쓰시는 모습을 보고 의지가 대단하다고 감탄했다.

나는 몸에 근력이라고는 하나도 없었다. 그런데 운동하면서부터 복근의 가장 깊숙이 있는 속근이 잡히기 시작했고 허벅지에 힘도 생겼다. 또 코어에 힘이 생겨 강의할 때 호흡이 편안해졌다. 나는 체중 감량보다 코어의 힘을 키우는 데 집중했다. 그렇게 운동한 시간이 벌써 1년 반이 지났다. 이 커뮤니티의 오픈 멤버이고 끈기로 지금까지 함께하고 있다. 새롭게 들어오는 분들에게 안내자 역할도 하고 내가 초보 때 이야기를 나누며 용기도 북돋아 주고 있다.

감사한 일은 매주, 매달 시즌별로 시작할 때마다 회비를 모아서 '밀알복지재단'에 기부하고 있는 것이다. 특수아동을 위한 특수 분유를 기부한다. 복근운동에 참여하시는 분들이 대부분 엄마라서 특수아동에게 특수 분유를 기부하는 것은 꽤 특별하고 의미가 있다. 우리가 낸 회비가 특수아동들에게 선한 영향력을 미친다고 생각하니 책임감이 더 생기는 부분이기도 하다. 운동하면서 기부도 하니 운동의 보람이 더 컸다. 이거야말로 건강하고 예뻐지고 사회에 도움도 되는 일석삼조였다.

가정에서 엄마가 정신적으로나 육체적으로 건강하면 그 가정의 분위기는 밝고 웃음이 끊이질 않는다. 그래서 가정에서 엄마의 역할이 매우 중요하다. 새벽에 복근운동을 하는 것은 단순히 몸의 건강뿐 아니라 가정이 온전해지는 데 일조하고 있다.

나는 복근운동을 하면서 난생처음 우정 바디프로필을 찍게 되었다. 너무 부끄럽지만 함께 기간을 정해서 식단을 조절하고 운동을 병행한 4명이 모였다. 사진을 찍는 내내 우리는 소녀처럼 하하 호호 웃으며 행복하고도 잊지 못할 추억을 만들었다. 카메라 앞에서 사진을 찍으며 많은 생각이 들었다. 밝은 에너지를 가진 좋은 사람들과 끈기 있게 운동할 수 있어서 행운이 가득한 인생이라고 느꼈다. 찰칵찰칵 소리가 날 때마다 환한 웃음을 발사했듯이 우리의 인생도 꽃처럼 아름답게 피어날 것이다. 복근운동과 기부, 많은 도전을 하고 있는 요즘, 하루하루가 선물 같다.

웃은 안 사도 책은 살래

"취미가 뭐예요?"
"독서요~"
"시간이 남는다면 무엇을 하고 싶으세요?"

"독서요~"

내 삶에서 가장 끈기 있게 오랜 기간 해왔던 것은 독서였다. 지금의 삶보다 더 나은 삶이 펼쳐지길 원하고 부족한 인식의 부분들이 가득 채워지기를 원하는 마음으로 책을 읽었다. 나는 프란츠 카프카(Franz Kafka)의 "책은 우리 안의 얼어붙은 바다를 부수는 도끼다"라는 말을 좋아한다. 내면의 고정관념의 바다, 의식의 한계, 활용되지 못하고 있는 지혜, 생명력 없는 에너지들을 책을 보면서 새롭게 발견하고 그것을 깨고 적용하는 훈련을 즐거워한다.

나는 장소와 시간에 상관없이 책을 읽는다. 특히 주위가 고요한 새벽 시간에 책을 읽는 것은 조금 더 특별하다. 일어나자마자 무언가를 읽어가는 것은 아무런 장애물 없이 책에 있는 내용을 받아들일 준비가 되어 있다는 것을 의미한다. 나의 의식적인 힘이 온전히 빠져있어서 나의 고정관념, 고집, 한계들도 이 시간만큼은 모두 걸림돌이 되지 않는다. 나는 이 상태에서 독서를 하면서 책 속의 지혜를 스펀지처럼 다 흡수한다.

내가 진행하고 있는 4개의 독서 모임은 나를 더 성장시키는 계기가 되었다. 독서 모임은 각각 형태도 방향도 방법도 다르지만 모두 독서의 매력에 푹 빠져드는 매력이 있어서 매주 소풍 가는 아이처럼 설레고 들뜬 마음으로 그 시간을 기다린다.

한 독서 모임에서 "어디로 어떤 여행을 가고 싶으세요?"라는 질문을 받았다. 나는 주저함 없이 대답했다.

"책을 캐리어에 가득 넣어 하와이나 괌으로 독서 여행을 가고 싶어요."

나는 20대에 하고 싶었던 것, 가고 싶었던 곳은 많았지만 경제적으로 직접 경험할 수 없다 보니 독서하면서 간접경험을 많이 했다. 독서의 세계에서 상상과 즐거움으로 노는 게 더 익숙해서인지 독서 여행을 늘 꿈꾼다.

지금 사는 아파트의 한 방을 서재로 꾸몄다. 벽면의 책장에는 읽은 책, 읽어야 할 책이 가득 찼다. 그 많은 책이 나의 쇼핑의 전부였다고 해도 과언이 아니다. 30대 중반 여성이 예쁜 옷보다는 책을 더 많이 산다. 우리 집에 오는 택배는 대부분 인터넷서점에서 산 책들이다.

요즘은 나의 심리가 조금씩 변하기 시작했다. 소장용 책만 놔두고 나머지 책들을 필요한 사람들에게 나눔을 하고 있다. 과부하된 뇌만큼 책장도 과부하가 되면 받아들이는 것보다 가치 있던 책들조차도 소홀하게 여기는 경우를 종종 경험했다. 그래서 책장을 채우는 만큼 비움도 많이 하기로 결심했다. 나는 책장을 비우고 그 책이 필요한 사람은 책장을 채우니 일거양득이다.

최은주의 《책들의 그림자》에는 '독서는 혼자 할 수 있는 좋은 놀이임이 분명하다. 무엇보다 공감하는 인물과 언어를 만났을 때 즐겁다. 나의 외로움과 고독에 응답해주는가 하면, 수수께끼를 들이밀기도 한다.'

는 문장이 나온다. 나는 책을 읽으며 인생의 수수께끼를 풀어나갔다. 책에서 주는 메시지는 인생의 실패와 후회를 줄여주는 귀한 시간적 가치가 있었다. 내 삶의 멘토를 뚜렷하게 못 찾고 있을 때, 나는 책에서 멘토들을 발견했다.

20대의 가장 어려운 시기를 이겨내는 데 신앙과 독서는 큰 힘이 되었다. 그때 김미경 강사님의 책을 손에서 놓지 않고 세트로 들어있던 테이프가 늘어질 때까지 들으면서 흔들리는 멘탈을 세워나가고 마음을 단단히 다져나갔다. 자기계발서에서 개념 정의와 본질, 방법론을 배우고 성공 공식들을 수학 공식처럼 외워서 삶에 빠르게 대입했다. 그러다 보니 나는 감정적인 사람보다 이성적인 사람으로 살아가기를 선호하고, 시간의 가치를 깨달아 목표를 이루어가는 사람이 되고 싶은 분명한 기준점을 알게 되었다. 그래서 책에서 배운 것들을 최대한 실천하며 살아가기를 원했다. 지식의 창고가 아닌 지혜의 금고로 말이다.

몇 년 뒤 꿈을 이룬 젊은 부자로 살아가는 모습을 상상하니 벌써 설렌다. 힘겨운 상황에서도 책을 손에서 놓지 않았던 시간의 선물이라 생각하니 감사할 따름이다.

밖에서 바쁘게 일하고 집에 오면 피곤해서 쓰러져 자고 다음 날 아침을 맞이하는 일이 반복된다. 아껴도 아껴도 항상 부족한 것이 시간이다. 더군다나 코로나 팬데믹으로 시간을 활용하는 방법이 달라졌다.

나는 시스템 사업을 하면서 사람들과 대면하는 횟수가 잦았는데 사회적 거리두기로 온라인 미팅을 할 수밖에 없었다. 줌으로 미팅을 하다 보니 사람들을 만나러 가는 이동시간이 없어서 더 많은 여유시간이 생겼다. 한 팀과 미팅이 끝나고 곧바로 다른 팀과 미팅을 할 수 있었다. 심지어 옷 갈아입는 시간, 화장하는 시간도 줄일 수 있었다. 줌 회의를 할 때는 상체만 화면에 나오므로 상의는 정장을 입고 하의는 잠옷을 입는 코로나 패션도 생겨났다. 화장은 온라인 속 필터를 쓰면 립스틱과 눈썹까지 그려줘서 시간을 절약하는 데 한몫했다.

시간에 쫓겨 살다가 여유시간이 생기니 처음에는 주체하지 못하다가 그 시간을 생산적이고 효율적으로 활용하고 싶은 욕구가 생겼다. 피터 드러커는 "성과를 올리는 사람은 일에서 출발하지 않고 시간에서 출발한다"고 했는데 그만큼 시간 관리가 중요했기 때문이다.

　사실 나는 시간 관리보다는 에너지 관리를 먼저 세팅했다. 바쁘게 사는 것도 중요하지만 번잡한 일에 에너지를 모두 소모하는 것이야말로 비효율적이라고 생각했다.

　특히 나는 새벽 시간을 알차게 보내기로 했다. 나는 DD(Dawning designer)가 되어 새벽을 내가 살고 싶은 대로 디자인하고 싶었다. 코로나 팬데믹 전에는 교회에 가서 새벽예배를 드리는 것이 전부였다면, 이제는 그 시간에 나를 조금 더 멋지게 만드는 일들을 하기 시작했다.

　사람들은 내가 시간 강의를 마치고 나면 "일찍 기상하는 방법이 뭔가요?", "몇 시에 자서 몇 시에 일어나세요?", "시간을 프로처럼 쓰는 방법이 궁금해요."라는 질문을 빼놓지 않는다. 결론부터 말하면, 나는 새벽형 인간이다. 밤보다는 아침에 집중이 잘되고 에너지도 많이 있다. 새벽은 나의 에너지가 최고조에 달하는 프라임타임이다. 내 정신과 에너지가 최상인 시간이 새벽인 셈이다. 그래서 이 시간을 최대한 활용해 자기계발을 했다.

　아침이든 밤이든 각자 컨디션에 맞게 시간을 활용하면 된다. 유성은의 《시간관리와 자아실현》에서는 "자신에게 가장 잘 맞는 시간 관리 방식이 최상의 시간 관리"라고 했다.

나는 새벽 4시에 일어나서 생활하므로 점심 전후에 낮잠(power nap) 시간을 둔다. 30분 정도 낮잠을 자고 나면 피로 해소와 에너지 활력 증진, 정신 집중에 도움이 된다. 에너지를 다시 파워풀하게 가동하기 위한 준비 시간이다.

미팅 시간보다 조금 일찍 도착한 날에는 차에서 짧지만 깊은 낮잠을 자기도 한다. 잠에서 깨면 개운하고 새 힘을 얻은 것처럼 활력이 넘친다. 이런 식으로 나의 생활방식을 하나씩 무리하지 않는 선에서 가장 좋은 것으로 선택하고 있다.

그리고 자는 시간과 일어나는 시간이 정말 규칙적으로 변한다. 하지만 수면 패턴이 불안정하면 하루의 에너지들도 불안정한 상태가 된다. 이 사실을 알기 때문에 가장 우선순위로 생각하는 부분이 규칙적인 수면 습관이다.

습관이 되기 전까지는 사실 뭐든 쉽지 않다. 나도 그랬다. 그런데 습관이 되면 의지와 환경보다 몸이 그 시간을 기억하는 것을 알게 되었다. 새벽은 아무도 내 시간을 침범하지 않아서 나에게 온전히 집중할 수 있다. 매일 새벽마다 나를 만나는 최상의 시간에 나를 응원하고, 위로하고, 사랑해주었다. 이 시간을 돌아보니 나는 시간 부자이고 이 시간이 행복하다.

《트렌드 코리아 2022》에서 키워드를 훑어 내려가다가 한 단어를 보고 피식 웃었다. '바른생활 루틴이.' 이름도 바르고 정신도 바를 것 같은 예쁜 키워드였다. 규칙적인 생활에 익숙해지니 자연스럽게 하는 일에도 루틴이 형성되어 반복하는 데 무리가 없었다. 이 반복의 힘은 대단하다. 평범함에서 비범함을 지나 특별함으로 만들어주는 귀한 요소이기 때문이다.

안데르스 에릭슨, 로버트 풀이 공저한 《1만 시간의 재발견》에서 반복은 굉장히 위대한 힘을 지니는데, 여기서 중요하게 생각해야 할 점은 '의식적인 연습'이라고 했다. 단순한 반복의 힘보다 더 많은 힘이 있는 것이 바로 의식적인 연습의 반복이다. 의식적인 연습이 반복되면 평범한 사람도 비범한 사람으로 변화될 수 있다고 한다. 그러나 대부분은 의식적인 연습을 하다가 다시 익숙한 단순한 반복으로 유턴하는 경우가 많다.

나는 의식적인 연습을 4년간 인내하면서 반복했고 임계점에 도달했다. 4년 차 바른생활 루틴이로 살아가는 것을 공유하자면, 나는 새벽 4시에 일어나 8시까지는 의식적인 연습을 반복한다. 눈 뜨고 일어나자마자 양치질, 식이섬유 섭취, 죽염을 넣은 따뜻한 물 마시기, 무의식에 필사, 30분 독서, 노트에 기록, 인스타 피드 올리기, 피부 관리를 위해 얼굴에 팩 올려놓기, 12가지 영양제 먹기, 클래식과 찬양 듣기, 새벽 예배와 기도, 성경 읽기, 운동, 물 1리터 마시기, 영어 녹음, 영어원서 읽기를 순서대로 매일 의식적으로 반복한다.

　이 루틴을 한 곳에 적어서 '발전 타임블럭'에 넣어놓는다. 의식적인 연습이 각각의 시간표 안에 들어가 있으면 뿌듯하다. 아침 8시까지가 데드라인이고 그 이후에는 주부로서 할 일을 한다. 데드라인이 있다는 것은 삶에 활력을 줄 뿐만 아니라 순간의 집중력이 발휘되기에 좋은 방법이다. 새벽에 나를 바른생활 루틴이로 만들어 준 습관은 내게 자신감을 불어넣고 자존감을 높여주었다. 과거에 자기계발에 결핍을 느꼈던 나를 보상이라도 해주듯 그 반복되는 루틴은 나를 행복한 시간으로 이끌어주었다.

　그런데 가끔은 내가 원하는 대로 되지 않고, 일이 술술 잘 풀리지 않아서 낙심하거나 실망할 때도 있다. 그럴 때마다 스스로 세워 놓은 공식 하나를 계속 대입해서 더 이상 에너지를 떨어트리지 않으려고 노력한다. 일명 '바른 마음 루틴'이다.

　나는 이 패턴으로 내 마음을 절제하고 있다. 무너진 마음을 방관하고 시간의 흐름에 맡기는 것이 아니라, 그 마음을 세우려고 노력해서 다시 마음을 튼튼히 다지고, 방향을 잡고 내가 원하는 곳을 향해 다시 마음을 주며, 그 마음을 지키려고 애쓴다. 내가 정말 애쓰는 부분이다. 나의 악순환의 패턴이 이 과정을 통해 선순환의 패턴으로 바뀌는 경험을 수없이 했으니 이제는 확신할 수 있다. 내가 바른생활 루틴으로 살아가는 시간이 축적되니 'AI로봇'이라는 별명도 얻게 되었다.

'루틴'이라는 부담스러운 단어가 '바른생활'과 합성어가 되어 '바른생활 루틴이'가 되니 인생에 반드시 장착하고 싶은 아이템처럼 되어버렸다. 각자의 삶을 잘 지켜내기 위해서라도 선택한 루틴들이 원하는 것을 그 이상으로 가져다주는 결과가 있었으면 좋겠다. 스스로 감옥 안에 가두는 루틴이 아니라, 자신들의 우선순위로 선택한 것에 집중하고 이루어가는 행복한 루틴 말이다.

초연결사회

우리나라 속담에 '중매는 잘 서면 술이 석 잔, 못 서면 뺨이 세 대'라는 말이 있다. 이 말은 네트워크 사업을 하는 나에게 허투루 들리지 않는다. 무언가와 무언가를 연결하는 일이 나의 직업이다. 사람과 사람, 사람과 회사, 제품과 사람, 사람과 나라 등의 연결이 나의 역할이다.

나와 함께하는 사람들, 나와 추구하는 가치가 같은 사람들이 연결되는 모습을 보면 기분이 뿌듯하다. 초연결사회에서 살아가는 사람들의 관계가 시공간을 넘어 가능하다는 것은 기회의 시장이 있다는 것을 말해준다. 이제는 그 연결이 확장되어 사람과 온라인 속에서 많은 것들이 연결되기 시작했다.

온라인과 오프라인으로 연결되고 많은 사람들과 연결되면서 내 삶에서 '커넥티드'라는 신조어가 재정의되었다. 커넥티드는 사람과 사람의 연결로 그 사람의 운명이 바뀔 수도 있다는 것이다.

인스타그램의 인플루언서 강유정 님은 켈리 최 회장님의 끈기프로젝트 바디프로필 편에서 PT원데이 클래스에 함께 당첨된 10명의 멤버 중한 분이었다. 그렇게 인연이 되어 강유정 님이 진행하는 릴스 강의 1기에 참여하여 수료했고, 그 이후 독서 모임도 함께하면서 소통했다. 그렇게 연결되면서 박도은 님과도 연결이 되어 달리기에 도전할 수 있었다. 각자 준비된 사람들이 긍정적인 마인드를 갖고 도전을 두려워하지 않으며 기회를 만들면서 연결된 시너지는 폭발적으로 커졌다. 우리는 그렇게 각각의 리더들로 성장해나가고 있고 서로 고마운 마음을 갖고 있다. 그래서 나는 누군가와 연결될지 늘 고민하고, 그 만남이 서로 인생의 터닝 포인트가 되기를 희망한다.

명리학자 김태규는 《산다는 것 그리고 잘 산다는 것》에서 유연한 인연을 받아들이는 것이 중요하다고 말한다.

'모든 인연은 특정한 조건 속에서 맺어진다. 우리의 삶 또한 생명력이 살아 움직이는 동안에만 이어지는 아주아주 특별하고도 유연한 인연이다. 그러니 주어진 시간 동안, 죽기 전까지 다양한 맛의 경험으로 가득 채우는 것이 잘사는 것이다.'

의도적인 감사 5가지

'축복받는 사람이 되려면 가장 감사하는 사람이 돼라'는 말이 있다. 감사의 반대말은 불평, 불만이 아니라 당연함이라고 한다. 감사하지 않고 당연하게 생각하고 받아들이면 거기서 불평, 불만의 싹이 자라기 시작한다.

잘 지내던 사람과 어디서부터 뭐가 잘못된 것인지도 모르는데 시간이 지날수록 서먹하고 대화가 없어지니 이젠 눈에 거슬리기까지 한다. 그 사람이 하는 말투와 행동이 다 마음에 안 드는 지경까지 가서 상대를 보는 것 자체가 스트레스가 되어버린다.

'내가 이만큼 해줬는데 당연히 너도 그래야 되는 거 아니야?'

이렇게 생각하는 순간부터 미움과 불평이 자라난다. 그래서 나중에는 그냥 싫어져서 감사와는 더더욱 멀어지는 삶이 된다. 나는 이 과정이 얼마나 끔찍한지를 알기에 감사로 미리미리 예방하고 싶었다.

오프라 윈프리(Oprah Winfrey)는 미국 최고의 부와 명예를 거머쥔 성공한 여성이다. 그녀는 감사일기를 써왔는데 내용이 일상 속의 작은 것들에 감사해서 눈길을 끌었다. 그래서 나도 감사 노트를 준비하여 감사할 일이 생기면 언제 어디서든 기록하기로 했다.

아침에 일어나서 또는 저녁에 잠자리에 들 때 하루를 돌아보며 감사한 일을 하루에 5개씩 썼다. 그런데 며칠 써보니 뭐가 감사한지 떠오르지 않았다. 그래서 손이 있어서 감사, 눈이 있어서 감사, 발이 있어서 감사하다고 원초적인 감사를 썼다. 이렇게 억지로라도 하루 5개씩 감사한 일을 쓰기 시작하니 삶이 달라지고 있음을 느꼈다. 감사는 감사를 낳는다. 원하는 것을 미리 '감사합니다' 하면서 먼저 받아들이니 감사할 일이 계속 늘어나고 그것을 또 감사해하는 삶이 펼쳐지고 있다.

감사일기를 쓰면서 긍정적으로 생각하게 되었고, 내가 얼마나 소중하고 또한 만나는 사람들이 얼마나 소중한 사람인지를 알게 되었다.

샤넬 서는《수천억의 부를 가져오는 감사의 힘》에서 말한다.

'감사하는 태도를 가진 사람은 겸손하고 사회성이 높은 사람이라는 평가를 받게 되며, 주변 사람들은 감사를 표현하는 사람에 대해 필연적인 책임감을 느끼게 된다. 사람들은 자신에게 감사를 표현한 사람에게 지지와 도움을 제공한다. 그리고 감사를 주고받는 관계는 갈수록 돈독해진다.'

나는 감사일기를 쓰면서 자존감이 높아졌고 행복과 감사의 경험을 통해 더 성장했다. 그리고 다른 사람을 부러워하기보다는 내가 가진 능력을 고맙게 여기고, 매일 내가 누리는 축복을 세어보게 되었다.

처음에는 혼자 감사일기를 쓰기 시작했지만, 지금은 가족이 함께 쓰고, 친정 식구들도 합류했고, 속해 있는 조력 집단도, 함께 사업하는 분들도 매일 아침과 밤에 감사일기를 쓰고 있다.

감사가 주는 가장 큰 혜택은 결핍에 집중된 삶이 아닌, 지금 가진 것에 집중하여 늘 가득 차 있는 에너지에서 시작한다는 것이다. 내가 만나는 모든 사람에게 감사를 느끼고 감사를 표현할 수 있어서 감사하다. 매일매일 새로운 감사를 더 맛깔스럽고 풍부하게 채워가고 있으니 감사하다. 감사를 외치면서 축복을 받은 사람이기에 감사하다.

인스타로 철들기

"인스타그램 하세요?"

처음 만나는 사람이 아이디를 물어볼 정도로 인스타그램은 소통의 플랫폼이 되었다. 자기 삶을 나누고 공감하며 공유하고 공헌하는 일이 인스타그램에서 진행되고 있다. 이 공간에서 사람들은 도전받고 위로받고 사랑받으며 자신을 표현한다. 사진, 글, 릴스, 정보, 강의, 독서, 맛집 등 각자의 커뮤니티를 형성해 개성을 나타낸다.

나는 정보용과 인증용 인스타를 운영하고 있는데 이상한 일이 일어났다. 정보성 인스타그램보다 인증성 인스타그램에 팔로워가 더 많이 늘어났다. 매일 내 기록을 인증하는 곳이 필요해서 인스타그램을 선택했고 여기에 나의 하루 루틴을 기록하고 있었는데 사람들이 나를 응원해주었다. 이건 지금 생각해도 감동적이다. 내가 무언가를 한다는 것에 관심을 보여주고 매일 인증하는 그 성실과 끈기에 박수를 해주는 것 같았다. 그래서 더 힘이 났고 나는 그렇게 받은 사랑과 관심으로 더 끈기 있게 도전하면서 꿈꾸는 것들을 하나씩 이룰 수 있었다.

그러다 보니 인증용 인스타그램이 온라인 공간에서 소통의 공간으로 확장되었고, 나도 다른 누군가의 피드에 응원 글과 '좋아요'를 눌러주는 사람이 되었다. 온라인이라는 공간에 나의 모습을 드러내는 것 자체가 낯설고 어색했지만, 내가 누군가의 응원과 '좋아요'를 받고 힘이 났던 것처럼 보답하는 마음을 잘 보여주기 위해 노력한 것이다.

인스타그램에서 다양한 사람들을 만나니 나도 관심사가 다양해지고 포용력도 넓어지고 있다. 이것은 나의 그릇이 넓어지고 커지고 단단해진다는 의미이기도 하다. 인플루언서들의 마케팅 방법도 공부하고, 사람들을 위로하고 용기를 주는 글귀에 공감하는 방법도 배우며, 내가 잘하지 못하는 요리 영역은 넋 놓고 보면서 복잡한 머리를 식히기도 한다.

인스타그램을 알기 전과 후에 나에게는 분명한 변화가 있었다. 그전의 삶은 남에게 딱히 관심이 없고 내 삶에 집중하기도 바빴다. 그러나 인스타에 사진과 글을 올린 다음부터 세상에 대한 호기심과 사람의 소중함, 공감 능력의 필요성, 의사소통의 업그레이드 등등 내가 갖추어야 할 인생 공부를 이곳에서 배우고 있다. 지극히 개인적으로 살아왔던 내가 타인을 향한 배움으로 전환되고 있으니 삶이 더 풍성해지는 기분이다. 한마디로 철이 들었다.

간혹 인스타에서 타깃을 정해 놓고 메시지를 전하는 피드를 보면 다소 불쾌하고 저런 점들은 본받지 말아야지 하고 에티켓도 배우는 중이다. 자기 능력을 대가 없이 공유하는 사람들을 보며 마음의 크기를 키운다. 이렇게 인스타그램으로 인해 세상에 없던 교육을 받으며 나는 철이 들기 시작했고 지금도 진행 중이다.

내가 인스타그램에서 만나는 세상은 주로 새벽 시간인데, 그 시간만큼은 어린아이로 돌아가는 것 같다. 성장하는 나를 발견하기도 하고, 잘못된 길로 가는 모습이 보일 때는 바로 유턴하고, 사람 냄새 풍기며 삶을 살아가는 이야기를 맛깔스럽게 표현하는 기술도 배운다.

'이곳에서 이렇게 많은 걸 받아 가는데 나는 무엇을 줄 수 있을까?'를 생각한다. 그리고 그 생각은 나를 더욱 철이 들게 해주었다.

부와 운을 끌어오는 대학

온라인 세상에서 하루하루 진심으로 성실했더니 나에게 또 좋은 기회가 왔다. 김미경 학장님이 세우신 MKYU 같은 온라인 대학을 우리도 세워보자는 제안이 왔다.

온라인 세상에서는 사람들을 매일 볼 수 있다. 그 힘으로 하나로 모이는 응집력이 생기기 시작하는데 에너지와 효율성이 오프라인만큼 강력하게 발생한다.

《하루 3분 나만의 행복루틴》의 작가 양지연 님, 기생충의 삶에서 30억 이상의 부를 이루어가고 있는 유현정 님, 휴먼 커넥티드란 닉네임으로 떡볶이를 팔며 소통의 여신으로 유명한 도여사 님과 〈부와 운을 끌어당기는 부끌대학〉이라는 온라인 커뮤니티를 만들었다. 지금은 회원 수 500명을 향해서 가고 있는데, 올해 목표 멤버 수는 1,000명이다. 이곳에는 많은 작가님 및 출판사 대표님, 영역마다 전문가님도 들어와 있다. 그야말로 함께 성장하는 모임이다. 한 명의 스타를 만들기보다 여러 명의 성공자가 탄생하는 조력 집단을 만들어 놓았다고 보면 된다. 부끌영어, 부끌독서, 부자루틴, 부끌 부동산 공부, 매일 글쓰기반, 운동, 의사소통 기술반, 자기공명 등 다양한 커리큘럼으로 필요한 사람들에게 챌린지를 연결해주는 플랫폼 온라인 대학이다. 이정훈, 김태한 대표님, 이민호, 김새해, 심혜영, 전대진 작가님, 책추남 등 많은 분이 부끌대학을 응원해주고 있다. 혼자 가면 빨리 갈 수 있지만 함께 가면 멀리 갈 수 있다는 걸 알기에 도전했다.

단톡방은 참 많이 있다. 그중에서도 부끌대학은 평범한 사람들이 성장하는 것을 목표로, 누구든지 무대 위로 세워줄 준비를 하고 그 사람들을 돕기 위해 운영진 4명이 머리를 맞대고 회의한다. 리더는 없지만 각자가 리더로서 운영해 나가는 것이 키포인트이다.

운영 방법은 자기의 전문 분야에서 리더로서 이끌어나가는 역할이 준비된 사람이 있을 때 부끌대학이라는 조력 집단이 그분의 역량을 돕는 것이다. 홍보해주고 사람들을 관리해주는 일을 한다. 목적과 방향이 분명해서 잘될 수밖에 없는 온라인 커뮤니티로 자리를 잡아가고 있다. 좋은 에너지가 있는 집단, 성실한 집단, 꿈을 향해 오늘도 전진하는 집단으로 한 발 한 발 나아가는 중이다.

무엇보다도 도전을 멈추지 않아서 늘 생기 있고 긍정적 기운이 가득하다. 사람 냄새가 나고, 함께 울고 웃고, 서로의 성장을 응원하며, 다양한 기회가 주어지고, 더 좋은 길로 연결되어 부와 운을 끌어올 수밖에 없는 시스템이 매일매일 돌아간다.

어제보다 오늘 조금 더 성장하면 된다. 나와 타인의 비교는 내려놓고 사람들의 성장에 박수하며 기뻐해 주는 하루하루가 행복한 요즘이다. 함께하는 즐거움도 날이 갈수록 커지고, 오프라인에서 볼 수 없는 사람들을 자주 보며, 성공 전과 후의 모습을 우리가 서로 기억하여 증인들이 되어준다.

《생각하라 그리고 부자가 되어라》에서 나폴레온 힐이 말했다.

'지구상에서 캐낼 수 있는 황금보다 인간의 사고에서 캐낼 수 있는 황금이 더 많다.'

우리는 지금 조력 집단을 형성하여 황금을 캐고 있다.

온전한 나를 위한 글쓰기 연습

캘리그래피로 글쓰기

영어를 13년 정도 가르치는 동안 나는 외적이나 내적으로 많이 성장했다. 누가 봐도 자신감 넘치고 밝은 미소를 띠고 빨주노초파남보 재킷으로 아이들의 시선을 집중시켰다. 유·초등생들의 눈빛만 봐도 무슨 말을 하고 싶은지 꿰뚫고 있고, 엄마들이 상담을 요청할 때 어떤 고민이 있는지 재빨리 알아차릴 수 있다. 전공을 살리면서 영어를 가르치는 일이 나는 행복했다.

그런데 초등학생들도 휴대전화를 가지고 다니면서부터 나의 직업에 현타가 왔다. 선생님들이 영어 발음한 것을 아이들이 유튜브로 찾아서 그 발음과 비교하고 이야기하기 시작한 것이다. 그러면서 동시에 영어 학원을 그만두는 아이들도 생겨났다. 가성비를 따지고 현지인 발음으로 엄마들이 영어를 가르쳐보겠다는 엄마표 영어가 나오면서 영어 시장의 분위기는 냉랭했다. 내가 방과 후에 하는 영어 수업에 지칠 때쯤 지금의 영어 교육을 객관적으로 들여다보는 쉼과 힐링이 필요했다.

나는 캘리그래피를 배우기로 했다. 캘리그래피는 글씨를 아름답게 쓰는 기술이다. 종이에 펜으로 글씨를 쓰며 내 감정을 표현할 수 있었다. 기쁘고 슬프고 행복한 감정 등을 표현하면서 그동안 쉬지 않고 달려온 나를 돌아보았다.

신기한 것은 전문가처럼 쓴 캘리그래피보다는 아직은 어설프지만 정성스럽게 쓴 삐뚤빼뚤한 나의 캘리그래피가 힐링이 되기 시작했다는 것이다. 새벽에 일어나 내 감정을 표현하는 연습을 했는데 처음에는 쓰여진 글을 따라 쓰기 바빴지만 어느 정도 시간이 지나니 내가 그동안 생각했던 글귀들을 쓸 수 있었다. 그 과정에서 자격증을 취득했다. 그 후로 조금 더 자신 있게 연습하면서 좋아하는 성경 말씀을 썼다. 그리고 그날그날 상황에 맞게 쓴 캘리그래피들을 만나는 사람들에게 선물했다.

그렇게 캘리그래피에 재미를 붙이고 있던 어느 날이었다.

"윤주 씨, 성경 말씀 액자를 20개 정도 선물하고 싶은데 주문받으시나요?"

"네? 아~ 그럼요~ 해드릴게요~!"

나는 한 번도 판매를 생각해보지 않았는데 갑자기 단체주문을 받은 것이다. 한 치 앞도 모르는 인생은 역시 재밌다! 갑자기 머리와 몸이 바빠지기 시작했다. 상황에 맞는 성경 말씀을 찾아서 거기에 어울리는 펜과 종이를 세팅시켜 색감도 맞추고 드라이플라워까지 구매를 완료했다. 자, 이제 쓰기만 하면 된다. 그런데 글씨가 예쁘게 안 써졌다. 어찌 된 일인지 삐뚤빼뚤 마음처럼 손이 움직이질 않았다. 캘리그래피는 억지로 안 된다는 것을 그때 처음 알았다. 다시 기본으로 돌아가 주문하신 분께 여쭈어보았다.

"선물을 하고 싶은 이유가 무엇인가요?"

"사람들이 성경 말씀을 매일 보면서 힘을 내고 용기를 갖게 해주고 싶어요!"

그럼 됐다. 쓰는 건 시간문제였다. 글은 마음을 대신하는 언어이다. 그래서 감정이 있고 공감되어야 잘 쓸 수 있다. 짧은 글귀도 억지로 쓰면 몸이 거부한다는 아주 귀중한 깨달음을 얻었다. 캘리그래피로 글을 쓰면서 사람들이 원하는 마음에 다가가려고 노력했다. 글을 쓰기 전에 온전한 마음의 준비가 필요하다. 나는 그 마음을 헤아리면서 캘리그래피의 매력에 푹 빠졌다.

그렇게 시간이 지나니 어느새 식당 메뉴판도 주문받고, 플리마켓에서 캘리그래피 액자들을 팔기도 하며, 심지어 중고등학교 방과 후 교실에서 아이들과 다양한 재료로 어울리는 글을 찾아 쓰며 수업하는 사람으로 성장했다. 학생들이 쓴 글은 넋을 놓고 볼 정도로 감동적인 것들이 많았다.

나는 캘리그래피를 하면서 사람들에게 공감하고, 위로하고 힘을 주며, 기쁨과 사랑을 주고받는 법을 배우게 되었다. '배워서 남 주자'라는 캘리그래피 문구를 쓴 순간부터 그런 삶을 살아가게 되었다.

초등학교 때 학교에서 나누어 주었던 노란색 일기장이 아직도 기억이 난다. 매일매일 일기를 써야 했는데, 초등 저학년은 칸이 넓고 고학년으로 갈수록 칸이 좁아지는 일기장이었다. 일기로 상을 받았던 기억도 있다. 밤에 일기를 쓰지 못한 날에는 새벽에 일어나 부리나케 일기를 쓰고 학교에 갔다. 비록 지렁이 기어가는 글씨였지만, 글 쓰는 좋은 습관을 학교에서 길러주고 있었기에 충실히 해내려고 노력했다.

매번 이사할 때도 늘 챙기던 일기장이었으나, 가족이 뿔뿔이 흩어지던 그날 이후로 더 이상 볼 수 없는 추억의 일기장이 되어버렸다. 노란색 일기장을 빼곡히 채웠던 글은 어떤 내용이었을까? 새삼 궁금해진다.

하루 일과를 쓰고도 남는 칸이 있으면 동시도 쓰고, 읽은 동화책 줄거리도 적어 보았다. 그렇게 일기를 쓰는 시간이 너무 행복했었다. 글을 쓰고 있는 나를 좋아했고 글 속에 등장하는 사람들도 좋아했다. '오늘은 누구를 등장인물로 할까?'라는 행복한 고민으로 가득 찼던 초등학교 시절 글쓰기는 선택이 아닌 필수였다.

그러나 초등학교를 졸업하고 중고등학교에 다니는 동안, 그리고 아르바이트를 하기 바빴던 20대에 글쓰기를 중단했다.

어느 날 밤늦게 박도은 님으로부터 전화가 걸려 왔다.

"윤주 님, 책 한번 써볼래요?"

잃어버린 노란 일기장을 찾은 듯이 기쁘고도 얼떨떨한 기분이었다.

'나에게도 책을 쓸 기회가 오는 건가?'

가슴 깊이 숨겨놓았던 작은 꿈을 찾은 것처럼 다시 글쓰기의 꿈이 생겨나기 시작했다.

'백지에 어떤 글을 써야 할까?'

많이 고민하고 생각하면서 담담하게 글을 써 내려갔다. 나를 표현해보고 싶었던 시간이 너무 그립고 간절했는지 속도감 있게 글을 썼다. 잊고 있었던 기억과 아픔이 간간이 생각나서 나 자신을 위로하기도 했다.

그 글을 읽은 출판사 대표님이 "윤주 님은 지금 쓴 글이 마음에 드나요? 독자들이 과연 이 글을 읽고 싶을까요?"라고 말했다. 몇 달간 열정을 쏟아 부어 정성스럽게 쓴 글이었다. 남에게 드러내기 민망한 내용을 용기 내어 썼는데 느낌표가 아니라 물음표가 되돌아오다니. 좌절할 수밖에 없는 순간이었다.

"글을 쓰면서 자신을 만나보세요."

출판사 대표님의 말을 듣고 깨달음을 얻었다. 성장하려면 고통이 수반되기 마련이다. 아픈 만큼 반드시 성장하는 게 있다.

완성되었다고 생각한 글에 미련을 두지 않았다. 한 문장 한 문장 다시 쓰기 시작했다. 가장 나다운 표현을 하기 위해 수십 권의 책을 참고하고, 노래 가사를 적어 보고, 라디오 진행자들의 편안한 멘트를 따라해보았다. 그 과정에서 내가 잊고 있던 나를 알아가는 경험을 했다. 그러면서 글쓰기는 온전히 나를 알아가며, 온전히 나를 표현하는 정말 멋진 일이라는 것을 알게 되었다.

윤슬의 《글쓰기가 필요한 시간》을 읽다가 꽂힌 문장이 있다.

"글쓰기는 증명서를 발급하는 일과 같다. 지금까지 살아온 인생의 가치를 스스로 증명해내는 일이다. 어떤 생각을 견뎌왔는지, 외면했는지, 어떻게 위기를 넘겼으며, 또 어떻게 사랑하며 살아왔는지, 지금껏 경험한 자기 세계를 보여주는 일이다. 그런 의미에서, 글쓰기에 앞서 '긍정'이 필요하다. '현재의 자기 자신'과 '지금까지의 삶'을 긍정해야 한다. '긍정'까지는 아니어도 '수용'은 해야 한다."

글을 쓰면서 내가 견뎌온 시간을 되돌아보고, 내가 애써 외면하고 싶었던 것과 정면으로 마주하고, 내가 위기 가운데서도 사랑했던 것들을 생각해보았다. 그 과정에서 눈물로 범벅된 날도 있었다. 인생에서 일어난 모든 사건에 대해서 나의 언어로 곱씹고 마무리 짓는다는 것이 이토록 행복한 일이라는 것을 깨달았다. 그것은 곧 지금까지의 내 삶을 수용하고 긍정하는 것이었다.

나로 다시 태어나다
◇◇◇◇◇

"윤주 님은 책을 다 쓰면 무엇을 하고 싶어요?"

새벽에 글쓰기에 비중을 많이 두었던 나로서는 이 질문에 이것저것 하고 싶은 게 많다는 대답을 반사적으로 해야 하는 게 맞는데, 여전히 나는 글을 쓰고 싶다. 아니 제대로 글쓰기를 배우고 싶다.

사람들의 공감을 얻는 글을 쓴다는 것이 여전히 내게는 어려운 일이다. 생각하는 것을 왜곡하지 않고 오해 없이 글로 잘 표현한다는 것이 마냥 쉽지만은 않다. 그래서 다양한 분야의 책을 읽고 쓰는 연습을 해보는 것이 확실한 글쓰기 훈련이다. 가장 이해하기 쉬운 언어로, 공감의 언어로 글을 쓰는 연습을 반복하고 있다.

나는 어떤 글이 나에게 적합한지 가늠하지 못한다. 그러나 분명한 것은 글을 쓰면서 내 정체성을 찾고 자존감이 높아졌다는 사실이다. 글을 쓰는 시간에 진짜 내가 무엇을 원하는지, 무엇에 집중하고 싶은지 알았고 삶의 목적과 사명감이 더 분명해졌다.

살아낸 것이 감격이다. 살아온 것이 감동이다. 쓰고 고치고 퇴고하는 과정을 거치면서 나의 모난 부분이 둥글게 깎여지고, 어둡던 부분은 빛을 내기 시작했다.

박미라는 《상처 입은 당신에게 글쓰기를 권합니다》에서 말한다.

'마음의 치유란 세상과 자신에게 쳐놓은 울타리와 틀을 걷어내는 작업일 수 있다. 그 틀 속에 갇혀 꼼짝하지 못했던 나를, 울타리를 깊이 박느라 피 흘리던 나를 자유롭게 하고, 상처를 아물게 하는 작업이다.'

나를 온전히 알아가는 보석 같은 시간이 바로 글쓰기 시간이다. 글을 쓰면서 누군가의 눈물을 닦아주고, 누군가를 위로해주고, 누군가를 찐하게 응원할 수 있는 사람으로 성장하기를 기대해본다.

글을 쓰면서 바쁘게만 살다가 과거의 시간으로 거슬러 올라갔다. 새벽 시간에 내 삶의 흔적들이 아름답게 남아있었다. 때로는 무거운 책임감에 아팠고, 성장하기 위해 열정 가득했고, 누군가의 손길로 따뜻하고 사랑 가득했으며, 삶을 진정성 있게 살아내려고 고뇌했었다. 그 시간이 모두 내 삶의 흔적이었다.

누군가에게는 그저 어두컴컴한 새벽이 나의 삶 속에서는 진하게 새벽을 사랑하는 소녀에서 성인으로 성장한 삶의 여정을 보여주는 시간이기도 했다. 새벽 시간에 했던 수많은 선택과 결정을 존중한다. 새벽 시간에 스스로를 믿어주었던 나를 신뢰한다.

정해진 운명에 나를 맡기고 상황이 일어나는 대로 나를 만들어 갈 수도 있었지만, 생각하는 대로 살기 위해 새벽 시간을 선택했다. 운명에 나를 맡기지 않았다. 어제보다 나은 오늘에 집중했고 오늘보다 나은 내일의 나를 기대하고 꿈꾼다. 그리고 진심으로 응원한다.

20대에 꿈꾸었던 모든 것을 마흔에 하나씩 이룰 준비를 마쳤다. 그리고 고요한 새벽에 다시 준비한다. 온전히 나를 만나는 준비, 내가 이루는 것들을 유지하기 위한 준비, 더 큰 그릇으로 키워갈 준비 말이다.

변함없이 새벽 시간을 사랑한다. 그 삶을 미리 축복한다.

5장

아침 명상과
운동의 힘

◇◇◇◇◇

박도은

이제는 맥주를 끊어야 할 때

잠들지 못하는 밤

"맥주를 끊어야 합니다."

"슬픔을 잊어야 합니다."

어느 노래 가사가 아니다. 해마다 새로 사는 다이어리 상단에 적어 두는 슬로건 같은 것이었다.

왜 나는 이렇게 열심히 바쁘게 살고 있는데, 매번 허전하고 슬플까? 그리고 왜 늘 불안할까? 일해도 불안하고, 휴식하면 더 불안하고…….

아마도 중학교 3학년 때부터 그랬을 것이다. 아빠의 갑작스러운 죽음 이후로 생업 전선에 뛰어들어 일과 학업을 병행하면서 내 마음의 습관은 주로 불안과 슬픔이었다. 빠듯한 살림에 슬픔에 젖어 있는 엄마를 부양하며 내 맘대로 뭔가를 할 수 없는 삶이었다.

그래서 스물셋, 이른 나이에 결혼을 선택했고, 남편과 유학 갈 예정이었다. 분명 탈출구가 될 것이라고 생각했지만 역시나 현실은 내 마음 같지 않았다. 유학이 좌절되고, 아무 생각 없이 일에만 전념하고, 일과를 마치면 한잔 술에 헛헛한 가슴을 달래며, 슬픔과 불안감을 잊으려는 날들을 보냈다. 특히 엄마까지 갑작스레 세상을 떠난 이후로는 그나마 하던 일도 하고 싶지 않게 되고, 슬픔과 불안감에 무기력까지 나를 눌렀다.

밤이 늦도록 혼자 술을 마시기도 하고, 같이 마시기도 하고, 전날 먹은 술을 깨면서 하루를 건디고 살아내는 날이 그렇지 않은 날보다 더 많았다. 아침 7시에 하루를 시작하고 새벽 2시는 되어야 술과 함께 하루를 마무리했고, 늘 나는 몽롱하고 어지럽고 골이 흔들리는 컨디션으로 발바닥에 힘을 주고 아무렇지 않은 척하며 지냈다. 배가 안 아픈 날이 어색할 정도였다.

우리의 뇌가 늘 편하고 싶어 하듯, 우리 몸도 편할수록 더 편해지고 싶어 하는 관성을 가지고 있다고 한다. 매일 달리면 몸이 그 반복되는 동작을 좀 더 편하게 하고 싶어 근육을 붙이고 산소 운반량도 늘리면서 몸이 변화하며 달리기 실력이 늘어나듯, 매일 책을 읽고 글을 쓰면 글쓰기 감을 잡아가듯, 매일 마시는 술도 꾸준히 마시니까 심지어 양이 늘었다.

"우리 사장님은 운전을 몇 년째 하는데도 운전 실력이 안 느는 것 같아."

"도대체 지금 같은 장소에서 찍힌 속도위반 스티커가 몇 개째야?"

"저기요~ 방금 주차하시면서 제 차를 긁으셨는데요??"

내 골이 흔들려도, 속이 쓰려도, 일에 매진하여 나름 치열하게 돈을 벌고 있는데 속도위반, 주차위반 범칙금, 사고처리 비용으로 지출되며 구멍이 숭숭숭 난 바구니에 열심히 담고 있는 느낌이랄까.

그리고 잠을 대수롭지 않게 여겼었다. 잠자는 시간이 너무 아까웠다. 하루 8시간의 규칙적인 수면이 체세포가 재생하고 회복할 시간을 제공해 몸과 마음이 최적의 기능을 발휘하도록 돕고, 면역체계도 강화해주고, 기분을 나아지게 해주고, 주의력과 집중력도 높여주고, 성인병의 위험도 낮아진다는 좋은 정보들은 머리로 이해하고 있지만 잠을 자지 않았다. 어느 하버드 의과대학 수면의학과 교수가 '잠의 근본적인 목적은 깨어있는 동안 흡수했던 정보들을 처리하는 것이다. 그래서 잠을 자고 난 뒤에 문제의 실마리가 해결되기도 한다.'고 쓴 것을 보았을 때도 '오~ 잠 좀 자야겠다. 좀 더 빠른 정보처리가 필요해.' 생각하면서도 실천이 쉽지 않았다. 프로이트도《꿈의 해석》에서 '꿈은 과부하 상태인 뇌의 안전밸브 역할을 한다'라며 자라고 하는데도 제대로 자지 않았다.

뇌 과학을 만나면서 알게 된 것은 내가 이해한 많은 정보들은 생각 뇌 수준에서 신피질의 정보처리만 했을 뿐, 내 감정 뇌까지 자극해 나를 움직이게 하지 않았다는 것이다. 그래서 마음이 움직여야 몸이 움직인다는 말이 나왔고, 내가 경험으로 쌓아온 다양한 감정 기억들로 생각하고 판단하고 행동한다는 것 또한 새롭게 알게 되었다.

나는 내가 빨리 죽는다는 강력한 믿음을 가지고 있었다. '부모님을 비롯해 할머니 할아버지까지 모두 단명하셨으니, 딸 셋 중 제일 골골거리는 내가 단명할 확률이 높겠다!' 하며 그래서 잠을 자는 것 자체를 아까워했다. 인생의 3분의 1가량이 잠으로 소비된다는 사실을 내 삶에서는 부정하려고 했다.

"빨리 죽을지도 모르니 열심히 살자! 하고 싶은 것을 다 하려면 정신을 단단히 차려야 해!"

"흔들리면 안 돼. 쓰러지면 안 돼."

지금처럼 저녁 식사를 마치면 잠잘 준비를 하고, 하루를 마무리하며 일찍 잠드는 바람직한 일상을 그때 알고 그리 살았다면, 의사들도 못 고치는 희귀병을 고치는 데 번 돈을 모조리 날려버리지는 않았겠지.

C. S. 루이스가 《나니아 연대기》에서 말한 '평생을 돈을 벌기 위해 열심히 살며 건강을 잃고, 그 건강을 찾기 위해 평생 번 돈을 다시 쓴다'는 인간의 어리석음이 나를 보고 콕 찍어 말하는 듯했다.

"달라져야 한다, 달라지고 싶다. 변하고 싶다, 변하자!"

매번 다짐해도 지친 하루를 보내고 집에 돌아오면, 땅속으로 가라앉는 듯한 무거운 피로감과 우울감에 쉽게 잠들지 못하고 다시 한잔 술을 찾는 생활패턴에서 벗어나지 못했다.

건강을 잃었고, 삶과 죽음의 경계에서 마음으로 힘을 내려고 해도 몸이 말을 듣지 않았던 그 무렵에 엄마가 세상을 떠났다. 평생을 골골 비실비실 잔병치레에 안 아픈 날보다 아픈 날이 많았던 엄마가 지난 5년간 몸도 마음도 최고로 쌩쌩할 때, 죽음의 경계에서 헤매고 있는 막내딸을 두고 심장마비로 세상을 떠났다. '어? 왜 내가 안 죽고 멀쩡한 엄마가 죽었지? 하나님이 헷갈리신 거 아닌가? 뭐지?'

내가 어릴 적, 몸집이 작은 엄마는 늘 몸이 아팠다. 어디가 아팠는지 기억은 나지 않지만 어떤 날은 체하고, 어떤 날은 열이 펄펄 끓고, 어떤 날은 아예 이부자리에서 몸을 일으키지 못할 때도 있었다. 그때마다 엄마는 내게 "엄마 죽으면 아빠 말씀 잘 듣고, 언니들이랑 사이좋게 지내! 알지?"라고 말했다. 훈육을 따로 하지 않았던 엄마는 늘 "우리 딸 눈에 넣어도 아픈 딸 될래? 안 아픈 딸 될래?" 하며 나 스스로 올바른 선택을 할 수 있도록 한 것 같다.

엄마는 아빠에겐 딸 셋보다 더 많이 보살펴 줘야 하는 또 다른 딸이었고, 우리에겐 아빠의 사랑을 나눠야 하고, 언제나 도와줘야 하는 숙제 같은 엄마였다. 그런 엄마가 아빠가 돌아가신 후 3년의 세월을 무기력과 우울감에 헤매다, 손주들을 돌보며 다시 활력을 얻고 삶의 즐거움을 찾아가고 있을 즈음 지구별 여행을 마쳤다.

아빠가 세상을 떠난 후 홀로 된 엄마를 행복하게 해주고 싶어서 미친 듯 열심히 일했는데 예고도 없이, 아무런 신호도 없이 우리를 떠나? 매일같이 "난 안 아프고 그냥 자다가 죽을 거야. 그래야 너희들이 안 힘들지!" 하며 노래를 부르더니, 정말 당신 하고 싶은 대로 홀연히 떠나버려? 기대하던 환갑잔치도 못 하고, 새 아파트에 들어가 보지도 못하고, 막내딸이 건강해져서 돈을 많이 벌어 눈도 이도 고쳐 준다 했다고 자랑만 하고 다니다 그냥 떠나?

말없이 못 자고 못 먹고 상실과 죄책감에 나 혼자 숨 쉬는 것이 미안하고, 나만 당신이 좋아하던 햇살을 느끼는 것이 미안하던 한 달여의 시간이 흘렀다.

그때 사고 싶다고 했던 원피스 사줄걸. 그때 먹고 싶다고 했던 샐러드 사줄걸. 그때 차 태워 달라고 했을 때 태워 줄걸! 그렇게 전화할 때 받아 줄걸…….
성냥팔이 소녀가 성냥 못 팔고 죽었다고 동화책 보고 울고 있을 때

화내지 않고 좀 공감해 줄걸. 몸이 좋아질 거라고 밤새 달여왔다는 약을 한 모금이라도 마셔 줄걸. 가지 말라고 할 때 안 가고 같이 있어 줄걸…….

기억 속에 하나하나 미안함과 아쉬움, 후회밖에 남아 있지 않은 내 일상을 바꿔야만 했다. 과거에 내가 준비하고 상상한 오늘은 이게 아니었는데……. 결국 하루 4시간 수면과 워커홀릭으로 자신을 밀어붙인 20대 젊은 여성 사업가의 절망적인 최후였다.

가장 먼저, 엄마를 잊어야 한다. 엄마 때문에 시작한 사업은 다시 보고 싶지도 않았다. 일을 손에 잡아야 하는 이유를 찾을 수 없었다. 늘 나를 움직이게 한 책임감 따위는 내 슬픔을 잊는 것만큼 무게감이 없었다. 슬픔을 잊기 위한 나만의 몰입을 시작했다.

미친 듯 청소를 하고, 미친 듯 요리를 했다. 20여 분 김밥을 말고, 10여 분 넘게 잡채를 만들고, 샌드위치를 만들고, 만든 음식을 지인들에게 배달하고 나누어 주면서 바쁘게 움직였다. 밤이 되면 여전히 엄마의 동화책 읽어주는 소리가 들리는 것 같아 가슴은 아리고 눈물은 저절로 흘렀지만, 바쁘게 움직이는 그 순간은 잠시 잊을 수 있어 좋았다. 삶은 기다려 주지 않는구나. 지금 충만하고 행복한 삶을 살아야 하는구나. 엄마가 세상을 갑자기 떠나면서 내게 남겨 준 처음이자 마지막 훈육이었다.

피해의식과 주인의식

"피해의식을 없애려 하지 말고 주인의식을 가지면 돼!"

"나쁜 습관을 고치려고 하지 말고 좋은 습관을 만들어봐!"

어느 날 새벽, 불현듯 예전에 교육장에서 만난 덩치 있고 반듯한 체격에 인자했던 CEO 한 분이 말씀해준 것이 생각났다. 인터넷 검색을 해 집 가까이에 있는 명상 호흡 수련장으로 나 자신을 이끌어 갔다. 삐쩍 골아서 대충 입어도 헐렁한 쫄티에, 늘어나서 무릎이 나온 사이즈가 커진 면 추리닝을 두 번 허리춤을 접어 올리고, 볼이 쏙 들어간 퀭한 눈으로 수련장 문을 열었다.

"나의 감각을 깨우세요" 하며 수련을 지도하던, 어디서도 본 적 없는 해맑음이 같은 예쁜 여자분이 가벼운 목례를 하며 손으로 내 자리를 가리켰다. 그녀의 동작을 따라 하며 관절 하나하나를 돌리고, 아랫배를 두드리고 몸통을 돌리고 가슴을 두드리는 순간 내 온몸에서 눈물이 흐르는 것 같았다. 그리고 슬프다고 말하는 것 같았다. 하염없이 눈물이 흘렀다.

자리에 앉아 그녀의 목소리에 집중해 가슴을 열고 척추를 바르게 세워 정수리를 하늘에서 당기는 것처럼 고개를 들어, 눈을 살며시 감으니 이내 들이쉬고 내쉬는 나의 숨이 느껴졌다. 오롯이 나 자신에게만 집중되는 시간이었다. 처음 느껴 보는 편안한 가슴이었다. 그리고 또 코끝이 찡하고 눈시울이 붉어졌다.

내가 누구인지, 어디로 가는지, 내가 원하는 것이 무엇인지 모른 채 망망대해 같은 세상에서 노만 열심히 저으며 바쁘게 살아갔다. 그러다 소중한 것을 잃고, 상실감에 바닥으로 내려가 절망의 끝에서 만난 그날 새벽 명상 수련이 아직도 생생하다.

　새벽 수련을 시작하면서 드디어 삶이 달라지기 시작했다.
　가장 먼저 생활의 축을 앞으로 당겼다. 새벽 2시까지 안 자고 술 마시다 쓰러져서, 아침 7시에 천근만근인 몸을 일으켜 세웠던 7년의 세월은 없던 걸로 하고, 새벽 5시 반이면 일어나 새벽 수련을 갔다. 가끔 저녁 수업이 없을 때는 아들 서원이와 저녁 수련에도 갔다. 아이와 몸을 두드리고 숨을 들이쉬고 내쉬고, 굴렁굴렁 구르기도 하고, 온몸이 땀에 흠뻑 젖도록 발차기도 하고, 찌르기도 하면서 내 몸의 감각을 깨워갔다. 그리고 눈을 감고 고요히 있는 시간에는 나도 모르게 눈물이 주르륵 흐르는데, 이상하게도 입꼬리는 올라가고 내 얼굴은 웃고 있었다.
　"엄마 엄마~ 우는 거 아니지? 수련하는 거지?"
　내 앞에 느껴지는 온기. 속삭이는 서원이의 목소리가 들렸다.
　"응! 엄마는 지금 우는 게 아니고 행복해!"
　"엄마~ 울지 마~ 알았지?"
　매일 수련장에 가면 서원이는 매일 똑같이 내 귀에 속삭이듯 말했다.

　가끔 서원이가 새벽 수련에 따라오기 위해 일찍 잠드는 날엔 나도 옆에서 같이 잠들었다. 밤 9시에 자고 새벽 5시에 일어나 하루를 시작하면서 저절로 저녁만 먹이고 빨리 자고 싶어졌다.

아침 7시부터 새벽 2시까지 벌어도 벌어도 어디론가 새어나가는 돈의 흐름을 갖는 일상에서 새벽 5시부터 오후 9시의 적게 일하고 적게 벌고, 나가는 돈은 현저히 줄어든 질 높은 일상으로 내 삶의 지각변동이 시작된 지 벌써 14년이 지났다.

명상 수련으로 달라진 삶
◇◇◇◇◇

새벽 수련을 시작으로 내 삶이 윤택해진 것이 분명했다. 삶의 본질적인 나 자신에 대한 감각을 찾아가기 시작했고, 지금 나의 현 위치를 알아갔다. 내 현실을 직시할 수 있게 되었다. 밥벌이를 위해 상담을 하고 MBTI 강의를 위해 심리학을 공부하면서도 무한 반복으로 오르락내리락하고 있는 감정의 널뛰기도, 의식의 요요현상도 잦아드는 듯했다.

명상을 이해하기 위해 시작한 뇌 과학에 대한 연구와, 선조들의 지혜가 담긴 대체의학과 동의보감을 공부하면서 나를 구성하고 있는 내 몸과 마음을 더 이해하게 되었다. 그런 학문이 뒷받침된 나의 다양한 체험들은 다시 우울해지고 두려워지는 내 감정의 습관들까지도 어느새 사라지게 했다.

생각하고 느끼고 움직이는 모든 것이 모두 나의 뇌에서 명령하고 운영된다면, 내 뇌는 컴퓨터의 중앙관리시스템처럼 나의 CPU가 아닌가? 내 CPU만 잘 입력하고 다루면 내 몸도 마음도 내가 선택할 수 있는 것 아닌가? 그러면 내 삶의 모든 면이 달라질 수 있겠다.

희망이 생기는 것 같았다.

규칙적인 명상으로 매일 영어를 공부했던 것처럼, 매일 꾸준히 체력을 올렸던 것처럼 나 스스로 사업을 선택할 수 있었고, 좋은 인연을 만들고, 더 나은 아이디어로 기회를 만들어 갈 수 있었다. 무엇보다 아파서 늘 도움을 받아야 하는 내가 아닌, 건강한 나와 마주하는 것이 좋았다.

명상을 통해 어떤 실패나 상처에도 내가 선택한다면, 흔들리지 않을 수도 있는 초연함을 갖게 되었다. 여전히 흔들린다. 가끔 이해가 안 갈 때도 있다. 하지만 수용이 안 되지는 않는다. 세상의 다양한 현상 중에 이해가 안 가는 것은 정말 많지만 받아들이지 못할 것은 없게 되었다. 고요하게 때를 기다리면, 결국엔 흘러가게 되어있었다. 명상이 나에게 가르쳐준 것들이다.

운동과 명상, 책읽기와 글쓰기. 새벽에 일어나서 한 나의 모든 것이 오늘의 나를 있게 했고, 오늘의 내 아이를 만나게 했다. 또한 지구별 여행을 하며 만난 지구촌 곳곳의 태양과 공기, 새벽 여명과 함께 살아가는 많은 세계인들의 모습은 우리를 새로운 세상에 눈을 뜨게 해주기도 하고, 실패할 수 있게도 하고 다시 일어나게도 했다.

아이와 새벽에 배드민턴장을 다니다 종아리 근육이 파열되고, 운동을 할 수 없게 되어서 다시 매일 새벽 1일 1책을 읽으면서, 지식과 사유의 내실을 다지고, 예기치 못한 상황들을 받아들이고 이해해 나갔다.

모두에게 공평하게 주어지는 하루 24시간 중 새벽을 나를 위한 온전한 시간으로 만들어 가면서 하루하루 어떤 상황이 주어지든 두려움 없이 초연한 것은 그 시간들이 쌓여 만들어진 결과인 것 같다. 그리고 새로운 개념의 성장을 알아간다.

그것은 지금의 나로서 충분하다는 나 자신에 대한 긍정이다. 결과로 보여주고, 외부에서 인정받고, 구체적인 수치로 나오는 성장이 아닌, 나 자신이 하고 싶어서, 내가 나아졌고 만족하고, 내 내면에서 인정되는 성장을 더 가치있게 여기게 되었다. 그리고 결과가 아닌 그 과정에서 더 빛을 발하는 행복이라는 새로운 의미를 발견했다. 브라보!

엄마가 세상을 떠난 후로 치열하게 흔들리며 헤매다 하나씩 실마리를 찾아 나간 우리의 시간이 아이와 나를 얼마나 강인하고 건강하고 풍요롭게 만드는지……. 지금 우리가 더 큰 꿈을 꾸며 나아갈 수 있게 한 시간들이기도 하다.

"엄마! 크게 한 방 훈육 멋졌어!"

현대인들은 휴식이 부족한 삶을 살고 있다. 미국에서 생활하다 한국에 들어와도 빠른 템포와 숨가쁜 호흡을 금방 느낄 수 있다. 심지어 무언가 하면서 휴식하라고 손짓하는 다양한 산업들이 자본주의의 맥을 꽉 잡고 있다. 가벼운 운동이나 레저, 다양한 마사지, 안마기로 힐링과 육체적 휴식을 권유하고, 휴가를 내고 가족과 여행을 떠나서 정신적 휴식을 하러 가서나, 또는 나와 결이 맞는 사람들과 맛집을 찾고, 좋아하는 것을 같이 하며 긴장을 푸는 사회적 휴식조차도 SNS에 보여지는 남들의 휴식과 비교하면서 오히려 더 쉬지 못한다.

보여지는 휴식을 위해 더 열심히 일하고, 그 사진 한 장을 남기기 위해 휴일 늦잠을 반납하고, 평일에 휴가를 낸다.

《고미숙의 몸과 인문학》이라는 책에 보면 '부자가 되려면 걸어라!'라는 말이 있다. 남들과 같은 멋진 집을 사기 위해 대출을 받고, 대출금을 갚기 위해 열심히 일하고, 일하면서 쌓인 스트레스를 풀기 위해 주차장에서 차를 빼 헬스장에 가고, 교통체증을 겪고, 피곤에 지쳐 배달 음식을 시키고, 그 때문에 잘 빠지지 않는 살을 빼기 위해 헬스장에 가고, 돈을 쓰는 악순환을 반복한다. 처음에 이 글을 읽었을 때 '이거 뭐지?' 하며 의문을 품었다. 내가 나를 위해 산다는 것이 자본주의의 흐름에서 낙오되지 않기 위해 애쓰는 것이었단 말인가?

현대인들에게 명상이 스트레스를 막아주는 최고의 해독제이고, 생물학적 나이를 낮춰주는 자연산 보톡스이며, 심혈관 질환 예방약이라는 것을 알려주면, 잠시 큰 물줄기를 따라가느라 바쁜 걸음을 멈추고 눈을 감고 자신의 호흡을 가다듬을까?

에이멘 박사가 공짜로 뇌를 개선하는 방법에 대해 〈브레인 월드〉라는 저널에 기고한 글을 보고 한참을 웃었던 적이 있었다. 공짜로 언제 어디서나 할 수 있는 명상, 명상과 비슷한 기도, 돈 안 들이고 그냥 내가 무제한 먹기만 하면 되는 감사한 마음, 나를 사랑하는 마음, 집밥, 심호흡, 나의 목표에 맞지 않는 초대를 거절하고, 야외에서 운동하고, 물을 많이 마시고, 도서관에서 책을 빌려보는 것까지…….

결국 주변의 속도에 따라 무엇을 해야 한다는 것이 아닌, 자신의 마음에 집중하고 내 감각을 깨워 나의 한 걸음으로 내 방향을 향해 내가 가장 편안한 것을 하는 것이었다.

시간 관리 바인더를 쓰면서 내 시간을 기록하고 잊어버리듯, 명상을 통해 전전두엽의 활동이 강화되고 뇌 세포수가 증가할 정도로 좋아진다는 이론은 뭔가 반전 이론처럼 흥미로웠다. 잊기 위해 기록하라니! 기록하고 잊고, 나의 뇌를 창의적인 활동에 쓰라니! 아무것도 안 하는 멈춤으로 인해 집중력이 향상되고 충동이 조절된다니!

가끔 무언가를 해서 좋아지려 했던 경험들을 돌아본다. 심각하게 아플 때 몸에 좋다는 걸 계속 먹고, 용하다는 의사를 계속 찾아다니고, 누군가 좋아졌다는 치료법을 하러 다니며 내 병에 대한 치유를 처음 몇 분 보고 판단한 그들의 지시대로 돈을 내고 약을 먹고를 반복했었다. 사실 내 몸에 대해서는 24시간 늘 같이 붙어있는 내가 잘 아는데도, 모든 의사결정을 그 분야의 지식권위자라는 이유 하나만으로 그들에게 맡겼었다. 병을 낫기 위해 안 해본 치료가 없고 안 먹어본 것이 없지만, 스스로 내 몸을 공부해볼 생각은 하지 않았다.

　병에 집중하지 않고 나를 행복하게 하는 것들을 하다 보니 어느새 병이 나아 있었다. 체력을 기르고 건강한 생활 습관을 만드는 것에 집중하니 저절로 몸이 건강하고 탄탄해져 있었다. 생각보다 내가 해결하고자 하는 문제와 얻고자 열망하는 것들은 꽤 쉽고 간단한 방법을 가지고 있는데 뭔가 특별한 솔루션을 찾아 헤맨 적이 많았다.
　결국은 세상 물리는 트여있고, 본질은 아주 쉽고 단순한 기본기였다. 기본이 탄탄하면 거센 풍파가 와도 흔들리지 않듯, 특별한 보약만 먹어서 건강을 얻을 수 있는 것이 아니었다. 끼니를 잘 챙기고, 밝을 때 일하고, 어두워지면 잠을 자는 자연의 섭리대로 살아가는 것이 건강을 보장해 주었다.

　"어디 뭐 특별한 것 없을까? 재미있는 거 없을까? 뭘 해야 행복한 거지?"

"언니, 저랑 마라톤 해보실래요? 매일 다른 코스를 달리면서 여행하는 기분이고, 같이 달려도 재미있고, 혼자 달려도 고요하고 건강해져요~"

"야~ 무릎 나가! 너나 달려! 힘들게 무슨 달리기야! 없어 보여~. 어디 리조트 새로 생겼다고 하던데, 인스타에 엄청 나오고, 사진 보니까 이쁘 더라. 예약하려면 경쟁률 치열하다던데, 서원 엄마 혹시 아는 사람 없어? 우리 거기 한번 가볼까?"

행복을 찾아 헤매는 사람들을 본다. 행복이 실은 멀리 있는 것이 아 닐 텐데. 나 스스로 남과 비교하지 않고, 내 안의 편안한 상태로 지금에 만족하면 가장 행복한 것일 텐데.

감정의 최고봉인 편안함과 우리 삶의 본질을 관통하는 최상위 징보 인 몸과 뇌에 대한 자각까지 명상을 통해 깨달아 갔다. 그 깨달음을 습 관화해 가며 나 스스로가 인정되는 매일의 성공을 맛보고 있다.

그 성공은 거창하고 특별한 것이 아닌, 새벽 달리기로 다이내믹 명상 을 하며 나를 만나고, 주말 새벽 30km의 장거리 훈련을 해내는 나만의 것이다.

스물여섯에 비즈니스를 시작했다. 나는 뭘 하든 무조건 일단 최고에게 배워서 해야 한다는 생각에 직접 수소문해서 CEO 교육들을 찾아다녔다. 내가 내담자로 만나는 사람들과는 다르게 그들은 능동적인 집단이었다.

다양한 종류의 교육 중에 여전히 생생하게 기억나는 날이 있다. '내가 가진 환상'에 대한 이야기와 '내가 가진 두려움'에 대한 주제를 다루었던 날이 가장 캬~! 하며 내 머리를 시원하게 때려줬다. 당연히 함께 교육받았던 교육동기생들도 눈이 휘둥그레졌다. 100여 명이 넘는 CEO들이 모여, 7~8명씩 원탁회의를 하는 그들의 환상은 '성공에 대한 환상', '천국에 대한 환상', '신에 대한 환상' 등 럭셔리한 호텔 세미나장에 어울릴 만한 고품격의 우아한 환상이었다. 그 속에서 고개를 빼꼼히 내밀며, 아무 말 안 했으면 안 했지 빈말을 못 하는 나 또한 내 환상을 얘기했다.

"저는 일처다부제에 대한 환상이 있어요. 지구상의 많은 부족 중에 일부다처제보다 일처다부제가 실제로 더 많데요."

그들은 웃었지만, 내 마음은 진심이었다.

교육에 참가한 사장님들의 두려움은 '죽음'에 관한 것이 많았다. 그리고 기업을 경영하는 경영인들이다 보니 '실패'와 '경제위기' 심지어는 오른팔로 생각하는 직원이 자신을 배신할까 두렵다는 분들도 있었다. 그들 속에서 가장 나이도 어리고 몸집도 제일 작은 젊은 여성의 두려움은 다름 아닌, '내가 하고 싶은 것을 못 하게 하는 것'이었다.

한 CEO가 푸하하하하! 웃으며 말했다.

"아니~ 두려운 게 하고 싶은 걸 못 하게 하는 거라고? 박 사장 그게 말이 되나?"

스물셋의 나이에 유학을 약속하고 결혼을 했다. 호주에 있다가 조그만 핸드백 하나 들고 한국으로 들어왔다. 다시 돌아갈 거니까!

그 당시 결혼을 하기엔 꽤 어린 나이였지만 그래도 지금 내가 원하는 삶으로 가려면 최선의 선택이었다. 막내딸이 난생처음 엄마 곁을 떠나 살겠다는 곳이 국내가 아닌 어디인지도 모르는 바다 건너 다른 나라로 가겠다는 것도 받아들이기 힘들었던 엄마였다.

갑자기 한국으로 돌아와 엄마에게 말했다.

"엄마! 나 결혼해! 아무것도 안 해줘도 돼. 그냥 결혼식만 참석해줘!"

결혼 후 남편과 함께 호주로 가기 위해서 1년을 준비했다. 막상 떠나려고 하니 시어머니의 반대로 둘의 약속이었건, 나의 꿈이었건 아무 상관 없이 그냥 접어야 했다. 아무 말도 못 하고……. 지금껏 살아온 나의 성장 과정에서는 단 한 번도 경험해 보지 못했던 답답한 상황이었다. 아무런 선택권이 없는 나 자신이 무기력하게 느껴지는 순간이었다.

다니던 외국계 회사를 그만두었을 때도 어디에도 출근하러 가지 않아도 되는 자유로운 상태가 처음이라 뭐라도 하고 싶었다. 그때 "아! 내가 일을 안 하는 날도 있다니!" 하며 이런 좋은 타이밍에 배낭여행을 가겠다고 했다가 집안이 발칵 뒤집어진 적이 있었다. 어린 시절부터 준비해온 나의 꿈이라고 간절히 내 진심을 전달해도 소용이 없었다. 심지어 고등학생 때도 일을 하고 있던 내가 아닌가? 시댁에서 결혼한 여자가 살림을 안 꾸리고 어딜 가겠다는 것이냐 하며 핀잔을 들었을 때 다시 한번 스스로가 납득할 수 없는 무기력함을 느껴야 했다. 두려웠다. '앞으로도 계속 내가 하고자 하는 것을 못 하게 하면 어쩌지?' 하는 두려움.

나의 부모님은 배움도 짧고 나이도 많은, 어린 내가 보아도 그저 착하기만 한 분들이었지만, 세 딸에게 늘 선택권을 주고 그 선택을 믿어주었다. 지금 생각해보니 부모님이 몰라서 그랬을 수도 있겠다. 그래도 우리가 무엇을 하겠다고 하면 반대하지 않으셨던 분들이었다. 선택에 따르는 책임 또한 당신들이 가르친 적은 없지만 우리는 선택 후의 책임은 목마를 때 물을 마시는 것처럼 당연한 것으로 받아들였다. 가난한 집안

경제 사정을 말로 설명하지 않아도 너무 잘 알았기 때문에, 오히려 할 수 없는 것과 할 수 있는 것을 구분하는 것은 부모님보다 세 딸이 더 잘했다. 그랬기에 내가 하고 싶은 걸 못 하게 하는 두려움 따위는 결혼 전에는 느껴 본 적이 없었다.

그리고 또 한 가지의 두려움은 자연이다. 나는 철인 3종 선수이면서도 여전히 바다가 무섭다. 강은 덜 무서웠는데, 2018년 전라도 익산에서 하는 전국체전에 출전했을 때 웅포면을 지나는 금강의 물살에 쓴맛을 보고 나니 강물도 무서워졌다. 철인 3종은 수영, 사이클, 달리기 세 종목을 연달아서 하는 고강도 지구력 운동이다. 벌써 철인 3종 경기를 뛴 지 7년이 지났지만, 여전히 바다 수영 출발선에 서면 심장이 오그라들고, 말초신경까지 떨려온다. 시합 때마다 아주 무시무시한 두려움과 맞짱을 뜨는 기분이다. 몇십 회가 넘게 출전한 대회장에서 웻슈트를 입고 출발선에서 찍힌 사진은 하나같이 웃고 있는 사진이 없다. 모두 눈꼬리, 입꼬리가 축 내려와 가슴을 움츠리고 있는 모습이다.

"네가 더 무섭다 인마~. 그렇게 무서운 놈이 입상은 어떻게 하냐?"
철인 3종 동호인들은 주로 바다 수영을 하다가 사이클과 마라톤을 하면서 철인 경기에 입문하게 되는 물개들이 많기에, 경기장에서 만나는 선배님들은 매해 똑같은 핀잔이었지만 물개인 그들은 내 마음을 모른다. 칠흑 같은 어둠 속에서 헤엄을 치는 듯 심장이 쫄리는 두려움을 그들이 알까? 특히 마라톤을 하다가 사이클을 타고 수영을 배워서 3종에 입문한 마라토너가 철인 3종을 하러 온 케이스이다 보니, 안타까운 바다 수영만 마치고 나오면 이미 경기가 끝난 기분이다.

바다와 사투를 벌이고 물속에서 겨우 살아나와 사이클로 추월하고, 마지막 달리기에서 한 번 더 추월하는 나의 경기 운영 시나리오는 심지어 단 한 번도 변한 적이 없다. 정말 배우고 연습해도 쉽게 향상되지 않는 넘사벽이 수영이었다. 그래도 다행인 것이 자전거를 타고 달리는 중에는 죽음의 늪에서 나왔다는 안도만 있을 뿐 무서움 따위는 없다. 늘 친정엄마가 하시던 말씀이 생각난다.

"그만하길 다행이다! 그래 안 죽고 살았으니 이만하길 다행이다."

철인 3종 선배님들은 그런 나를 보고 "도은이는 육지 동물이어서 그런가 보다!" 하며 놀리고 웃지만, 신장이 작고 물 당기는 힘이 미천하다 보니 오롯이 발차기 수영으로 전진하고, 페달을 돌리고, 또 달리는 나의 다리는 매번 용량보다 많이 써서 고단하다.

처음 철인 3종에 도전해 봐야겠다 결심하고, 바다 수영을 시작한 2014년에는 주말 새벽이면 어김없이 울산과 경주를 잇는 동해 앞바다에 해녀복을 입고 나갔다. 비가 와도, 파도가 쳐도, 새해 첫날도, 겨울날도, 일편단심 민들레처럼 변심하지 않고 바다로 나갔지만 두려움은 1mm도 줄어들지 않았다. 거품이 이글거리는 높은 파도에 휩쓸리기도 하고, 어떤 날은 한 치 앞을 볼 수 없는 해무가 가득한 날도 있었다. 어느 날은 잔잔한 바다라 좋아라 하며 뛰어드니 온몸을 깨무는 것 같은 따끔따끔 해파리가 괴롭히는 날도 있었다. 그렇게 매주마다 다른 모습을 하는 바다에 들어가는 것은 백화점에서 시즌마다 출시되는 뉴 컬렉션 같은 새로운 두려움이었다.

아마도 이 두려움은 자연의 섭리 앞에 한없이 작아지며, 겸손해지는 삶의 태도를 가르친 것 같다. 그 태도로 순리대로 살아가고자 하는 삶의 지혜를 얻어 가는 것이 아닐까?

머리가 복잡할 땐 발바닥 신공

바스락거리는 낙엽과 쌀랑한 가을바람을 만끽하며 우리 집 귀염둥이 래브라도 리트리버 몰리, 알로와 산 달리기를 한참 하고 있던 이른 새벽이었다.

"선생님, 제가 좀 많이 급한데 찾아뵈어도 될까요?"

아이가 초등학교 때부터 교류해 왔던 한 학부모가 "여보세요. How are you?"도 없이 다급하게 연락이 왔다. 다음 날 오후 집 앞 카페에서 약속 시간보다 먼저 와 나를 기다리고 있던 그녀를 카페 밖으로 나오시라고 해서 길 건너에 있는 산 입구로 모시고 갔다. 이미 맨발 걷기를 마치고 산에서 내려오시는 분들을 보고 그녀는 어리둥절해하며 나지막이 말했다.

"맨발 별로 안 좋아하는데……."

어차피 뭐라고 한들 도은 샘은 계획한 대로 할 거라는 걸 잘 알고 있는 그녀인지라 구시렁거리며 나를 따라 신발과 양말을 꾸역꾸역 벗어 나무 뒤에 모아 두었다.

"꺄오~ 시원해~ 우리 천천히 걸으면서 이야기할까요? 가슴 열고 등을 펴봐요~ 아랫배 힘을 주고 발바닥에만 마음을 두고 걸어봐요."

환하게 웃으며 앞장서서 걷는 나를 따라 그녀도 엉거주춤 한 발씩 발걸음을 옮겼다.

"사람들이 맨발로 많이 걷네요? 여기가 걷는 코스예요? 바닥이 맨질맨질 닳았네요. 도은 샘은 요즘 안 달리고 걷는 거예요?"

그녀는 내 뒤를 쫓아오며 쫑알쫑알하다 이내 조용해졌다.

발바닥으로 전해져 오는 땅의 시원함과 흙의 보드라움에 푹 빠질 만하면 작은 돌멩이나 소나무 가시들이 뾰족하게 자극해 왔다. 산을 오가는 사람들과 가벼운 인사 외엔 특별한 대화가 없이 이따금 긴 호흡소리만 간헐적으로 반복해서 들리는 30여 분을 지나 산속 공원 정자에 도착했다.

"저는 강의 마치고 퇴근길에 머리 아플 때 한 번씩 여기 와서 맨발로 걷고 집에 가거든요. 근데 무슨 급한 일이라도 있었어요?"

"아~ 몰라요~ 샘! 발바닥 아파서 돌멩이 피하면서 샘만 죽자고 따라 올라오다가 다 까먹었어요~"

자연의 방식이 다른 어떤 방식보다 낫다는 아리스토텔레스의 말처럼 짧은 시간이라도 자연과 교감하고 나면 인지능력이 향상되기도 하고, 매일 30분 맨발로 땅을 밟으면 몸의 리듬과 기능이 복구된다고 한다. 땅의 에너지를 통해 몸이 균형을 되찾고 감정의 피로, 스트레스 등을 해결해 주기도 한다. 맨발로 땅을 밟는 것만으로도 몸과 마음을 치유할 수 있다. 예전엔 땅과 자주 접촉하라고 시인, 철학자들이 말했지만, 지금은 과학계에서도 그 이야기를 한다.

많은 이들이 최대한 자연을 가까이하면서 복잡한 생각과 감정에서 벗어났으면 좋겠다. 밝게 비추는 햇살 아래 상쾌한 바람을 쐬며 가슴속 답답함을 날숨으로 길게 뱉으면, 숨넘어갈 듯 들끓던 감정이 어느 순간 잠잠해지고 마음이 밝고 가벼워지는 것을 경험하게 된다. 결국 현실은 변한 것이 하나도 없는데 내 마음이 변해서 세상이 달리 보인다. 이것을 많은 사람들이 스스로 알아차렸으면 하는 바람이다. 자연은 본래 자연스러운 상태로 되돌려주는 놀라운 힘을 가진 것이 확실하다.

무엇이든 해결해 드립니다. 자연으로 오세요~

"아이들과 놀아주는 것이 너무 힘들어요."
"레고 사주다가 기둥뿌리 뽑히겠어요! 계속 사줄 수도 없고요."
"키즈 카페도 자주 가니까 애들이 자꾸 다른 데로 가자고 해요."

"우리 애는 스마트폰 자꾸 보여달래요~"

학부모 강의를 할 때 그룹 토의하는 자리에서 자주 나오는 어머니들의 이야기다.

어릴 적 가난했던 우리 집 딸 셋은 새로 나온 장난감이 따로 없어도 산으로 들로 다니고, 땅바닥에 줄을 그어 돌을 가지고 놀고, 흙으로 곱게 빚어서 동글동글하게 공을 만들어 놀기도 하고, 집에 있는 빨래를 개울가에 가지고 가서 두드리며 놀기도 했다. 바다 물놀이를 좋아하는 큰언니를 따라 한여름엔 버스를 타고 열 정거장은 넘게 가야 하는 해수욕장을 하루가 멀다 하고 다니기도 했다. 엄마는 큰언니에게 동생들을 데려가지 않으면 못 간다는 조건을 달고 버스비를 주었다. 우리는 엄마가 주신 버스비로 핫도그를 사 먹는 날엔 먼 거리를 걸어서 집에 돌아오곤 했다. 그 시절을 기억해 보면, 정말 가장 좋은 놀거리는 무궁무진한 자연이었다.

아이를 낳고 어떻게 키워야 할지 몰라 늘 헤맸지만, 어릴 적 아버지가 딸들을 데리고 산을 올랐듯, 언니들과 개울가를 다니며 놀았듯, 아이와 함께 밖으로 나가 동네 여기저기를 다니고 뒷산에 올랐다. 나뭇가지와 솔방울을 한 가방 주워 와 만들기 놀이를 하고, 개구리알을 담아와서 올챙이가 될 때까지 키워보기도 했다. 산속 구석구석에 있는 나뭇잎들을 주워 와 말리기도 하고, 물감으로 찍어내기도 해서 집 안은 엉망이 되었지만 아이와 함께하는 시간이 즐거웠다.

"도은 샘, 힘든데 왜 산에 오르는지 모르겠어요."

투덜거리는 학생들을 데리고 산에 오르며, 수업으로는 전달할 수 없는 뿌듯함과 시원함을 함께 느꼈다. 《우리는 크리스탈 아이들》이라는 책의 저자 레나는 '자연은 강한 치유의 힘을 가졌고, 자연에서 우리는 사랑의 힘을 충전하고, 원기를 회복하고, 자신을 채워나간다'고 한다. 언어로는 뭐라고 정확히 표현할 수 없는 직관적인 감각이긴 하지만, 세상에서 가장 강력한 치유의 힘을 지녔다는 사랑이 말 없는 자연과 순수하게 연결되는지 아이들은 매번 싫다고 하면서도 또 따라나서나 보다.

하와이에 있는 샌디 비치에서 부기보드를 탈 때도 난생처음 커다란 파도와 파도 사이에 있으면서도 바다의 위엄 속에 포근히 자리 잡은 나 자신을 느낄 수 있었고, 코나 비치에서 종아리밖에 안 되는 수심에서도 니모 친구들을 마음껏 만나며 자연과 함께 조이풀한 순간에 존재했었다.

내가 살고 있는 울주군에서는 영남알프스 9봉을 타고 인증을 하면 인증서와 메달, 은을 주는 이벤트를 한다. 매해 몇만 명의 사람들이 영남알프스 9봉을 오르며 인증을 한다. 이 이벤트로 인해 많은 이들이 자연을 찾고, 산에 오르며 자신에게 정직해지는 것이 좋다. 나 또한 억새풀과 단풍이 절경인 가을날엔 애완견 몰리, 알로를 데리고 영남알프스 산 달리기를 자주 즐기곤 한다. 날씨와 시간에 따라 9개의 산꼭대기마다 다른 풍광과 광활함을 뽐내는 자연의 웅장함과 경이로움 앞에서 절로 숙연해지고 감탄한다.

《움직임의 힘》의 저자 켈리 맥고니걸(Kelly Mcgonigal) 박사는 자연과 교류하고 싶은 인간의 갈망은 '바이오필리아(생명애)'라고 하는데, 인간의 뇌는 자연계와 끊임없이 교류하고 의존하는 환경에서 진화해 왔다고 말한다. 결국 지금 우리가 누리는 방대하고 신속한 편리함은 자연을 통해 얻었다고 해도 과언이 아닌 듯하다. 그 사랑을 받은 우리가 아이디어를 내고, 만들어 내고, 전파해 나가기 때문이다.

겨울은 겨울대로, 여름은 여름 그대로의 햇살을 만나는 것! 그 속에서 충전하며 나의 뇌를 어떻게 써야 할지 하나씩 알아가게 되는 것 같다. 나는 손으로 만질 수도 없고, 눈으로 볼 수도 없고, 느껴 볼 수도 없는 뇌에 관해 공부하고 체험으로 연구하고 뇌를 쓰는 법을 알게 되면서 본질적인 삶에 대해 찾아가는 여정에 있다. 지금 나의 넘치는 에너지의 근원은 철인 3종을 삶의 일부로 두고 매일 짬짬이 길러낸 체력도 있지만 자연과 함께 자연의 섭리 속에 몸을 맡긴 것이 아닐까?

원더우먼이 되는 법

내가 그런가?

"어떻게 그렇게 많은 일을 다 하나요? 도은 샘은 못하는 게 뭐예요?"

강의와 상담으로 처음 만나는 내담자이든, 몇 달, 몇 년을 함께 해온 수강생이나 동료들이 나에게 자주 하는 질문이다.

"아! 그게 말이죠…… 저는 하고 싶은 것만 해요. 잘하는 것만 하고요, 못하는 건 인정하고 다른 사람에게 맡기고요."

어떻게 하고 싶은 것만 하고 사냐고 다들 성화이다. 어쩔 수 없이 해야 할 일들도 있지 않냐고.

어쩜 누가 묻든, 수학 공식처럼 질문의 순서나 내용이 똑같을까? 정말 변함없이 신기하다.

"푸하하, 그 말씀 하실 줄 알았어요! 해야 하는 일을 당연히 하고 싶은 일로 만들어야죠!"

나의 대답 역시 공식처럼 같은 답변이다. 여기엔 응용도 없다. 그저 받아들이는 그들만의 다양한 해석만 존재할 뿐이다.

　　MBTI 강의를 17년째 하면서 검사를 하기 전에 하는 오리엔테이션
에서 꼭 하는 말이 있다. 특히 아이들에게 "엄마나 선생님이 좋아하는
것 말고, 여러분이 좋아하는 것을 체크합니다~"라고 말해준다.
　　"나에 대해 가장 생각을 많이 하는 사람은 누구일까요?"
　　"엄마요~~"
　　"아니에요. 얘들아~ 엄마는 동생도 형도 생각해야 하고 아빠도 생각
하고, 심지어 엄마 본인도 생각해야 해. 그럼 누굴까?"
　　"저요!"
　　70문항에 대답하는 약 20분의 시간만이라도 나 자신만을 생각해보
라고 신신당부를 해야 한다. 그럼에도 나에게 가장 절대적인 존재인 엄
마가 좋아하는 것을 선택하고, 엄마와 같은 유형인 결과지를 들고 유형
별 활동을 하면서 '내가 그런가?' 갸우뚱하는 아이들을 보면서 많은 생
각에 젖어든다.

　　지금의 교육제도와 학생들 사이에 놓인 괴리감은 학년이 올라갈수록
부모가 강요하지 않아도 학생 스스로가 나로 향해 있던 시선을 사회와
제도를 향해 돌리며 생기 없는 관념들을 쌓아나간다. 내 내면의 목소리
는 못 들은 척하고, 알게 모르게 몰래몰래 한 걸음씩 자신과 멀어져 간
다. 그리고 어른이 되고, 사회 속에서 치열하게 최선을 다하며 내가 왜

이런지 스스로 비난하고 남과 비교하며 자신을 나무란다. 어느 시점에 다시 나를 찾으러 온다. 그 시점은 실로 다양하다. 공통점은 힘들어서 였다.

부모들은 아이를 키울 때 내 맘대로 안 되는 자식이 너무 힘들어서, 아이들을 나처럼 살지 않게 잘 길러보려고 자녀교육에 관해 공부하다 가 자신을 만나게 되기도 한다. 자신을 돌보지 않고 살다가 질병이 생기 고 그 병 때문에 마음의 병까지 얻게 되면서 자신을 치유하려고 공부를 시작했다가 스스로 이해하게 되는 경우도 보았다. 또 재미있는 경우는, 새로운 일거리를 찾아보려고 자기계발 세계에 뛰어들었는데 성공을 하 려면 가장 먼저 자신을 알아야 한다는 불변의 진리를 빨리 이해하고 자 신에 대한 탐구를 시작한 똑똑한 사람도 있었다.

나 역시 MBTI와 심리학을 공부하기 이전에는 내가 어떤 사람인지 전혀 몰랐다. 공부를 해보니 전 세계에 나와 같은 유형이 경영인 비서로 근무할 확률이 0.002%밖에 되지 않는 통계자료를 보고 나서야 나의 지 난날을 위로했다.

'아! 내가 잘하는 것은 다른 분야였구나! 나에게도 나만의 영재성을 가지고 있는 분야가 있구나!'

사회가 요구하는 모든 페르조나(Persona)에서 벗어난 중년 이후에 나의 열등 기능은 잠재력으로도 발휘될 수 있다는 칼 융의 심리유형 이론을 보면서 또 한 번 더 납득되는 위로를 받았다.

경영인 비서로 근무했던 첫 직장을 다닐 때 '왜 난 꼼꼼하지 못할까?', '왜 정리가 안 되지?', '반복되는 일인데 왜 이렇게 못할 수 있지?' 하면서 나 자신의 무능함을 자책했다. 상사의 지시가 불합리하게 느껴질 때가 많고, 회사의 관료적인 구조에 숨이 막혔다. 심지어 경영인의 "미스 박~"하고 부르는 소리만 들어도 화가 났다. 왜 내가 미스 박이지? 난 박도은인데……. 선배 여직원들에게 내가 느끼는 불합리함을 이야기하자 "너는 제일 어린 게 뭘 그렇게 따지는 게 많냐?" 하며 오히려 핀잔을 들었다. 아! 내가 사회 부적응자인가??

전공과 다른 일을 하는 첫 직장을 선택했던 것은 유학 자금을 모으기 위해서였다. 돈을 많이 벌기 위해 선택한 회사이다 보니, 내 손에 출국할 수 있는 금액이 쥐어진 순간 곧바로 퇴사했다. 돈을 벌기 위해 나 자신을 나무라고 자책하며 보낸 1년 4개월은 내 영혼이 죽어있던 시간이었다. 퇴근 후에 부서원들을 따라 스타크래프트 게임을 하고, 맥주를 마시고 자정이 넘어서야 귀가했고, 어두운 새벽에 출근 버스에 몸을 실었다. 빨리 그만두고 싶어 저녁에 파트타임 알바라도 가려고 회식에 빠지겠다고 했다가 선임에게 구박받기 일쑤였다. 유학을 준비하려고 방통대에 다니고, 점심시간에 책을 한 자라도 더 보려고 애쓰면 근무 위반이라고 사유서를 써야 했다.

요즘이라면 상상할 수 없는 일들인데 21년 전엔 너무나 당연한 처사였다. 의사 결정권이 없이 버티고 또 버티는 생활이었다. 나 자신의 무능함, 내가 처한 환경, 나는 아무것도 할 수 없는 사회에 불만만 가득한 채 삶이 무기력해져 가는 느낌이었다. 다행히 그런 직장생활을 한 덕분에 사회생활의 쓴맛을 일찍 경험했고, 경영인들의 마인드를 배웠다. 그리고 책임이 따르더라도 선택권이 있는 내 사업을 해야겠다고 결심하게 되었다. 돌이켜 보면 시간 대비 가성비 높은 교훈을 얻은 꽤 괜찮은 거래였다.

나 자신을 깊이 이해하기

MBTI와 에니어그램, 홀랜드나 미술치료 등을 공부하면서 나 자신에 대한 이해도가 높아지기 시작했다. 나는 왜 말보다 글이 편한지, 사람들 속에 있다가도 혼자 있고 싶은지, 왜 늘 인간에 대해 본질과 그 원리를 알고 싶은지, 왜 혼나기도 전에 눈물부터 나는지, 시키는 일은 하기 싫고 내가 선택하는 일만 하고 싶은지, 왜 마감에 임박해서 밤새 일을 마무리하는지 이해가 되었다.

이 사실을 알기 전엔 내가 왜 그러는지 너무 싫고 나 자신을 나무라기 바빴는데 알고 난 다음부터는 마음이 편해졌다.

그리고 좀 더 뇌의 원리를 공부하고, 동의보감을 만나고, 동서양의 고전을 읽으면서 '나는 누구인가?', '내 삶의 목적과 방향은 무엇인가?'에 대한 뾰족함을 찾아갔다.

명상 호흡을 하면서 나의 편도 속에 눌려있던 노부부의 아들이 아닌 딸로 태어난 것에 대한 미안함, 내가 아픈 것이 가족에게 혹여 짐이 될까 하는 두려움, 말할 수 없는 슬픔을 마주하면서 나 자신을 더 깊이 이해했다.

가고 싶지 않은 자리를 거절할 수 있는 용기를 갖게 되고, 내 목소리를 낼 수 있는 자신감이 생겼다. 그리고 지금 내가 원하는 것이 무엇인지 알고 있으니, 내가 선택해야 할 것을 뾰족하게 알고 있어 불안하지 않았다.

내가 잘하는 것이 무엇인지 알고, 내가 못하는 것을 인정하고, 내가 할 수 있는 것과 다른 사람의 시간을 써야 하는 것에 대한 거리를 좁혀가며 일상을 꾸려간다. 그 과정에 나의 근원적인 뿌리에서부터 나오는 자율성과 능동성은 내가 필요로 할 때마다 힘을 발휘한다.

아들 서원이가 자주 묻는다.

"엄마, 행복해?"

그러고는 본인이 대답한다.

"엄마는 행복하겠지! 엄마는 엄마 마음을 잘 알잖아!"

"그럼 서원이는? 서원이는 안 행복해?"

"나? 나도 행복하지! 가끔 엄마가 귀찮은데 하라고 하는 거 빼면 대부분 행복해. 그런데 어차피 하면 좋은 거 아니까 그냥 하지 뭐. 아무튼 결론은 나도 행복해."

　학부모 상담을 하다 보면 엄마 본인의 문제가 아이의 문제로 보여지고, 아이의 문제가 또 자신의 문제인지 알아채지 못하는 것을 종종 볼 때가 있다. 엄마 자신 안의 문제가 해결되지 않으면 아이에 대한 문제도 해결되지 않는다는 것을 이미 알고 있어도 인정하고 싶지 않아 모른 척하거나, 쉽게 해결해 보고자 나를 찾아오는 경우도 많았다. 내 모습을 타인 특히 아이들에게 투사하며, 힘없고 결코 떠나지 않을 아이를 나무란다. 마음에 들어 하지 않고 화를 낼 때도 있다. 그 화는 결국 자신을 향한 화라는 사실을 우리는 모두 잘 알고 있다. 나 자신을 충분히 공감하고, 특별한 방법이 아닌 진심으로 공감하고자 하면 결국 마음은 전달된다.
　진실은 전해진다. 그리고 표현이 서툴러도 느껴진다. 특별한 전문지식을 구구절절 설명하지 않아도 강의를 들은 학부모님들이 참여 소감으로 오늘부터 아이와 함께 체력을 기르겠다 하는 나눔을 두고 가는 것만 봐도 내 온몸으로 뿜어내는 진심이 전달되었기 때문일 것이다.

　요즘 글쓰기와 수련에 집중하면서 내담자들을 만나니 아주 명료하게 느껴지는 것이 있다. 모든 이들의 장벽, 즉 그들의 갈증과 고민은 바로 자기 사랑의 확신이 부족해서 발생한다. 자신을 사랑하며 나의 순수성을 찾았을 때 우리는 자유롭고 즐겁게 나아간다. 나이를 떠나 공통적인 모습이다. 나를 돌아보면, 나 자신을 나무라고 미워하고 원망했던 순간들 그리고 인정해 주지 않고 외롭게 한 날들이 너무나 미안하다. 다시 사랑하자! 나 자신을 사랑하고 나와 연애하면서 나의 내면의 목소리에 귀를 기울이고 응원하자. 나와 더 친해져야겠다. 원더우먼밖에 더 되겠어??

그 남자의 필살기

자칭 부잣집 아들

　살면서 피하려고 해도 피할 수 없는 것이 있다. 거부하고 싶어도 거부할 수 없고, 부정하려 해도 부정할 수 없는 것이 있다.

　내게는 17살 된 아들 서원이가 그런 존재이다. 나는 분명 새벽 5시 명상으로 삶이 바뀐 원고를 쓰고 있는데, 서원이를 빼놓으면 이야기의 실마리가 풀리지 않는다. 2006년에도 2022년에도 여전히 나와 한 패키지가 되는 넥스트 제너레이션 서원이를 통해 배우는 "The attitude is everything!" 이야기이다.

　늦은 저녁, 댄스 연습을 다녀온 서원이에게 저녁을 차려주며 얘기했다.

　"서원아! 엄마가 수강생분들과 이야기를 나누다 보니 내가 갑부인 줄 알고 있더라."

　"내 친구들도 그러던데? 너는 부잣집 아들이라 좋겠다고~"

"정말? 왜~~"

의아한 표정을 짓는 나와 내 표정에 동의할 수 없다는 서원이의 의문의 표정이 교차했다.

"엄마~ 그러지 말고 한번 살펴보자" 하며 시작된 대화는 참신하고 재미가 쏠쏠했다.

그리고 결론적으로 그 대화는 우리의 행복감을 증폭시켰다.

"엄마! 하와이에 집 사지 않았어? 간절곶에도 집이 있고."

"아! 그건 내 명의가 아니고 빌린 거야."

"뭐 어쨌든 우리가 살 수 있는 집이 있잖아. 아 참! 그리고 엄마도 나도 하고 싶은 걸 맘껏 하고 있잖아!"

그건 용납이 되었다. 늘 빈손으로 왔다가 빈손으로 떠난다는 남편의 이야기가 생각났다. 집을 소유하고 있는 게 중요한 게 아니라, 그 집을 누리고 있는 사람이 주인이라고 한 말.

"그래 맞아! 우리가 하고 싶은 걸 다 하고 있기 때문이지."

서원이 발밑에는 황소만 한 반려견 몰리와 알로가 누워서 자고 있었다.

"엄마, 엄마! 그리고 우리 집엔 이렇게 큰 강아지가 있잖아! 그것도 둘씩이나! 친구들이 그러는데, 이렇게 큰 리트리버를 키우려면 돈이 많이 든데. 우리 부자 맞지?"

"그러네. 우리 부자 맞네."

늘 여느 17살 답지 않게, 놀려 먹기 딱 좋게 디즈니 영화처럼 말하는 아이가 풀어가는 삶의 해석은 재미있다. 우리는 대화하면서 서로 삶의 만족감과 풍요로움을 나눴다. "우리가 부자이구나" 하면서 부자에 대한 사회적 기준과 통념을 넘어섰다. 그리고 아이에게 또 배운다. 모든 것은 우리 마음에 있구나. 단지 순간을 살고 지금 만족하는 나와 서원이에게 "브라보!"

매 순간이 최선인 아이
◇◇◇◇◇

서원이는 외식을 즐기지 않는다. 밥을 준비하는 시간이 빠듯해도, 특별한 메뉴가 아니어도 집밥을 고집한다. 그 이유인즉, 집에서 다양하게 먹는 밥이 제일 맛있고, 외식을 하러 오고 가는 시간에 하고 싶은 것을 할 수 있기 때문이라고 한다. 심지어 삼겹살도 집에서 구워내라고 하는 녀석이란!

또 음식을 약으로 삼으라는 히포크라테스의 말처럼 계절마다 자연식품을 찾아 자연 그대로 먹는 것을 가장 좋아한다. 시골 할머니가 보내주시는 계절 김치와 계절 과일, 그리고 간단히 조리한 고기 정도만 식탁에 내놓아도 대만족이다. 미니멀하고 클린하게 식탁에 올려주면 아주 맛있게 먹는다.

미니멀과 클린을 추구하는 이유는 일단은 건강식이고, 해외를 많이 다니다 보니 어디서나 맛있게 먹을 수 있는 음식을 평소에도 일상처럼 같은 식단으로 한다. 특히 하고 싶은 것이 많은 엄마와 아이가 최선으로 선택한 생존 식탁이기도 하다.

　가끔 서원이가 전화해서 "오늘 밤에는 치킨 어때?"하고 물을 때가 반갑다. 그런 심플 라이프는 우리를 이미 성공한 삶으로 느끼게 해주고 부족함 없이 풍족한 맛깔나는 삶을 선사하기도 한다.

　서원이가 예술가의 꿈을 갖기 전에는 함께 달리기, 수영, 자전거 등 3종 운동을 같이하면서 이야기할 기회가 많았다. 요즘은 식사 시간에 서원이와 나누는 짧은 대화가 달콤하다.

　여름의 끝자락에 아침밥을 먹던 아이가 말했다.

　"엄마! 1,500m를 6분에 뛰려면 얼마나 빨리 뛰어야 하지?"

　서원이는 5km 최고 기록이 20분이다. 서원이가 5km 대회에 나갔을 때 속도의 중요성을 말해준 적이 있다.

　"엄마, 1,500m는 전교에서 5분 50초가 최고 기록이거든. 나는 그보다 빠른 5분 30초를 뛰고 우리 학교 최고 기록을 깨보고 싶어."

　"아! 서원아, 그럼 출발부터 좀 숨차게 달려야 해~"

　내 대답을 듣고 아이는 손가락으로 트랙을 그렸다.

　"처음에 좀 빨리 달리다가 계속 유지하는 거로 할까? 아니 아니 처음에 적당히 뛰다가 후반에 빠르게 속도를 내는 게 나을까?"

　아이는 혼잣말하면서 경기를 머릿속으로 그려보는 듯했다. 그러다 갑자기 피식 웃으며 말했다.

"엄마~ 나 중3 때도 배드민턴 대회 나간다고 새벽에 레슨 받으러 다니고, 새벽마다 친구들 다 깨워서 연습하러 다니고 그랬잖아~"하며 지난해 배드민턴으로 뜨거웠던 여름 방학 이야기를 꺼냈다. 예고 입시를 준비하며 이미 분주했지만, 배드민턴을 잘하고 싶다는 아이는 새벽 시간을 공략하겠다고 나를 설득했었다. 그러더니 "아~ 그게 뭐라고~ 내가 진짜!" 하며 크게 웃었다.

옷은 어떤 걸 입고, 신발은 뭘 신어야 하는지, 다른 반은 체육 시간이 오후여서 그때 했는데, 우리 반은 체육이 1교시여서 몸이 안 풀리면 어쩌지 하며 생각이 많아 보였다.

"1교시에 달려야 하니 밥은 부드러운 걸로 주세요. 기록은 아침에 깨는 거지!"

벌써부터 관절 하나하나를 움직이며 몸을 풀면서 긴장감도 풀며 집을 나서는 아이에게 말했다.

"서원아, 엄마는 매 순간 최선을 다하는 네가 너무 멋지고 자랑스러워!"

그날 오후 '엄마, 5분 30초 성공!!' 하고 문자가 왔다. 세상에 당연한 것은 없는데 이 아이에게만큼은 예외로 느껴졌다.

경험은 정체성을 규정한다

일곱 살, 서원이는 한글도 제대로 잘 모를 때 새로운 나라, 새로운 문화와 언어 환경을 접했다. 전 세계를 다니며 매번 낯선 환경에서 생존 본능을 감각적으로 쓰면서 그 순간에 집중하고 몰입했을 것이다. 혹여 다른 생각을 하거나 주의력을 잃으면 엄마나 형들을 잃어버리기 때문이다.

유럽을 돌며 국가 간 이동을 할 때마다 눈은 반쯤 감고 어둠 속에 걸어 나가 새벽 기차에 올랐다. 아침 식사로 갓 구운 빵을 먹으면서 르네상스 고딕을 만나기도 하고, 썸머 캠프에 가기 위해 매일 새벽 6시에 셔틀을 타며 미국 친구들과 하루를 시작하기도 했다.

하와이에서 서핑을 배울 때는 새벽 파도를 가르며 떠오르는 해를 보았고, 혼자 집에 있을 수 없으니 주말 새벽이면 어쩔 수 없이 더우나 추우나 바다 수영에 따라나섰다. 철인 3종 경기를 위해 이른 아침부터 몸을 풀고 바다에 뛰어들기도 했다.

처음 유럽에 갔을 때는 레고 놀이를 하고 싶은데 일정이 빠듯해 할 수가 없으니, 모두 자고 있는 새벽에 형들보다 한 시간 일찍 일어나 레고 놀이를 했다. 시계는 볼 줄 몰랐지만, 떠날 채비를 하고 가방까지 메고 바닥에 엎드려 "휘용~ 피용~ 쉬~~~"하며 레고 놀이를 하던 아이였다.

그 아이가 경험했던 많은 나라에서의 아침은 아이에게 언어로는 표현할 수 없는 경험 회로가 직관적이며 지식적인 체험 정보로 뿌리 깊게 세포까지 남아 있을 것이다. 그 경험들 덕분에 아이는 세상에 대한 두려움이나 한계가 없어졌다. 스스로 나는 할 수 있는 사람이라는 인식이 생겼다.

'지구 한 바퀴 프로젝트'는 나의 개인적인 내면의 이유에서 시작되었다. 그리고 새로운 경험의 중요성과 더 큰 세상에 대한 자극, 몰랐던 자신의 잠재력을 꺼내보라는 의미로 진행되었다. 10년이 훨씬 지나고 보니 IRM 교육프로그램의 효율성이 입증되었고, 세계화에 대비하고 더 큰 의미에서는 다가올 미래 사회를 차곡차곡 준비해 나가는 과정이었다. 내가 하는 일이 과학적이거나 고품격은 아니지만, 나 자신을 만나고 내적 동기를 더 확실히 하며 살아가야 할 시대에 얼마나 위대하고 큰일인지 또 한 번 새삼 느꼈다. 그리고 그 일의 최대 수혜자는 나와 아이인 것에 또 감사했다.

서원이가 보컬 수업을 처음 하고 온 날이었다. "수업 어땠어?"라고 묻는 나에게 서원이는 "으음~ 보컬을 배우면 내가 노래를 잘하게 될 거니까 너무 기분이 좋아!"라고 답했다.

새벽 배드민턴, 새벽 댄스 레슨, 새벽 수영, 새벽 서핑, 새벽 달리기, 미라클 모닝, 엄마표 아침 영어까지 서원이는 하고 싶은 것이 생기면 뭐든 할 수 있었다. 달콤한 새벽 시간의 자유, 온전히 자기만을 위해 누리는 자기 충전의 시간은 무엇을 선택하든 오롯이 자기가 원하는 것에 집중할 수 있었다.

중간고사가 끝난 다음 날, 세상 행복한 아들은 평소보다 활기가 넘쳤다. 아침 식탁에서 환하게 웃으며 말했다.

"엄마! 열심히 공부하고 시험이 끝나니까 기분이 너무 좋아."

그러면서 신나게 말을 계속 이어갔다.

"내가 또 공부를 하면 어떻게 되는지 한번 보여줬지! 내가 공부를 안 해서 시험을 못 친 거지, 내가 공부 못하는 애가 아니라는 거지! 안 그래 엄마? 인정? 그래서 아이들한테 너희가 말한 것처럼 공부하면 잘하는 애라고 증명해줬어."

서원이의 이야기를 듣고 웃음이 나기도 하고 부럽기도 했다. 그리고 내심 심술이 나기도 했다. 쳇! 뭐야? 난 학창 시절 내내 스트레스 받으면서 공부했는데. 우띠!

아이는 누가 하라고 해서 하는 것도 아니고, 잘해야 한다는 부담감으로 또는 책임감으로 하는 것도 아니었다. 뭔가 모르게 가볍고 즐겁게 자신이 할 수 있는 것에 최선을 다해 몰입하고 통쾌해하는 모습이 그 어떤 것에도 걸리지 않고 통과하는 바람처럼 느껴졌다. 거침없어 보였고 자유로워 보였다.

아직 17살밖에 되지 않은 저 녀석은 어쩜 저렇게 초연하고 심플하면서도 뾰족하지? 어떻게 사회적 제도와 관념에도 얽매이지 않고, 자기 주도권을 가지고 자신이 주인이 되어 하루하루를 살아가지? 배가 아팠다. 쳇!

본인이 하고자 하는 것에 대해 '왜(Why)'가 뾰족하다 보니 힘이 있었다. 와카스 아메드(Waqas Ahmed)가 《폴리매스》에서 정리한 것처럼 무언가를 배우는 것이 자신에게 어떤 의미가 있는지 알고 그 배움에 대한 이유가 분명하다 보니 그만큼 열정이 나오는 듯했다. 그러니 친구들을 독려해 경기를 준비하고, 시험을 준비하면서 나누려는 열정 또한 진심이겠지?

어떤 날은 월드 스타가 되겠다고 하고, 어떤 날은 노벨상을 타겠다고도 한다. 요즘은 축구 선수를 해볼까 하기도 한다. 하루에도 몇 번씩 아이돌이 됐다가 축구 선수도 되었다가 노벨상도 타기도 하는 아이지만 그 엉뚱한 모습이 마냥 행복해 보인다. 그리고 온전한 자신으로 살아가는 것 같아 더할 나위 없이 좋다.

"그래! 서원이 말이 다 맞다! 너는 이미 성공했고, 많은 사람을 행복하게 해주는 인플루언서다. 홍!!"

세상 어디를 둘러봐도 활발하게 활동하는 사람들이 더 행복하고 만족스럽게 살아간다. 규칙적으로 운동하는 사람은 의식이 더 뚜렷하고 감사와 사랑과 희망의 감정을 더 많이 경험한다고 《움직임의 힘》 저자 켈리 맥고니걸(Kelly Mcgonigal) 박사는 말한다.

14년 전 명상 호흡과 선도 무예를 처음 만났을 때 나의 뇌에 폭발이 일어나는 것 같았다. 내 몸이 우주이고, 12경락과 365개의 혈자리가 있다는 것을 들으면서 신기방기했다.

고미숙 작가의 《사랑과 연애의 달인 호모 에로스》에 나온 고양이 발심 '심기혈정'을 수련으로 이해했다. 고양이가 쥐를 잡을 때 똑같은 자세로 모든 에너지가 쥐구멍으로 집중해 있다가 쥐가 이제는 갔겠지 하고 고개를 내밀면 순간 낚아챈다.

어느 스님이 절의 큰 행사에 쓰려고 직접 만든 두부를 물속에 넣어 두었는데 매일 두 덩어리씩 없어져 범인을 잡으려고 야밤에 기다렸다. 나타난 그림자는 고양이였는데, 쥐구멍 앞에서처럼 결코 움직이지 않고 낮게 숙여 두부만 응시하니 두부가 물 위로 떠올랐다. 그 순간 재빨리 낚아채 두부를 맛있게 먹어버렸다. 고양이는 물속에 있는 두부가 떠오를 정도로 온 에너지를 집중시킨 것이다.

무예 수련을 할 때 '연단'이라는 동작이 있다. 쇠를 찬물과 뜨거운 물에 번갈아 담금질하며 견고히 만드는 것과 같은 원리로, 같은 자세를 유지해 온몸에 기혈이 잘 순환되게 만들어 막혀있던 혈이 잘 통하게 해 아랫배에 단단하게 에너지를 모으고 몸을 단련하는 수련이다.

고양이 발심처럼 온 마음을 오로지 내 몸에 집중하니 10초도 견딜 수 없는 고정된 자세가 30분이 지나도 편안해지는 경험을 여러 차례 하면서 고양이 발심을 이해했다.

고미숙 작가의 또 다른 책《동의보감, 몸과 우주 그리고 삶의 비전을 찾아서》에서 언급된 '정충'에 대해 이해하면서 몸을 더 강하게 만들어야겠다는 마음을 얻었다.

"얘들아~ 뇌를 잘 써야 머리도 좋아지고, 공부도 잘하는 거 알지? 그러려면 일단 몸을 잘 쓰면 되는 것도 알지? 이번 주에는 경주에서 하는 듀애슬론 한번 나가보자. 달리기하고 자전거 타고 다시 달리기하고~"

"아 샘~ 진짜 어디까지 할 거예요? 지난번에 경주 마라톤 갔다 오고, 이제 안 한다면서요? 하프만 하면 끝이라면서요? 이러다가 진짜 철인 3종도 하는 거 아니에요?"

우리는 마라톤 대회에도 나가고, 그 후 철인 3종도 몇 회 더 출전했다.

특히 몸에 관해 공부하면서 철인 3종은 지금껏 내가 해온 어떤 공부보다 재미있고 시간 가는 줄 몰랐다. 1,200페이지가 넘는 달리기에 대한 모든 것이 담겨 있는 팀 녹스의 《달리기의 제왕》이라는 책은 여러 차례 읽고 또 읽었다. 책에 나와 있는 다양한 통계를 보고 새로운 목표로 꿈을 꾸면서 책을 끌어안고 잠든 날도 많았다. '나의 VO2MAX로 최대 10km를 37분까지 뛸 수 있다는 거지?' 하며 설레는 마음으로 다음 날 새벽 훈련을 나가기도 했다. 이 책을 통해 인간이 마라톤 풀코스를 2시간 안에 뛸 수 있다는 것을 짐작할 수 있었다.

킵초게가 풀코스를 2시간 언더의 기록으로 뛰기 전에 알게 되었다. 그때도 역시 '심기혈정'에 대한 참고 경험을 얻었다. 베켈레는 "인간은 마라톤을 2시간 안에 뛸 수 없다"라고 했고, 킵초게는 "인간은 마라톤을 2시간 안에 뛸 수 있다"라고 했다. 결국 킵초게는 오스트리아에서 열린 챌린지에서 'Sub2'라는 인류사상 최초로 1시간 59분 40초로 달렸다. 그의 도전 의지와 자신에 대한 믿음이 온 우주에 닿아 나이키의 기술혁신을 만났고, 인간과 기술이 만난 혁신적인 일이었다. 공식 기록이든 비공식이든 아무 상관이 없는 것이 그는 이미 2시간 언더를 달렸다는 성공 회로가 세계에서 유일하게 있는 사람이고, 자신이 한 말을 증명했기 때문에 또 해낼 것이다. 그리고 세상 사람들에게는 한계를 시험하는 마라톤이 아닌, 한계를 뛰어넘는 마라톤이라는 새로운 패러다임을 갖게 해주었다.

정말 믿음의 힘은 대단하다. 결국 고양이 발원처럼 간절히 바라는 사람은 온 우주가 돕는다. 그 후에 나이키에서 개발한 신발을 여러 마라토너들이 신고 평균 기록이 향상됨으로써 시대가 만든 기술력을 인정하게 되는 계기가 되었다.

나 또한 옷은 10달러 넘으면 안 사지만 조깅화는 250달러라도 사는 뾰족한 돈의 흐름이 생겼다. 나도 킵초게처럼 나의 한계를 뛰어넘는 러너가 되고 싶기 때문이다. 뾰족해서 가뿐하고 뾰족해서 만족한다. 그리고 뾰족해서 하나도 안 아깝고 많은 것을 절약할 수 있다. 나의 시간, 돈, 에너지, 체력, 심지어 정서적 피로까지……

완전한 몰입을 경험하다

나는 Sub3(마라톤 풀코스 42.195km를 3시간 안에 완주하는 것)에 도전하다 몇 번을 실패하고, 10km 40분의 벽을 깨는 것 또한 40분 00초까지의 기록만으로 멈춘 상태이다. 하지만 그 기록을 위해 내가 몸을 단련했던 훈련 과정은 실로 값졌다. 온 마음을 다해 몸을 보살피고, 매일매일 정신력을 테스트하고, 내 몸과 마음이 하나가 되는 순간순간이었다.

트랙에서 400m를 96초로 30바퀴 달리는 스피드 훈련을 하면서 죽을 것만 같은 한계를 느꼈지만 또 그 한계를 넘어섰고, 목표한 만큼 달려내면서 내 안의 괴력을 발견했다. 스스로 대견했고 나 자신에 대한 사랑으로 가슴이 충만하고 뜨거워졌다. 사람들에게 사랑받으려고 애쓰지 않아도 되었다. 그때 깨닫게 된 나를 향한 사랑은 지속적이고 안정적이며 변함이 없었다. 그때 스스로 인정한 내 존재감은 참 설득력이 깊어 결코 변하지 않으려 했다. 이름하여 자기 사랑 뿅!

그리고 오직 내 발소리, 호흡소리, 달리는 내 코어에만 집중하면서 칙센트미하이가 《달리기, 몰입의 즐거움》에서 말하는 온전히 생각과 감정이 끊어진 상태로 오직 달리는 나 자신만 존재하는 완전한 몰입을 경험할 수 있었다. 또 다른 강렬한 행복감을 경험하면서 러너로서의 정체성이 자동 업그레이드되는 것 같았다.

달리기 크루들과 함께 매주 주말 30km 장거리 훈련을 하면서 혼자서는 절대 해낼 수 없는 속도로 달려본 적 없는 거리를 달리고, 포기하고 싶을 때마다 서로 응원하고 힘이 되어 주면서 타인에 대한 진심 어린 사랑과 의리를 키워갔다. 그리고 처음으로 이들과 연결되어 있고, 나와 같은 소중한 존재라는 것도 느꼈다. 이것은 《움직임의 힘》에서 본 내용처럼 서로 연결되어 있다고 단순히 생각하는 것이 아닌 진짜 연결되어 있다고 온몸으로 느끼는 것이다.

인류학자들이 말하는 '집단적 즐거움'의 가장 중요한 기능인 사회적 결속력 강화를 크루들과 함께 증명했다. 똑같은 동작을 함께하는 그룹의 일체감을 통해 내가 느끼는 움직임과 연결되면서 함께 움직이는 사람들과 밀접하게 연결되었다. 특히 강력하게 동기화된 움직임은 강한 신뢰를 형성해 서로 나누고 돕고 이끈다고 한다. 그 과정에서 인간의 상호의존성을 연습할 수 있었다.

내 몸이 정신력을 따라오지 못해 안타까워하며, 몸의 신호를 무시하고 내 뜻대로 밀어붙였다가 뼈가 으스러지는 피로골절이라는 부상을 입은 적이 있었다. 이것은 내 마음을 진심으로 단련할 수밖에 없었던 절호의 찬스였다. 견딜 수 없을 것 같았지만 시간은 흘러가고 내 뼈는 서서히 붙어 갔다.

다리에 깁스를 하고 절뚝거리면서 생각했다.

'아~ 달리고 싶다. 달리는 기쁨이 이렇게 달콤하다니!'

'보강 운동을 열심히 해야겠다.'

'으스러진 정강이뼈가 완전히 붙을 때까지 참아야 한다. 뼈가 다 붙고 나면 내 몸의 신호를 절대로 무시하지 않을 거야.'

이렇게 무너진 멘탈을 회복해 가는 시간은 정직했다.

역시나 큰 힘을 준 것은 내공 수련, 명상 호흡이었다. 움직이면서 하는 명상으로 몸의 균형을 맞추고, 호흡을 고르게 하고 기공 체조로 팔다리를 강화하면서 등과 배 근육도 단련했다. 그 과정을 통해 다시 한번 내가 가장 좋아하는 정체성인 운동선수에 대한 마음을 좀 더 깊이 다졌다.

철인 3종 선수라면 꼭 한번은 출전하고 싶은 대회가 하와이 빅아일랜드에서의 아이언맨 대회이다. 2022년 5월, 나의 소망을 잘 알고 있던 하와이 현지 친구들의 도움을 받아 이미 접수 마감이 된 대회의 출전권을 양도받아서, 나도 드디어 하와이 70.3 출전권을 얻게 되었다. 코로나 이전엔 하프 아이언맨을 5시간에 통과하여 나름 몇 번을 우승한 주자였지만, '6시간으로 완주만 해도 좋다!'라는 겸손한 마음으로 출전했다.

하프 아이언맨은 수영 1.9km, 사이클 90km, 달리기 21.0975km를 달리는 아이언맨의 절반 거리이다. 셋 중 수영이 가장 취약한 나는 늘 수영을 후미 그룹에서 나와 사이클과 달리기에서 기록을 단축하는 경기 운영을 했었다. 코로나 이전에는 서원이와 수영팀에서 같이 훈련하며 그래도 완전한 꼴찌 그룹에서 수영을 마치는 것은 피할 수 있었다. 하지만 코로나 이후로는 매일 가던 수영장도 못 가고, 기껏해야 집 앞 바다에서 1km 내외로 유유자적 헤엄치던 것이 훈련의 전부라 수영이 너무나 걱정이었다. '살아 돌아오자!' 이것이 목표였다. 수영 컷오프 시간은 1시간 10분이다. 집 앞에서 수영했을 때 1km에 35분 걸렸는데 아슬아슬하다! 컷오프만 되지 말자.

빅아일랜드는 어느 비치를 가도 바닷속에는 다양한 니모 친구들이 떼로 또는 개별로 헤엄을 치고 다니는 아름다운 아쿠아리움이다. 하지만 나는 물속에 머리를 넣는 순간 온몸이 긴장되고, 한국의 바다보다 바닷속이 더 깊이 훤히 보이니 더 무서웠다. 거기다 따뜻한 수온 때문에 슈트를 입지 않으니 심장이 두 배로 쫄깃해지고 말초신경까지 힘이 들어가는 듯했다.

"휴~ 살았다!"

1.9km의 수영을 마치고 바꿈터로 뛰어 들어가 살아있음에 감사했다. 이미 완주한 것 같은 기쁘고 즐거운 마음으로 헬멧, 슈즈, 사이클을 챙겨 주로로 접어드는 순간! 바람에 휘청거리는 내 사이즈보다 큰 경기용 자전거에 올라타니 이내 마음이 또 바뀌었다.

'큰일이다! 이렇게 90km를 어떻게 타지?'

바닷물에 젖은 머리에서 짭짤한 땀이 흘러내려 눈이 따끔따끔했다. 눈을 비비며 오르막을 꾸역꾸역 올라가는데 분명 나이가 지긋한 미국 미미(미국 아이들이 할머니를 부르는 애칭)들이 "굿잡 베이비!" "유후~! 유어 레프트!"하며 지나갔다. 나이가 들면 몸이 쇠약해진다, 기억력이 감퇴된다고 알고 있는 일반적인 정보는 잘못되었다고 순간에 스쳐가는 그녀들이 아주 정확하게 알려줬다. 나이가 많아도 체력을 키울 수 있고, 꾸준히 운동하면 더 젊어질 수 있다는 것을 꾸준히 훈련하고 있는 선배님들은 한결같이 보여주신다.

고대 그리스 시대와 로마 시대 사람들은 몸이 건강해야 마음도 건강하다고 믿어 신체 단련을 중요하게 여겼다. 플라톤은 활동 부족은 몸의 건강을 깨트리는 반면 적당한 활동과 체계적인 운동은 건강을 유지시켜 준다고 했다. 그래서 전문가들은 운동의 극대화를 위해 나에게 잘 맞고 즐길 수 있는 운동을 하라고 권한다.

　나는 하는 일 자체가 학급, 학년 단위로 대규모 강의를 하다 보니 운동만큼은 팀보다는 혼자 가능한 운동, 시간과 날씨, 공간에 구애받지 않는 종목을 선택했다. 그리고 경제적 부담이 적어 지속 가능하고, 접근성이 좋고, 특별한 장비가 필요 없는 것을 골랐다. 달리기가 최적이었고 역시나 꾸준히 할 수 있었다. 특히 한여름 장대비 혹은 폭설이 아니라면, 어느 시간, 장소든 가능하여 꾸준히 하면서 운동을 생활화하게 되었다. 그것이 철인 3종 선수가 될 수 있었던 시작이었다.

엄마들에게 꼭 필요한 체력

　몸과 마음은 따로 떼어 생각할 수 없나 보다. 운동은 우리 뇌와 정신력에 막대한 영향을 미치기에, 두뇌 개발의 제1법칙도 운동이다. 운동으로 스트레스 호르몬을 줄여주고 문제해결 능력, 계획적 사고력, 집중력이 높아진다.

　《운동화 신은 뇌》의 저자 존 레이티(John Ratey)는 운동이 근육을 탄탄하게 만들어주고 심혈관을 건강하게 한다고 설명하면서 운동은 인지 능력, 기억력 향상과 불안, 스트레스, 우울증까지 극복하게 해준다고 말한다.

오늘도 나는 강의 중에 진심을 다해 이야기했다.

"가슴 열고 등을 펴세요. 운동할 시간이 없는 게 아니고 마음이 없는 것일 거예요. 운동할 시간이 없다면 단시간에 강도 높은 운동으로 숨이 차고 땀이 나게 해서 운동 효율을 높여 보세요. 긴 시간 살살 걷는 것보다 짧고 강하게 몇 차례 계단 타기를 하는 것이 체력 기르는 것에 더 효과적이에요.

아이들은 엄마가 하는 대로 따라 해요. 그래서 엄마가 행복해야 해요. 엄마가 자기 삶에 대한 주체성과 의사 결정권을 갖고 있으면 아이도 그렇게 돼요. 반면 엄마가 불안해하고 눈치를 보면 아이도 그렇게 돼요.

엄마가 행복해지기 위해 꼭 필요한 게 체력이에요. 체력이 좋아지면 컨디션이 좋아지고 행복해져요. 불안해하지 않게 되고요. 그러고 나면 엄마 스스로 '내가 원하는 인생이 뭔지'를 생각하게 돼요. 그러면 아이도 그렇게 키우게 돼요. 아이를 사교육에 맡기지 않고, 아이가 원하는 게 뭔지를 살펴보고 귀기울이게 돼요. 아이가 원하는 걸 찾으면 삶의 만족도도 크게 높아지겠지요? 내 아이에게 몸 근육과 마음 근육까지 선물해 주고 싶지 않으세요?"